FELICITAS GRUBER

Blaues Blut

Ein Fall für die Kalte Sofie

Diana Verlag

Verlagsgruppe Random House FSC® N001967
Das für dieses Buch verwendete FSC®-zertifizierte Papier *Salzer Alpin* wird produziert von UPM, Schongau und geliefert von Salzer Papier, St. Pölten, Austria.

2. Auflage
Originalausgabe 08/2015

Redaktion | Robert Fischer
Umschlaggestaltung | t.mutzenbach design, München
Umschlagmotiv | © shutterstock
Satz | Leingärtner, Nabburg
Druck und Bindung | GGP Media GmbH, Pößneck

Printed in Germany
978-3-453-35850-8

www.diana-verlag.de

Nix is besser als gar nix

HERBERT ACHTERNBUSCH

Für Anka

Prolog

Dutzende von Kerzen in sandgestrahlten Glaskolben tauchen die Szenerie in warmes Licht. Aus der frei stehenden Gusseisenwanne mit den bronzenen Löwenfüßen duften Neroli & Rose, das Wasser hat genau die richtige Temperatur. Mit einer lässigen Geste dreht sie den Hahn zu und lässt den Frotteemantel auf den Schieferboden sinken. Der Kühler mit der angebrochenen Champagnerflasche steht auf dem Beistelltischchen bereit, eine gefüllte Sektflöte daneben. Sie betätigt die Fernbedienung, und die warme Stimme von Annie Lennox schmeichelt aus den versenkten Lautsprechern.

Alles ist bereit.

Sie steigt in die Wanne, lehnt sich an die hochgezogene Rückwand und schließt die Augen. Erst jetzt spürt sie, wie sehr sie der überraschende Besuch erschöpft hat. Diese verblüffende Freundlichkeit. Diese beiläufig klingenden Sätze, die sie hellhörig machten: Er lebt wieder in München. Nur ein paar lächerliche Kilometer von ihr entfernt – sie hatte nicht die geringste Ahnung!

Sie schiebt den cremigen Schaum zur Seite und schaut prüfend an sich hinab: Apfelbrüstchen, flacher Bauch, schlanke, muskulöse Schenkel. Alles noch immer in Bestform, dafür hat sie gesorgt, auch wenn die vierzig drohend am Horizont stehen.

Regelmäßig dreimal Fitness in der Woche sind bei ihrem Beruf wahrlich kein Kinderspiel. Manchmal könnte sie heulen, wenn sie sich wieder den stählernen Foltermaschinen beugen muss, aber dann trainiert sie tapfer weiter. Wenn sie ihm nun nach all der Zeit wieder begegnet, will sie unbedingt jenes Leuchten in seinen Augen sehen, das ihr schon damals sofort den Kopf verdrehte.

Don't let me down, singt Annie Lennox, und sie summt leise mit. *Don't let me down …*

Sie hat die Repeat-Taste gedrückt, weil sie von diesem Song nicht genug bekommen kann, und sie genießt mit allen Sinnen. Wie schön es in ihrer Wohnung ist! Das exklusive Design hat sie selbst zusammengestellt, doch ohne ihn wäre alles nur ein Traum geblieben. Kein anderer Mann hätte sich beim Abschied derart nobel gezeigt, bis weit über die Grenzen seiner finanziellen Kapazitäten hinaus. Ob er sich damit auch seine Freiheit zurückkaufen wollte?

Wie leer es plötzlich ohne ihn war, wie einsam, wie kalt.

Nein, sie hätten sich trotz aller Differenzen niemals trennen dürfen – ein Paar wie sie, vom Schicksal füreinander bestimmt!

Nobody ever loved me like he does
Ooh he does
Yeee he does …

Sie singt Wort für Wort mit, laut und falsch.

Klug war er schon immer, und jetzt wird er einsehen, dass er einen Fehler begangen hat. Darauf zählt sie. Die Vorstellung, ihm vielleicht schon bald gegenüberzustehen, macht sie ganz schwindelig. Sie streckt die Hand nach dem Glas mit dem Goldrand aus, nimmt einen perlenden Schluck und stellt es zurück auf das Teakholzgestell neben der Wanne. Männer wie er werden im Lauf der Zeit noch besser, das weiß sie. Sie hat sich schon oft geärgert, zu früh aufgegeben zu haben. Aber das war gestern! Jetzt schwingt diese neue, diese wahnwitzige Hoffnung in ihr, auch wenn Zweifel bleiben.

Was, wenn das ganze Gerede von vorhin nichts als eine barmherzige Lüge war und er gar kein Interesse mehr an ihr hat? Sie beginnt zu frösteln, öffnet die Augen, lauscht in Richtung Tür.

Ein Geräusch?

Nein, da ist nichts, natürlich nicht. Wie denn auch? Der Besuch ist längst fort und sie ganz allein.

Aber vielleicht ja nicht mehr für lange …

Wie ein übermütiges Kind pustet sie in den Badeschaum, der in kleinen weißen Duftwölkchen auf ihrem Körper schwimmt. Früher hat sie immer alles bekommen, was sie sich in den Kopf gesetzt hat. Wieso sollte das anders geworden sein? Sie braucht nur das alte Vertrauen zurück und ein wenig Glück.

Don't let me down …

Es gibt keinen Besseren als ihn. Das wird sie ihm sagen und dann sehen, was passiert.

Sie dreht den Hahn auf und lässt heißes Wasser zufließen. Sie könnte einschlafen, so entspannt ist sie, und träumt von seinen schönen, sensiblen Händen, spürt sie zärtlich über ihren Körper gleiten.

Plötzlich fährt sie hoch.

Im Fenster erkennt sie eine dunkle Silhouette.

Er ist gekommen!

Doch dann fasst eine linke Hand im Gummihandschuh brutal unter ihren Mund und überstreckt den Kopf, während die rechte Hand mit einer raschen Bewegung ein scharfes Messer quer über ihren Hals zieht. Blut sprudelt wie eine rote Fontäne, der Schmerz ist heiß und wild. Und es bleibt nicht bei dem einen

Schmerz, denn er sticht erneut zu. Überall ist auf einmal diese scharfe Klinge, die in sie fährt und blitzschnell schneidet …

Unerbittlich drückt er sie nach unten.

Wasser spritzt auf den Schieferboden, alles wird nass und rot, denn sie blutet aus vielen Wunden. Sie kommt noch einmal hoch, gurgelnd, keuchend, japsend, dann wird sie ohnmächtig. Ihr Kopf sinkt zur Seite, ihr Blick bricht.

Der Kerl im Blaumann tritt zurück, mustert sie eine Zeit lang prüfend und taucht dann den Hirschfänger ins Wasser, um ihn zu säubern. Danach öffnet er seine schwarze Monteurtasche und hantiert so lange, bis alles am richtigen Platz ist. Zum Schluss zieht er eines der weißen Duschtücher vom Ständer, befeuchtet es unter dem Wasserhahn und knüllt es zusammen. Es landet neben dem Bademantel auf dem feuchten Boden.

Bevor er die Wohnung verlässt, überprüft er ein letztes Mal sein Arrangement. Dann zieht er leise die Tür hinter sich zu.

I

Trocken erwischt

Zefix – das durfte doch nicht wahr sein! Sofie zerrte an der Armatur, drehte sie hektisch abwechselnd nach links und nach rechts, aber aus dem großen Brausekopf der Regenwasserdusche, den Joe ihr erst letzte Woche neu montiert hatte, floss nicht einmal mehr das kleinste Tröpfchen Wasser. Jetzt stand sie hier zwar frisch geduscht, aber mit eingeschäumtem Kopf, und bekam die scheußliche Lavaerdenpampe nicht mehr herunter! Warum hatte sie nur auf die Einflüsterungen von Elke Falk gehört, die ihr das Naturshampoo in so leuchtenden Farben angepriesen hatte, als habe sie höchstpersönlich eine Generalvertretung für diese überteuerte Biomarke übernommen?

Typisch für dich, belferte jene hundsgemeine innere Stimme, die sie am liebsten für immer zum Verstummen gebracht hätte. *Weil du dich auch immer so leicht beeinflussen lässt!*

Hatte sie vielleicht auch so dünnes, schnell fettendes Haar wie ihre Kollegin, die sie insgeheim Dr. Iglu nannte, auch wenn Elke sehr viel zugänglicher geworden war, seit sie den kleinen Waisenmops Murmel aufgenommen hatten? Nein, Sofies Locken waren kräftig und von Natur aus so perfekt gewellt, dass viele Frauen sie darum beneideten. Auch die Farbe, ein sattes Weizenblond mit hellen Sommersträhnen, konnte sich sehen lassen –

vorausgesetzt, sie bedeckte nicht wie jetzt gerade ein grauer Batz, der noch dazu unangenehm roch. Sie warf der Tube mit dem Logo *Lopona* einen vernichtenden Blick zu, verließ die Dusche und rannte in die Küche. Doch auch da geschah nichts, als sie den Wasserhahn aufdrehte. Selbst ihr letzter Versuch in der winzigen Toilette brachte kein anderes Ergebnis.

Zefix! Jetzt blieb ihr nichts anderes übrig, als ins Vorderhaus zur Tante Vroni zu laufen und dort um Duschasyl zu bitten. Sofie schlang sich ein Handtuch um den Kopf, schlüpfte in ihren gestreiften Bademantel und rannte über den Hof. Eine freche Spatzenschar tschilpte in der alten Linde lauthals um die Wette, aber dafür hatte sie jetzt keinen Sinn. Ungeduldig drückte Sofie auf den Klingelknopf unter dem blank polierten Türschild *Ilmberger* und trat von einem Fuß auf den anderen, weil sie vor lauter Stress plötzlich auch noch aufs Klo musste.

Schlief die Tante noch, was gar nicht ihre Art war, oder warum machte sie nicht auf?

Sofie klingelte abermals. Dann läutete sie Sturm.

Nichts rührte sich.

Sofie hatte zwar einen Schlüssel für Vronis Wohnung, aber der lag im Hinterhaus auf dem Küchentisch, und der Drang wurde auf einmal so übermächtig, dass sie lieber kein Risiko eingehen wollte.

Sofie schlug mit der flachen Hand gegen die Tür.

»I bin's, d'Sofie«, rief sie. »Mach auf, Tante Vroni. I muaß amoi ganz dringend ...«

»Ach, die Sofie! I moan natürlich, die Frau Dr. Rosenhuth!« Das dünne, weißhaarige Männchen, das langsam die Treppe herunterstakste, strahlte sie fröhlich an und schien sich kein bisschen an ihrer merkwürdigen Aufmachung zu stören.

»Herr Haslreiter«, rief Sofie flehentlich. »Sie san mei Rettung!

Dürft i vielleicht kurz zu Eahna ins Bad? Die Tante macht ned auf, und bei mir gibt's auf amoi koa Wasser …«

»Des glaub i Eahna gern!« Mit seinem Stock deutete das Männchen auf einen großen weißen Zettel, der im oberen Teil der Haustür angebracht war. Auf den ersten Blick erkannte Sofie die akkurate Schrift ihrer Tante, der wahrscheinlich besten Hausmeisterin von ganz Giesing.

Achtung, liebe Mieter!
Wegen Wartungsarbeiten KEIN Wasser
im Vorder- und Hinterhaus am 24.7. von 7–13 Uhr.
Bitte Vorsorge treffen!

Da begriff sie. Vroni hatte offenbar, vorausschauend wie sie nun einmal war, beim Schreiner Flo, ihrer späten Liebe, übernachtet, der ein Stück weiter am Hans-Mielich-Platz wohnte. Bestimmt saßen die beiden Turteltäubchen gerade bei einem gemütlichen Frühstück. Und es würde auch nichts nützen, den alten Herrn Haslreiter aus dem zweiten Stock weiter zu beschwören, sie ausnahmsweise in sein Badezimmer zu lassen, denn dort gab es genauso wenig Wasser wie im ganzen Haus.

Allerdings pressierte es inzwischen wirklich. Sofie nickte Herrn Haslreiter knapp zu, drehte sich um und bewegte sich in einem merkwürdigen Krebsgang zurück ins Hinterhaus. Die Treppen schaffte sie gerade noch, dann sperrte sie die Tür auf, schoss in ihre Toilette und atmete erst wieder aus, als sie ihre übervolle Blase entleert hatte. Ein bisschen Wasser war zum Glück noch in der Spülung – damit hatte sich das Thema Wasserzufuhr dann aber auch in ihrer Toilette erst mal erledigt.

Wieder zurück im Schlafzimmer, kickte Sofie das türkisgrüne Trägerkleid entnervt zur Seite. Seit fast zwei Wochen hatte es nicht mehr geregnet, auch heute leuchtete der Sommerhimmel über München wieder so blau, dass mit Temperaturen um die 30 Grad zu rechnen war. Wie gern hätte sie jetzt den zarten Batist auf ihrer Haut gespürt, statt zur weißen Leinenhose zu greifen und in eine grüne Tunika mit dezentem Sternenmuster zu schlüpfen.

Was nun?

Mit dem Handtuch auf dem Kopf konnte sie kaum auf die Straße gehen, also wühlte sie in den Tiefen ihrer Kommode, bis sie die bunte Häkelmütze in Händen hielt, die sie einst mit Erik in einem Anflug modischer Verwirrtheit auf einem Berliner Flohmarkt gekauft hatte. Das Ding stank nach Mottenkugeln und sah für ihren Geschmack arg folkloristisch aus, aber es war wenigstens groß genug, um ihre verklebten Locken darin unterzubringen. Und ewig würde sie die Mütze ja nicht aufhaben, denn inzwischen war Sofie eine Lösung für ihr Problem eingefallen. Sie stopfte ihre Badesachen in die Tasche – leider nur den roten Badeanzug statt des heißen Leo-Bikinis, für den ärgerlicherweise immer noch ein paar lästige Kilos runtermussten –, schloss die Wohnung ab und lief zu ihrem Fahrrad, das sie im Hof abgestellt hatte.

Die tägliche Route zum Institut war ihr inzwischen in Fleisch und Blut übergegangen, aber es machte doch einen gewaltigen Unterschied, ob man sich an einem kühlen Regentag in den Sattel schwingen musste oder mitten im Sommer losradeln konnte. Die Schulferien standen unmittelbar bevor, und all das Leichte, Luftige, Weißblaue, das diese Stadt in der ganzen Welt berühmt gemacht hat, präsentierte sich nun von der allerschönsten Seite. Frauen trugen aufregende Kleider zur Schau, Kinder schleckten schon am Morgen Eis – ja, nicht einmal die Autofahrer benahmen sich so stur wie sonst und überließen der flotten Radlerin mit ihrer auffälligen Mütze freiwillig die Spur.

Sofie genoss den Abwärtsschwung vom Giesinger Berg, fuhr weiter durch die stets geschäftige Humboldtstraße mit ihren Läden und Imbissbuden und bog dann links in die breite Claude-Lorrain-Straße ein. Normalerweise war der Vorplatz des Schyrenbads an heißen Tagen voller Fahrräder, aber heute standen da nur ein paar abgewrackte Metallskelette, um die sich offenbar niemand mehr kümmerte.

Sofie stieg ab, ließ ihr Schloss einschnappen und lief zu dem lang gestreckten hellen Bau. Das älteste, vor mehr als 160 Jahren eröffnete Freibad der Stadt, war einst ausschließlich Männern vorbehalten. Seit 1938 durften auch weibliche Gäste hier ihre Runden schwimmen, und seit es vor ein paar Jahren frisch renoviert worden war, erfreute es sich noch größerer Beliebtheit. Aber heute blieb alles ruhig. Kein Schreien, kein Kinderlachen, kein Wasserplatschen. Auch keine Schlangen vor der Badekasse …

Dann wird das mit dem Duschen erfreulich flott gehen, dachte Sofie. Die Vorstellung, sich die eingetrocknete, inzwischen auch noch juckende Pampe endlich vom Kopf waschen zu können, war einfach herrlich. Nur noch ein paar Schritte …

Doch der Schalter war geschlossen.

»Die machen heute erst um zwölf auf«, sagte eine heisere Männerstimme hinter ihr. »Beckenreinigung – schaun S' her: Da steht's schwarz auf weiß!«

Das durfte doch nicht wahr sein!

In einer Mischung aus Zorn und Verzweiflung fuhr Sofie herum und blickte in das faltige, tief gebräunte Gesicht eines Stadtstreichers. Einen Augenblick lang kam er ihr irgendwie bekannt vor, aber dann verflog der Gedanke wieder. Trotz der Wärme trug er einen langen grauen Staubmantel, der ihm etwas verblüffend Elegantes verlieh. Der Strohhut, den er tief in die Stirn gezogen hatte, verstärkte diesen Eindruck noch. Einen Kontrapunkt dazu bildeten allerdings seine wüst aufgeplatzten Treter sowie die reichlich strapazierte Plastiktüte, die er dazwischen abgestellt hatte.

»Für mich ist das eh nix«, meinte er grinsend, als habe er ihre Gedanken erraten. »Wozu gibt's schließlich die Isar? Aber die Leute sind manchmal großzügig, wenns zum Baden gehn. Und das nutz ich dann aus.«

»So lang kann ich aber nicht warten ...«, murmelte Sofie unglücklich. »Dabei hätte ich ausgerechnet heute ...«

»Hübsches Kappi«, sagte der Mann. »Rastafari? Steht Ihnen!«

Damit schlurfte er in Richtung Isar davon, und Sofie blieb nichts anderes übrig, als zu ihrem Rad zurückzukehren und sich, so wie sie war, auf den Weg ins Institut zu machen.

Unterwegs haderte Sofie schwer mit sich. Warum nur hatte sie den verdammten Zettel nicht gelesen? Dann hätte sie bei ihrem Ex übernachtet, Joe Lederer von der Münchner Mordkommission. Seit sie im letzen Herbst einen gemeinsamen Fall durchgestanden hatten, für dessen Aufklärung sie unter anderem nachts auf einen 40 Meter hohen Kran klettern mussten, waren sie wieder miteinander verbandelt. Zwar war ihr durchaus klar, dass der Hallodri bei schönen Frauen immer noch schnell schwach werden konnte, aber andererseits: Wer war schon so mutig wie Joe, so leidenschaftlich, so draufgängerisch? Nicht einmal der smarte Polizeireporter Charly Loessl mit seinen guten Manieren, den spannenden Geschichten aus fernen Ländern und seinem Hang zu exquisiter Küche konnte da mithalten!

Und nicht zuletzt hatten sie sich ja beide verändert, Joe und Sofie. Sie waren klüger geworden, umsichtiger, hatten aus alten Fehlern gelernt und schon seit Monaten keinen ernsthaften Streit mehr gehabt. Tante Vroni hörte sogar schon die Hochzeitsglocken läuten. Nur: So eilig hatten sie es damit nun auch wieder nicht. Beide genossen das Zusammensein und ihre Liebesnächte ebenso wie die Abende, die jeder für sich »solo« verbrachte – und genauso ein Abend war das gestern eben gewesen.

Sofie überquerte die Wittelsbacherbrücke, ließ den Baldeplatz hinter sich und fuhr weiter auf der Kapuzinerstraße – ordentlich schnell. Dabei begann sie zu schwitzen, und als Sofie das Institut für Rechtsmedizin in der Nußbaumstraße erreicht hatte, dampfte sie aus allen Poren.

Jetzt galt es nur noch, die Personaldusche zu erreichen, bevor einer der Kollegen sie erspähte. Sofie spurtete am Pförtner vorbei, der wie gewöhnlich den Blick nur kurz vom Kreuzworträtsel hob, bevor er den Knopf für die Türschleuse drückte, lief hindurch und spitzte die Ohren, als sie ein freudiges, aber leider auch sehr nahes Bellen hörte – Murmelchen!

Wedelnd schoss der hellblonde Mops mit den schwarzen Ohren auf sie zu, bellte noch lauter und verschlang sie dabei fast mit seinen nussbraunen Augen.

»Herzi, ich muss leider …«, setzte Sofie an, da ertönte schon Elke Falks gestelzte Stimme.

»Da ist sie ja endlich, unsere geschätzte Frau Dr. Rosenhuth!«

Wie aus dem Ei gepellt stand sie vor Sofie, den blonden Bob perfekt geföhnt, um den schlanken Hals eine weiße Perlenkette. Sogar der sonst so unkleidsame grüne Kittel saß bei ihr wie eine Maßanfertigung. Rosig gefärbte Wangen verrieten, dass sie ungewohnt aufgeregt war.

»Da kann ich Ihnen ja gleich den neuen Kollegen vorstellen: Dr. Erik Sander aus Berlin, der hier bei uns für ein paar Wochen in der Tox an seiner Habil arbeiten wird …«

Das durfte doch nicht wahr sein!

Sofie riss die Augen auf, blinzelte, schluckte, staunte und brachte keinen Ton heraus.

»Sie haben doch sicherlich den Zettel gelesen, den ich Ihnen auf den Schreibtisch gelegt hatte …?«

Eben nicht. Sofie hatte sich angewöhnt, den Großteil der fiesen kleinen Post-its zu ignorieren, mit denen Dr. Falk sie täglich bombardierte. Was in diesem Fall allerdings mehr als ärgerlich war!

Erik strahlte sie an.

»Jetzt biste überrascht, was? Ja, man sieht sich eben immer zweimal, liebe Sofie. Blendend schaust du aus.«

Er begann zu zwinkern.

»Die Mütze kommt mir irgendwie bekannt vor. Kann mich noch genau an jenen sonnigen Nachmittag an der Spree erinnern …«

Sie hätte ihn erwürgen können. Hier und sofort. Aber Sofie begnügte sich mit einem giftgrünen Blick.

Neugierig flogen Falks wasserblaue Augen zwischen ihr und Erik Sander hin und her. Man konnte buchstäblich sehen, was sie dachte: *Wie gut kennen sich die beiden eigentlich …*

»Immer wieder nett, alte Kollegen wiederzutreffen.«

Sofie hatte sich halbwegs gefangen, auch wenn Eriks Anblick so ziemlich das Letzte war, was sie heute gebrauchen konnte. Sie streckte ihm die Hand entgegen, was ihr Gegenüber sichtlich enttäuschte. Aber was hatte er erwartet? Dass sie ihm um den Hals fallen würde, nachdem er skrupellos mit der Tochter vom Chef angebandelt hatte? Nicht mehr in diesem Leben, das stand für sie fest.

»Dann willkommen in München, Erik. Hilf mir mal geschwind weiter: War das nicht die Stadt, in der du nicht einmal begraben sein wolltest?«

Sein Lächeln erlosch, aber er fing sich rasch wieder.

»Da musst du etwas gründlich falsch verstanden haben, liebe Sofie«, säuselte er, den Blick hilfesuchend auf Dr. Falk gerichtet.

»Mein Herz hat schon immer für München geschlagen. Und außerdem bin ich ja zum Arbeiten da. Deshalb möchte ich jetzt auch am liebsten so schnell wie möglich euer schönes Institut kennenlernen!«

»Mit dem allergrößten Vergnügen, Herr Kollege!«

Das Rot auf Falks Wangen vertiefte sich.

»Lassen Sie uns gleich damit beginnen …«

Murmel, der brav auf seinem dicken Hinterteil gesessen hatte, erkannte die Zeichen sofort, stand auf und sprang dann erwartungsvoll bellend an Erik hoch.

Der wich stocksteif zurück.

»Was macht eigentlich dieser Köter hier?«, rief er indigniert. »Hunde in einem Rechtsmedizinischen Institut sind doch wirklich …«

»… die Ausnahme von der Ausnahme«, flötete Falk. »Murmel war sozusagen unser einziger Zeuge in einem komplizierten Mordfall. Seitdem haben wir ihn gewissermaßen adoptiert, nicht wahr, Frau Rosenhuth? Und wir teilen uns jetzt die Fürsorge für diesen kleinen Schatz.«

Sofie nickte. Erik die Beziehungsverhältnisse zwischen Falk, Murmel und ihr klarzulegen, war ihr eindeutig zu anstrengend. Außerdem musste sie dringend unter die Dusche …

In diesem Moment streckte Obduktionsassistent Spike, mit bürgerlichem Namen Stefan Moosbichler, seinen derzeit blauschwarz schimmernden Iro aus einer der weißen Türen. »Anruf von Hauptkommissar Lederer. Leichenfund in der Sternstraße 18. Klang, als hätte er große Sehnsucht nach einer von Ihnen!«

Manchmal machte es dem jungen Mann Spaß, sich möglichst geschraubt auszudrücken.

»Gehen Sie nur, werte Frau Kollegin!«, sagte Elke Falk. »Ich zeige Dr. Sander inzwischen unser Haus.«

»So vielleicht?« Sofie deutete auf ihren bunt verhüllten Kopf. »Bei mir war heut früh das Wasser aus …«

»Warum denn nicht?«, schnaubte Elke Falk und klang wieder genauso wie Dr. Iglu. »Schließlich geht es hier um Verbrechensaufklärung und nicht um einen Schönheitswettbewerb. Außerdem steht Ihnen dieser gewisse Folkloreappeal. Frauen mit runden Gesichtern wie Sie können einfach alles tragen.«

Sie wartete einen Augenblick, um ihre Gemeinheit besser wirken zu lassen.

»Den Hals würde ich mir allerdings schon vorher kurz säubern«, setzte sie spitzzüngig hinzu. »Grau macht einfach nur alt.«

2

Verzwickte Verhältnisse

Das Taxi spuckte Sofie vor der Sternstraße 18 aus. Wie stets scannte ihr Blick die Umgebung gleich mit. Kleine Lädchen, eine Bar, auf der anderen Straßenseite nur ein Stück entfernt ein Friseurgeschäft. Das Haus selbst war ein renovierter Altbau, die Fassade in freundlichem Gelb gestrichen, Bestlage Lehel. Eine noble Adresse, wenngleich der unermüdliche Blechstrom vor den Fenstern das Wohnen zur Straße hin sicherlich ein wenig laut gestaltete. Auch das hellgraue Treppenhaus mit dem dunkelroten Teppich auf den Holzstiegen wirkte gepflegt. Allerdings fehlte ein Aufzug, und so keuchte Sofie ganz ordentlich, als sie mit ihrem Tatortkoffer endlich die oberste Etage erreicht hatte. Zudem juckte ihr Kopf inzwischen wie eine Läusebrutanstalt, und sie musste sich zusammenreißen, um sich nicht die Mütze vom Kopf zu reißen.

Laura von Reinstein stand auf dem Klingelschild, das mit dezenten Jugendstilgirlanden verziert war. Adel, dachte Sofie, während sie klingelte. Auch das noch! In Berlin war ihr kompliziertester Fall die Leiche einer jungen Baroness in einer zugenagelten Regentonne gewesen, die, wie sich schließlich herausstellte, von ihrem nicht minder adeligen Vetter aus Eifersucht brutal ermordet worden war. Ihr persönlicher Verdacht war schon bald auf den windigen Kerl gefallen, dessen Fingerabdrücke polizeilich gespeichert waren, aber Erik hatte sie immer wieder ermahnt, sich auf ihr Fachgebiet als Rechtsmedizinerin zu konzentrieren. Dabei war sie doch selbst einmal Polizistin gewesen, und dieser Beruf steckte immer noch in ihr – einmal Polizistin, immer Polizistin! Was für ein Glück, dass sie das jetzt an Joes Seite wenigstens zum Teil ausleben durfte …

»Servus, Sofie!«

Joe öffnete ihr in seinem weißen Schutzanzug und musterte sie konsterniert.

»Wie schaust du denn aus? War dir vielleicht kalt bei der Hitze?«

Selbst nach der stürmischsten Liebesnacht wahrten sie am Tatort stets körperliche Distanz und verzichteten auf Umarmungen oder gar Begrüßungsbussis.

»Sehr witzig.«

Sie liebte ihn, aber er besaß eindeutig das Talent, in jedes Fettnäpfchen zu treten.

»SpuSi scho fertig?«

»Beinahe. Alle Mann sind im Bad, das war wohl auch der Tatort. Aber sag mal …«

Seinen fragenden Blick auf ihre ungewohnte Kopfbedeckung ignorierte sie so souverän, dass Joe sofort begriff und den Rückzug antrat. Sofie öffnete ihren Koffer und hüllte sich ebenfalls in den vorgeschriebenen Schutzanzug. Jetzt noch Mundschutz und Handschuhe, dann war sie einsatzbereit.

Das Loft war hell und mehr als geräumig. In der ferrariroten Einbauküche links vom Eingang saß eine kräftige Frau mit graumeliertem Haarknoten auf einem Hocker und weinte bitterlich, wie Sofie durch die angelehnte Tür erspähte. Dann stand sie schon im Wohnzimmer. Mindestens 40 Quadratmeter, schätzte sie. Dunkle Schiffsplanken als Boden, in einer Ecke ein länglicher Holztisch mit hochlehnigen Stühlen, der aussah, als hätte er früher in einem Refektorium gestanden. Auf der anderen Seite eine cremefarbene Designerliegelandschaft, ein riesiger Flachbildfernseher, an den Wänden wenige, exquisit gerahmte Zeichnungen. Dazwischen ein paar alte Stücke als effektvoller Kontrapunkt zur Moderne und nach Sofies Einschätzung wohl »ererbt«: ein brauner Ledersessel, ein Biedermeiersekretär, zwei edle Lampen. Wer hier zu Hause war, besaß eindeutig dreierlei: Platz, Geschmack, Geld.

Sofie, in der Regel gegen solcherlei Anfechtungen immun, unterdrückte einen Anflug von Neid und stapfte entschlossen weiter. Um in das angrenzende »Bad en suite« zu gelangen, wie überspannte Makler solch eine Zimmeranordnung zu nennen pflegen, musste man durch das Schlafzimmer. Auf der zurückgeschlagenen Tagesdecke des Doppelbettes lag eine gestreifte Krawatte, grau mit fuchsiaroten Streifen, die verblüffend jener ähnelte, die der charmante Polizeireporter Charly Loessl dem Skelett in ihrem Kabuff geschenkt hatte, das sie gleich am ersten Tag frei nach Mr. Clooney »George« getauft hatte. Zufall, dachte sie, war aber doch für einen Augenblick leicht irritiert.

Das Bad war fast so groß wie Sofies Wohnzimmer in der Zugspitzstraße. Alles nur vom Allerfeinsten: Boden, Wände, Waschbecken, Armaturen. Das Badewasser in der geschwungenen Wanne war hellrot. Sofie kam näher, stellte den Koffer ab und öffnete ihn erneut.

Die Tote war schlank und um die vierzig, schätzte Sofie. Dunkle, glatte Haare, etwa kinnlang, ein schmales, fein geschnittenes Gesicht mit einem leicht geöffneten Mund. Sofie zog ihr Diktiergerät heraus und begann mit ihrem Bericht.

»Wie lange, meinst du, ist sie schon …«, fragte Joe leise neben ihr.

»Bis zum Hals im Wasser? Und so warm, wie das momentan ist? Schwer zu sagen«, erwiderte Sofie. »Ich mess gleich, sobald sie draußen ist. Könnt mir aber gut vorstellen, dass sich Wasser- und Leichentemperatur einander ziemlich angeglichen haben.«

Der Arm der Leiche ließ sich gegen leichten Widerstand bewegen.

»Todesstarre in Lösung begriffen, soweit ich das in der Wanne schon beurteilen kann … keine Anzeichen von Fäulnis …«

Was bedeutete, dass sie vermutlich nicht mehr als einen Tag hier gelegen hatte.

»… glatte, tiefe Schnittwunden am Hals, im Brustkorb und am rechten Oberarm. Schnittwunde in der Greiffläche der rechten Hand, was als Abwehrverletzung gewertet werden kann. Sie ist in der Wanne verblutet …«

»Also kein Suizid?«, fragte Joe.

»Wohl kaum. Bekanntlich schneiden sich nur sehr wenige eigenhändig den Hals durch, und wenn ja, dann müssten wir das Messer nachher in der Wanne vorfinden. Wer hat sie denn entdeckt?«

»Die Putzfrau, ganz klassisch, die einen eigenen Schlüssel hat und wie immer am Montagmorgen zum Putzen gekommen ist. Die Arme hat einen ziemlichen Schock.«

Er zögerte.

»Was?«, fragte Sofie, die ihn besser als alle anderen kannte.

»Da stehen zwei halb volle Gläser.«

Joe deutete auf das Beistelltischchen neben der Wanne.

»Musik von Annie Lennox war zu hören, als wir reingekommen sind. Sehr romantisch. Überall Kerzen. Und am Boden ein zusammengeknülltes Badetuch …«

»Du meinst, er war mit ihr in der Wanne?«, überlegte Sofie. »Liebesmord nach Liebeszoff, so etwa in der Richtung?«

Joe zuckte die Schultern.

»Was weiß ich, was da für verzwickte Verhältnisse herrschen? Single, liiert, verheiratet oder geschieden – das müssen wir alles erst nachprüfen. Den Nachbarn werden wir gründlich auf den Zahn fühlen. Vielleicht können die uns ja mehr über Laura von Reinstein und ihre Besucher erzählen.«

Sofie nickte und wandte sich, nachdem sie die Wassertemperatur gemessen hatte, an die Kollegen von der SpuSi.

»Sie kann jetzt raus«, erklärte sie und sah dabei zu, wie die Männer die Bergefolie ausrollten, um die Leiche darauf zu betten. »Jetzt gehört sie erst einmal mir.«

Es fand sich keinerlei Tatwerkzeug in der Wanne, womit sie schon gerechnet hatte. Außerdem erwies sich die Analyse des Todeszeitpunkts als genauso schwierig, wie Sofie befürchtet hatte. Das Ausbluten der Leiche hatte nur wenige und zudem schwach ausgeprägte Totenflecken zur Folge. Die Wassertemperatur in der Wanne wie die Körpertemperatur der Leiche waren nahezu deckungsgleich. Sofie hatte das Gesicht der Toten mit Tupfern abgestrichen und die Mundhöhle untersucht. Die Waschhautbildung an den Händen war bereits fortgeschritten und machte ihr die Arbeit nicht gerade einfacher.

»Das schau ich mir alles im Institut genauer an«, murmelte sie vor sich hin, als plötzlich Charly Loessl im Türrahmen stand. Mit weißem, erschrockenem Gesicht, als sei ihm soeben ein Geist begegnet, starrte er auf die Tote, die Wanne, den Beistelltisch und schließlich auf Sofie, die den Polizeireporter noch nie zuvor in solch einer Verfassung erlebt hatte.

»Wer hat dich denn schon herbestellt?«, rief sie ihm zu. »Ich bin ja noch nicht einmal ganz fertig!«

Er huschte wieder zur Tür hinaus, als sei er heilfroh, das Weite suchen zu können. Sofie hörte ihn im Schlafzimmer halblaut mit Joe reden, aber nicht einmal seine gepresst klingende Stimme erinnerte an den sonst so versierten Charly, der für gewöhnlich in jeder Lage den richtigen Ton traf.

Sofie konzentrierte sich erneut auf die Leiche, um ihre Untersuchungen abzuschließen. Dann erhob sie sich mit leisem Ächzen und nahm sich vor, ab jetzt wirklich jeden Morgen im Schyrenbad ihre Bahnen zu ziehen – solange Sommer war und diese Gloifeln offen hatten!

Nun konnte die Leiche samt Bergefolie in den Bergesarg gelegt werden. Die Obduktion würde weitere Aufschlüsse über die Todesursache geben.

Zu Sofies Überraschung hatte Charly die Wohnung bereits wieder verlassen.

»So einfach würde ich mein Geld auch gern verdienen«, raunzte Joe, der seinen ehemaligen Konkurrenten um Sofies Gunst inzwischen beinahe ins Herz geschlossen hatte, sich aber ein paar despektierliche Bemerkungen hie und da trotzdem nicht ganz verkneifen konnte. »Der spaziert da wie ein Schachterldeifi rein und schnell wieder raus, stellt drei schnelle Fragen – und morgen steht dann wieder ein solcher Stuss in der Zeitung! Anrufen will er mich später noch einmal, der Herr Polizeireporter, hat er gesagt. Anrufen! Ist das vielleicht eine Arbeitsauffassung?«

»Der Charly wird schon wissen, was er tut«, meinte Sofie, die jetzt nur noch eines im Sinn hatte. Sie schälte sich aus dem weißen Anzug, befreite sich von Mundschutz und Handschuhen und griff nach ihrem Koffer.

»Und heute Abend?«, fragte Joe erwartungsvoll. »Biergarten, gleich nach der Arbeit bei mir?«

»Wir telefonieren, ja?«

Da war sie schon an der Tür, lief die Treppe hinunter, überquerte die Straße und atmete erst wieder aus, als sie in dem kleinen Friseursalon gegenüber angelangt war.

»Sie haben einen Termin?«, säuselte die aufgebrezelte, nicht mehr ganz taufrische Rothaarige am Empfang und beäugte sie argwöhnisch.

»Naa, leider ned. Aber Sie nemma mi jetz trotzdem dro, des waoß i. I bin nämlich a Notfall.«

Sofie zog sich die verschmierte bunte Mütze zum Kopf.

»Und jetzt erlösen Sie mi von dem grauen Elend, aber bittschön dalli!«

3

Wüstenfuchs I

Bald nach seiner Ankunft in Tanger hatten sie ihm den Spitznamen »Wüstenfuchs« verpasst, und der war ihm geblieben wie eine zweite Haut. Die heiße Sonne dort hatte ihn schneller verbrannt, als er sich das hätte vorstellen können, und ihm Tage voller Übelkeit und Schmerzen beschert, die er in einem viertklassigen Hotel ausharren musste, in dem Bettwanzen und Küchenschaben seine Begleiter waren. Anfangs fand er das noch exotisch, doch als ihm eines Nachts ein paar harte Jungs zeigten, was mit Fremden passiert, denen nach ein paar verlorenen Zockerrunden die Kohle ausgeht, war er äußerst unsanft wieder auf dem Boden der Tatsachen gelandet.

Wie wenig man doch braucht!

Das war sein neues Mantra geworden, das ihn nun auch schon seit mehr als zwanzig Jahren durchs Leben führte. Sein Haar war schon lange nicht mehr fuchsrot wie einst, sondern schimmerte silbern; auch sonst waren die Jahre nicht spurlos an ihm vorübergegangen. Er hatte alle Illusionen verloren, aber sein Kopf arbeitete so zuverlässig wie nie zuvor. Außerdem hatte er jetzt jede Menge Zeit – das half, wenn man wie er Witterung aufgenommen hatte.

Allerdings kostete es ihn einige Überwindung, das zu tun.

Denn eigentlich hatte er mit allem, was früher gewesen war, längst abgeschlossen. In einer sternenklaren Wüstennacht hatte er sich geschworen, nie mehr an das Vergangene zu denken. Doch Gefühle waren mächtiger als alle Vorsätze, das wusste er inzwischen, und so hatte er eines Tages trotz aller Bedenken wieder europäischen Boden betreten. Dann war es nur noch eine Frage der Zeit gewesen, bis ihn sein Weg nach München führte.

Einerseits wollte er mit jenen, die seinen Ruin herbeigeführt hatten, nichts mehr zu tun haben – andererseits vermisste er sie auf eine Weise, die ihn selbst beunruhigte.

Lag es daran, dass jeder von ihnen tat, was er tun musste, als ob er einem Auftrag folge, den einem die Ahnen erteilt hatten?

Oder weil Blut eben doch stärker ist als Wasser – und blaues Blut allemal?

Egal, jetzt war er jedenfalls wieder in ihrer Nähe, auch wenn sie nichts davon ahnten. Er umrundete sie in weiten, konzentrierten Kreisen, witterte, spürte, lauschte, beobachtete.

Sie hatten sich nicht sonderlich verändert in all den Jahren, und wenn doch, dann eher noch mehr zu ihrem Nachteil – bis auf den Jungen, der ihm immer noch sehr gefiel, weil er einiges an ihm entdeckte, das ihn einst selbst ausgemacht hatte: Neugierde, Mut, Verwegenheit, ein bisschen Eleganz …

Der Junge lag ihm am Herzen, immer schon, und das nicht nur, weil sein Traum vom eigenen Sohn unerfüllt geblieben war. Gern hätte er wie ein guter Geist stets eine unsichtbare Hand über ihn gehalten. Aber wenn er sich jetzt so ansah, vom Schicksal gebeutelt und von Krankheit gezeichnet – bezweifelte er stark, ob sich der Junge von einem wie ihm helfen lassen wollte. Doch seine Zuneigung zu ihm blieb unverändert, und er würde nicht zulassen, dass ihm jemand willentlich wehtat.

Über Monate war alles unverändert geblieben, den ganzen

Winter über. Auch im Frühjahr hatte es nur winzige Anzeichen gegeben, doch seit der Sommer in der Stadt buchstäblich explodierte, kam er kaum noch mit seinen Runden hinterher.

Etwas ging hier vor, das spürte er ganz genau – ein Wüstenfuchs lässt sich nicht täuschen! Er zog seine Kreise enger, verzichtete oftmals auf Schlaf, war bis spät in der Nacht unterwegs und schon ganz früh morgens wieder auf den Beinen.

Es stank nach Tod.

Das zumindest konnte er jetzt schon sagen.

Ein süßlicher, widerlicher Geruch, der ihm leider zutiefst vertraut war, seit er in den Metzgergassen von Marrakesch hatte leben müssen, so ziemlich die unterste Stufe seiner turbulenten nordafrikanischen Erlebnisse.

Ein Geruch, der dich niemals wieder verlässt, wenn du ihn einmal in der Nase hattest, widerlich, betäubend, angsterregend.

Die von seinem Blut waren zu allem bereit, das hatte er schon einmal erleben müssen.

Wen hatten sie sich als neues Opfer auserwählt?

Der Wüstenfuchs hob die Nase in den Wind und witterte. Bald, sehr bald schon würde er mehr wissen …

4

Frau mit Vergangenheit

»Geht's wieder?«

Kriminalkommissar Joe Lederer beäugte die Frau mit dem grau melierten Dutt, die sich gerade heftig schnäuzte. Danuta Dobes, so lautete ihr Name, hatte als Putzfrau für die Tote gearbeitet: schwarz, natürlich, das war allen hier klar.

»Sie war eine gute Frau!«, sagte sie inzwischen bestimmt schon zum vierten Mal. Ihr Deutsch war flüssig, doch der harte Akzent verriet sofort ihre Herkunft. »Nicht immer ganz einfach, aber ein treues Herz!«

»Haben Sie schon lange für sie gearbeitet?«

Inzwischen war auch Joes Kollege Mick Lorenz eingetroffen, der sich gerade auf dem dritten roten Stuhl am schwarz lackierten Küchentisch niederließ.

Danuta nickte so heftig, dass ihr Dutt bedenklich ins Wackeln geriet. »Mehr als zehn Jahre«, antwortete sie mit kehliger Stimme. »Damals war sie noch verheiratet. War alles nicht leicht für sie: Scheidung, neuer Beruf, andere Wohnung, Geld weg. Geklagt sie hat nur selten. Aber ich wusste immer, wie es da drinnen aussieht.« Sie klopfte an ihre Brust. »Hier ist es auch schön, sicherlich. Aber kein Vergleich mit der alten Villa in Harlaching ...«

»Frau von Reinstein arbeitete heute als ...?«

»Flugbegleiterin. Wechselnde Arbeitszeiten, immer andere Routen, alles sehr anstrengend. Aber sie war tapfer und meistens positiv.«

»Hatte sie einen aktuellen Lebensgefährten oder einen festen Freund?«

»Einen Freund? Nein.«

Ihre dünnen Lider gingen auf und zu. Sie hatte so hellgraue Augen, dass sie fast durchsichtig wirkten. »Verehrer hatte sie, das ja. So eine schöne Frau! Aber sie konnte ihren Mann niemals vergessen. Bis heute nicht.«

»Ihren Mann? Sagten Sie nicht gerade, sie sei geschieden gewesen?«, wandte Mick ein.

»Ja!«, erwiderte Danuta Dobes. »Auf dem Papier. Aber Ehen, die vor Gott geschlossen wurden, gelten ewig. In meinem Land glaubt man daran.«

Einen Augenblick wurde es still in der Küche.

»Es würde uns helfen, wenn Sie uns ein paar Namen nennen könnten«, meinte Joe. »Vielleicht fällt Ihnen ja etwas ein. Verwandte zum Beispiel. Freunde. Jemand, der sich über sie geärgert haben könnte. Oder der noch eine Rechnung mit ihr offen hatte.«

Sie schien zu überlegen und schüttelte dann den Kopf.

»Ich fürchte, da ich kann Ihnen nicht viel helfen«, sagte sie. »Ihre Eltern sind lange tot, Geschwister hat sie keine, glaube ich. Und wenn ja, dann habe ich sie nicht gesehen. Besuch? Wie soll ich das wissen? Ich war ja meistens nicht da, wenn Besuch kam. Da war Frau von Loessl sehr eigen.«

»Wie haben Sie sie gerade genannt?«, fragte Joe konsterniert.

»Frau von Loessl. So hieß sie vor ihrer Scheidung. Sie hat lange überlegt, ob sie wieder ihren Mädchennamen annehmen soll und sogar mich gefragt. Machen Sie das, hab ich ihr gesagt.

Das hilft für einen Neuanfang. Aber danach hat sie stundenlang geweint.«

Mick und Joe warfen sich einen vieldeutigen Blick zu.

»Dann haben Sie den Geschiedenen auch gekannt?«, fragte Joe.

Danuta Dobes nickte. »Natürlich. Feiner Mann. Immer höflich und kultiviert. Nur allein gelassen hat er sie oft ...«

»Wissen Sie, welchen Beruf er hat?«, fragte Mick Lorenz.

»Er ist Journalist. Oft im Ausland unterwegs. Kriegs- und Krisengebiete. Manchmal hat sie wochenlang nichts von ihm gehört.«

»Und er heißt ...?« Joe starrte sie gebannt an.

»Karl Maria Ritter zu Loessl«, erwiderte sie prompt. »Gute, alte Familie. Aber ich glaube, er hat sich nicht viel daraus gemacht. Herr Loessl sollte ich zu ihm sagen. Das hat ihm schon genügt.«

»Und die Scheidung war im Jahr ...«, soufflierte nun Joe, der auf einmal ein seltsames Flackern in seinen braunen Augen hatte.

»Lassen Sie mich nachdenken!«, sagte sie schluchzend. »Ja, genau, mein Enkel Kristof kam damals gerade in die Schule. Und heuer wird er schon gefirmt. Das muss also vor gut sechs Jahren gewesen sein.«

»Hatten die beiden denn weiterhin Kontakt, auch nach der Scheidung?«, fragte Mick Lorenz.

Danuta zog die Schultern hoch. »Sie hätte das gern gewollt, glaube ich. Aber er wohl eher nicht. Wie Männer eben so sind. Vorbei. Vergessen.«

Sie rutschte unbehaglich auf ihrem Stuhl hin und her.

»Aber er hat alles hier bezahlt. Das hat sie mir gesagt. Er war immer sehr großzügig. Auch zu mir.«

Sie angelte nach ihrer großen schwarzen Tasche.

»Brauchen Sie mich noch? Ich möchte nach Hause. Kristof kommt von der Schule und muss essen ...«

»Schreiben Sie uns bitte Ihre Daten auf. Adresse, Festanschluss- sowie Handynummer.«

Mick Lorenz streckte ihr Zettel und Kugelschreiber entgegen. »Gut möglich, dass wir noch einmal auf Sie zukommen müssen.«

»Für heute können Sie gehen«, sagte Joe, nachdem sie alles notiert hatte. »Schaffen Sie das alleine?«

Sie nickte.

»Und lassen Sie uns bitte Ihren Schüssel da. Die Wohnung wird polizeilich versiegelt.«

Danuta Dobes stand schon an der Tür.

»Die Tante fällt mir noch ein«, sagte sie. »Amalie von Loessl. Früher war sie öfter zu Besuch, nach der Scheidung nicht mehr. Aber jetzt hat sie sich wieder gemeldet. Alte Dame, sehr fein. Gnädige Frau vom Scheitel bis zur Sohle, Sie verstehen?«

Kaum war sie draußen, stand Joe auf und öffnete das Fenster. Aber die hereinströmende Luft war so warm und benzinschwanger, dass er es schnell wieder schloss.

»Das ist ja der Hammer!«, sagte er langsam. »Charly Loessl, Polizeireporter seines Zeichens und Sofies nimmermüder Verehrer! Wenn der wirklich der Ex von der Toten ist, dann ...«

»Das lässt sich doch ganz einfach überprüfen«, meine Mick. »Worauf warten wir noch, Joe? Auf zu unserem schlauen Computer!«

5

Einer zu viel

Sofies Haar war wieder locker und duftig – eine Wohltat! Aber das war auch schon so ziemlich das Beste, was der restliche Tag zu bieten gehabt hatte. Von Erik war zum Glück keine Spur zu sehen, als Sofie in der Rechtsmedizin ankam. Spike winkte sie gleich in den Seziersaal, wo die Leiche eines gewichtigen Anfangssechziger auf sie wartete, den sie zusammen mit einer ungewöhnlich flattrigen Elke Falk nach allen Regeln der Kunst obduzieren sollte.

Was war nur in Dr. Iglu gefahren, die sonst nicht einmal Murmelchens geballte Charme-Attacken derart in Verzückung bringen konnten? Seit dem Aus mit dem geheimnisvollen Fahrradkurier, der sich seit einem Jahr nicht mehr im Institut blicken ließ, war sie nicht mehr derart von der Rolle gewesen. Sie verwechselte die Instrumente, drückte zu früh auf die Aus-Taste des Diktaphons und schmunzelte sogar, als Spike zur Untermalung seine Lieblings-Rammstein-Nummer laufen ließ.

Erst wenn die Wolken schlafen gehen …

Jetzt wurde es Sofie allerdings zu viel, weshalb sie ihn mit einem eisgrünen Blick über dem Mundschutz dazu brachte, den martialischen Sound wieder abzustellen.

Das Ergebnis ihrer gemeinschaftlichen Bemühungen ergab

einen natürlichen Tod durch Herzinfarkt, dem nichts und niemand nachgeholfen hatten – sah man einmal von der bemerkenswerten Fettleber ab, die den ohnehin labilen Gesundheitszustand des Verstorbenen sicherlich nicht stabilisiert hatte. Jetzt bekam die wesentlich jüngere Zweitfrau die hohe Lebensversicherung, und die beiden Söhne, die die Obduktion angestrengt hatten, weil sie ihre Stiefmutter für eine potenzielle Gattenmörderin hielten, würden auf ihrem mageren Pflichtteil sitzen bleiben.

Ach, manchmal hatte Sofie wirklich genug von all den Abgründen, die sich im Schatten der Leichen auftaten, und genauso ein Tag war heute! Immerhin konnte sie sich beim Nachhauseradeln an der Steigung des Giesinger Bergs so richtig abstrampeln, sodass sie schweißnass, aber befriedigt oben ankam.

So schlecht war ihre Kondition ja gar nicht!

Weil du dir selbst in die Tasche lügst, meldete sich sofort wieder ihre strenge innere Stimme zu Wort. *Eine einzige Steigung – was ist das schon? Denk lieber daran, wie der Bikini noch immer spannt und zwackt! Willst du Joe beim Baden etwa so unter die Augen treten?*

Der kennt mich noch ganz anders, fauchte Sofie stumm zurück. Und zwar ganz ohne – das mag er. Jetzt sei endlich still, kapiert?

Im Hormonrausch vielleicht. Wenn ihm das Gehirn zwischen den Beinen steht. Heute war die Stimme besonders unausstehlich. *Was aber, wenn er dich im Freibad zwischen lauter schlanken Frauen mit süßen Figürchen sieht?*

Aus. Apfel. Amen!

Sofie hatte die Nase gründlich voll von dieser innerlichen Diktatorin, die niemals Ruhe gab, bremste vor der Zugspitzstraße schwungvoll ab und schob dann ihr Rad in den Hof.

Jetzt eine ausgiebige Dusche, danach in das türkise Batistkleid schlüpfen, und Joe würde für die mageren Schnepfen dieser Welt keinen einzigen Blick mehr haben …

»Sofie?«

Sie fuhr zusammen.

»Du?«

»Ja, ich«, sagte Erik und klang tatsächlich ein bisschen kleinlaut. »Sorry, das heute im Institut war wahrlich keine Glanzleistung. Ich hätte dir früher Bescheid geben müssen. Und nicht darauf bauen, dass du es von der Kollegin erfährst.«

Sie musterte ihn misstrauisch.

»Allerdings«, sagte sie. »Und noch lieber wär es mir gewesen, du wärst ganz an deiner Charité geblieben!«

Ihr Blick wurde frostig. Das konnte auch sie, nicht nur Elke Falk!

»Warum bist also wirklich hier? Die Wahrheit, Erik!«

»Du wirst sicherlich auch verfolgt haben, wie stark der Konsum psychoaktiver Substanzen innerhalb der Jugendkultur gestiegen ist. Synthetische Cannabinoide, Designerdrogen aus der Gruppe der Cathinonderivate, besser bekannt als Badesalze – das alles richtet so schrecklich viel Unheil an, dass ich mich entschlossen habe, darüber in meiner Habil zu forschen …«

»Mir kommen gleich die Tränen«, unterbrach Sofie ihn. »Erik, der Retter der Jugend! Bislang interessierten dich doch immer nur der Chefsessel am Institut und die Lockungen der Pharmaindustrie. Woher also dieser rasante Umschwung?«

»Man kann sich ändern, Sofie«, meinte er in beschwörendem Tonfall, »und ich, ich *habe* mich geändert!«

Plötzlich begriff sie.

»Aha, daher weht der Wind. Sabrina hat dich entsorgt, so war es doch, oder? Hat die Tochter des Chefs jetzt endlich ihren

Adelsfritzen, von dem sie schon immer träumte? Nicht schön, wenn man plötzlich zweite Wahl ist, gell?«

»Nun, mit Sabrina und mir ist es tatsächlich vorbei«, erwiderte er. »Weil ich dich nämlich nie vergessen konnte, Sofie. Du fehlst mir! Wenn ich könnte, würde ich am liebsten alles rückgängig machen.« Er berührte ihren Arm, aber sie schüttelte ihn ab.

»Das wird nichts mehr mit uns, Erik«, sagte sie heftig. »Und das war auch nie was Richtiges, nur eine Übergangslösung. Für dich, aber auch für mich. Ich bin wieder mit dem Joe zusammen, damit du Bescheid weißt!«

Seine hellen Augen wurden groß.

»Mit diesem unzuverlässigen Kerl von der Mordkommission, der dich dauernd betrogen hat? Das ist doch nicht dein Ernst, Sofie! Du hast etwas Besseres verdient.«

»So etwas wie dich vielleicht?« Ihr Lächeln gefror. »Danke, verzichte freiwillig. Und jetzt möchte ich gern in meine Wohnung. War ein langer Tag.«

Sie ließ ihn stehen und ging zur Haustür. Dann drehte sie sich noch einmal um. »Woher weißt du eigentlich, wo ich wohn?«

»Deine Kollegin war so freundlich …«

Er log. Schon wieder. Niemals würde Elke Falk, so zickig sie auch sein mochte, ihm ihre Privatadresse geben. Sie fixierte ihn so lange stumm, bis er schließlich den Blick senkte.

»Also gut«, sagte er kleinlaut. »Auskunft Einwohnermeldeamt. Für 29 Euro bekommt man dort online jede Adresse in Deutschland. Ich hab mich anschließend auf dem Münchner Stadtplan ein wenig umgesehen. Und mir in der Sommerstraße in Untergiesing eine möblierte Wohnung gemietet. Ich dachte sogar, sie läge noch näher bei dir. Dabei ist jetzt dieser komische Berg dazwischen!«

»Ja, München ist halt doch nicht das Kaff, für das du es immer gehalten hast«, sagte sie und schloss auf. »Servus, Erik!«

Als sie die Treppe hinaufstieg, klopfte ihr Herz hart gegen die Rippen. Wie würde Joe reagieren, wenn er erfuhr, dass ihre Berliner Affäre ihr nun am Institut Tag für Tag über den Weg lief? Schlauerweise hatte sie nicht allzu viel über Erik und sich preisgegeben, aber den Namen kannte Joe, und er wusste auch, dass sie einige Monate mit einem gewissen Dr. Erik Sander liiert gewesen war. Was bei ihm schon zu gewissen Explosionen führen konnte. Bei Licht betrachtet war Joe nämlich kein bisschen weniger eifersüchtig als sie. Zudem war Erik »ein Studierter«, und trotz allem machohaftem Selbstbewusstsein, das Joe so gern an den Tag legte, gab es da dieses kleine Lindenblatt des Nichtakademikers, unter dem er durchaus empfindlich war.

Sofie schälte sich aus den verklebten Sachen, stopfte sie in den Wäschepuff und drehte den Hahn auf. Weiches Wasser perlte aus dem großen Duschkopf und wusch mit all dem Schmutz auch gleich den Stress des Tages von ihr ab.

Sie würde klug sein müssen und ganz behutsam vorgehen, nicht zu lange abwarten, aber auch nicht gleich mit der Tür ins Haus fallen. Irgendwann in den nächsten Tagen würde sich bestimmt der richtige Moment ergeben, und dann würde sie Joe sagen, dass …

All you need is love.

Sie hatte ihren Handyklingelton erst kürzlich geändert und sich noch nicht daran gewöhnt.

»Joe?«

Sie hatte sich nur schnell die Hände abgetrocknet, war ansonsten aber noch tropfnass, als sie den Anruf annahm.

»Ja? Jetzt glei? Du, i woit aber liaber … ach, so wichtig? Guat, dann bis glei im ›La Gondola‹!«

6

Böse Überraschungen

Wie immer saß Joe an seinem Stammplatz unter dem großen Sonnenschirm, der abends zwar ausgedient hatte, aber selbst da noch einen Hauch von Süden verströmte. Hier hatte er zwar die beste Sicht über den Platz, aber er stierte nur nachdenklich auf sein Weißbierglas, aus dem er offenbar noch keinen Schluck getrunken hatte.

Sofie sperrte ihr Fahrrad ab und setzte sich ihm gegenüber.

»Servus, Joe«, sagte sie. »Was ziagst'n du für a Leichenbittermiene an so am scheena Abend?«

Er fuhr sich mit der Hand durch die dunkelbraunen Haare, in denen seit Neuestem die ersten grauen Stellen aufblitzten, was ihm unverschämt gut stand und einem gewissen Mr. Clooney – nicht dem Skelett in ihrem Kabuff – nur noch ähnlicher machte.

»An manchen Tagen hasse ich meinen Job«, murmelte er. »Und heute ist genau so ein Tag!«

Sein bemühtes Hochdeutsch so spät nach Dienstschluss ließ Sofie aufhorchen. Ihr türkises Sommerkleid mit den Spaghettiträgern, das ihr leicht gebräuntes Dekolleté so hübsch in Szene setzte, hatte er bislang nicht einmal bemerkt.

»Was is passiert?«, fragte sie. »Magst es mir erzählen?«

»Ah – die *bella Signora Sofia!*«

Gianni, der Wirt vom »La Gondola«, brachte zwei Speisekarten an den Tisch.

»Und zum Trinken?«

»Für mich ein großes Pellegrino und einen Soave«, sagte Sofie. »Beides am liebsten eiskalt.«

Nicht ohne Mühe verscheuchte sie die Vision einer riesengroßen, verführerisch duftenden Pizza Margherita, die gerade in ihr aufstieg. »Mozzarella auf Tomaten«, bestellte sie stattdessen tapfer. »Is ja eigentlich eh z'warm zum Essen.«

»Für mi nix.« Joe schüttelte den Kopf. »Mir ist der Appetit gründlich vergangen.«

»Jetzt red scho!«, beschwor sie ihn, nachdem Gianni wieder abgezogen war.

»Wenn des so einfach waar!« Er griff nach ihrer Hand. »Eigentlich dürft i dir koa Wort verraten. Aber des hoit i ned aus.«

»So schlimm werd's scho ned sei …«

»Schlimmer, Sofie, schlimmer!« Er presste ihre Hand so fest, dass sie kurz aufschrie. »Sorry! I bin ganz neben der Spur.«

Gianni brachte Wasser, Wein und geröstete Weißbrotscheiben an den Tisch, und als er wieder gegangen war, sagte Joe: »Die Tote von heute … Du hast ja keine Ahnung, wer das war!«

»Laura von Reinstein«, erwiderte Sofie prompt. »So stand es jedenfalls an der Wohnungstür. Ist der Name falsch?«

»Ja und nein.«

Er trank einen Schluck.

»Das war ihr Mädchenname, den sie nach der Scheidung wieder angenommen hat. Verheiratet war sie aber jahrelang mit einem gewissen Karl Maria Ritter zu Loessl.«

»Loessl«, wiederholte Sofie perplex. »Aber doch nicht unser Charly?«

»Genau der«, bekräftigte Joe. »Übrigens eher *dein* Charly als unser!«

Vor Sofies innerem Auge spulte sich gerade ein seltsamer Film ab. Die Tote in der Blutwanne, Charlys aufgeschrecktes Gesicht, seine gepresste Stimme, die Schnelligkeit, mit der er wieder verschwunden war …

»Du verdächtigst ihn doch ned etwa?«, sagte Sofie. »Komm scho, Joe, dazu wäre er niemals fähig!«

»Bist du dir da so sicher? Du kennst doch nur sei Fassade – den Oldtimer, die Klamotten, die feinen Manieren, die noble Wohnung! Hat er dir jemals verraten, wer er wirklich is? Dass er a Ex hat, die aa hier in München lebt? Nix weißt über ihn, Sofie, gar nix!«

»Du spinnst ja!«, rief sie erregt. »Nur weil er ned glei sei ganze Lebensgeschichte vor mir ausgewalzt hat …«

Sie verstummte. In gewisser Weise hatte Joe recht, und, ja, sie war betroffen. Kein Wort hatte Charly je über seine adelige Abstammung verloren oder über seine gescheiterte Ehe. Vom Libanon hatte er ihr erzählt, von exotischen Gewürzen und Gerichten, die sie noch nie probiert hatte … Alles Ablenkungsmanöver, auf die sie prompt hereingefallen war?

»Gell, jetzt kommst aa ins Grübeln«, fuhr Joe fort. »Und du wirst glei no verdutzter sei, weil des is no lang ned ois! Dir is doch gwiss die Krawattn im Schlafzimmer von der Toten aufgefallen? Schließlich hat dei Skelett im Institut ja fast die gleiche um an Hois.«

Sofie nickte. Sie hatte sie tatsächlich gesehen – den Gedanken daran aber rasch wieder weggeschoben.

»Da drauf ham mia Fingerabdrücke sichergestellt. Und zwar genau die gleichen wie aufm zwoaten Sektglas neben der Leich – und zwar dem Loessl seine. Jetzt werd's eng für dein' Ritter, Sofie, verdammt eng!«

»Ihr habts dem Charly seine Fingerabdrück? Woher?«

»Widerstand gegen die Staatsgewalt bei einer Anti-Atomkraft-Demo. Alt, aber bestens konserviert. Es gibt koan Zweifel. Er *war* in der Wohnung von der Toten.«

»Welches Motiv sollt er denn ghabt ham?«

»Was woaß i – Versöhnung vielleicht, die irgendwann in an Streit ausgeartet is? I war ja ned dabei!«

Sofie zerpflückte das Weißbrot auf ihrem Teller in winzige Krümel.

»Was habts jetz vor?«, fragte sie heiser, obwohl sie die Antwort bereits kannte.

»Ihn vernehmen. Und des ned zu knapp! Aber dazu müssen wir ihn erst amoi ham. Der feine Herr is nämlich offenbar abgetaucht. Des wirft koa besonders guats Licht auf ihn, des kannst du dir ja denken.«

Gianni, der Sofies Bestellung an den Tisch brachte, spürte sofort, dass er störte.

»*Un altro* Weizen, *commissario?*«, fragte er deshalb nur kurz und zog sich nach Joes ungnädigem Kopfschütteln sofort wieder zurück.

Sofie schob den appetitlich angerichteten Teller beiseite. Ihr Hunger war wie weggefegt. Erik und alles, worüber sie sich zuvor noch den Kopf zerbrochen hatte, erschien ihr auf einmal ganz und gar unbedeutend.

»Der Charly – des gibt's doch einfach ned!«, stöhnte sie.

»Falls er sich bei dir melden sollte ...«

»Bei mir? Wieso denn bei mir?«, fuhr Sofie auf.

»... sagst du sofort Bescheid, okay?«, vollendete Joe seinen Satz. »Die Fahndung is raus. Es is eh nur eine Frage der Zeit, bis wir ihn schnappen.« Sein Blick wurde zärtlich. Zum ersten Mal an diesem Abend sah er sie wirklich an. »Schönes Kleid übrigens,

Sofie! Schaust super aus. Sollen wir zahlen und nachad zu mia?«

»I muaß in Ruhe nachdenken«, meinte Sofie. »Und des geht am besten solo.« Sie stand auf, beugte sich zu ihm und küsste ihn. »Sei mir bitte ned bös, Joe!«

Sie spürte seinen verletzten Blick im Rücken, als sie das Rad aufschloss und losfuhr, aber sie musste jetzt einfach allein sein.

Auf dem kurzen Heimweg dachte sie an Charly: wie er redete, wie er lachte, wie er genießerisch die Augen schloss, wenn ihn ein Musikstück berührte.

Er war ihr Freund, und sie mochte ihn sehr. Eine Zeit lang hatte es sogar so ausgesehen, als könne viel mehr aus ihnen werden.

Und nun dieser schreckliche Verdacht!

Sofies Hände waren trotz der sommerabendlichen Wärme klamm, und plötzlich wurde ihr speiübel. Jetzt bedauerte sie zutiefst, dass heute kein Murmel wedelnd auf sie wartete. Seine fröhliche Gegenwart wäre genau das Richtige gewesen!

Tief in Gedanken versunken, schob sie das Fahrrad durch die Vordertür. Am Himmel stand eine zarte Mondsichel. Der Hinterhof war dunkel und leer. Jedenfalls glaubte Sofie das, während sie ihr Rad sicher verriegelte. Doch als sie sich wieder aufrichtete, spürte sie auf einmal, dass sie nicht allein war.

Ihr Blick flog zur Linde.

Da stand jemand, an den Stamm gelehnt! Jemand, der nun langsam auf sie zuging.

»Guten Abend, Sofie«, sagte eine sonore Männerstimme, die ihr nur allzu vertraut war. »Seltsame Frage, wirst du vielleicht denken, aber ich muss sie dir jetzt trotzdem stellen: Würdest du mir vielleicht Asyl gewähren?«

7

Rein beruflich

Sie hatten die Obduktion abgeschlossen und die Leiche wieder zugenäht, aber etwas Wesentliches stand noch aus: der Abschlussbericht, den Elke Falk nun zügig diktierte, während Sofies Gedanken zwischen der Toten auf dem Seziertisch und dem Mann hin und her sprangen, von dem Laura von Reinstein schon seit Jahren geschieden war. Dass Charly Loessls Ex in diesem Zustand vor ihnen lag, hatte sogar Dr. Iglu zu einem scharfen »Sieh mal an!« veranlasst. »Da wird er ja einiges zu erklären haben, der charmante Herr Polizeireporter!«, fügte sie noch hinzu. »Oder waren Sie etwa schon die ganze Zeit darüber im Bild; so dicke, wie Sie mit ihm ja offenbar sind?«

War Sofie nicht. Und selbst nach der vergangenen Nacht, die sie sich mit Reden um die Ohren geschlagen hatten, standen noch jede Menge Fragen im Raum.

»Leiche von schlankem Körperbau. Zeichen ausgedehnter scharfer Gewaltanwendung gegen Hals und Brust. Ein quer verlaufender Halsschnitt von links oben nach rechts unten mit Eröffnung von Luftröhre, Speiseröhre, den beiden großen Halsvenen und der linken Halsschlagader …«

Sofie hatte Charly gestern regelrecht in ihre Wohnung gezerrt. »Joe wird mich umbringen, wenn er das erfährt«, murmelte sie dabei. »Er hält dich für den Hauptverdächtigen, und die Fahndung läuft!«

»Aber ich war es nicht!« Seine graugrünen Augen bettelten um Verständnis.

»Dann stell dich!«

»Genau das kann ich nicht. Da hat es doch jemand darauf angelegt, Spuren zu legen, die mich belasten! Wie soll ich etwas dagegen unternehmen, wenn sie mich erst einmal haben?«

»Du meinst die Krawatte?«

»Die hast du erkannt? Bingo! Und das Sektglas mit dem Goldrand ist ein Erbstück. Es stammt aus meiner Vitrine. Da stand es jedenfalls noch bis vor ein paar Tagen. Jetzt ist der Platz leer. Wir haben uns die Gläser damals bei der Scheidung geteilt, weil Laura unbedingt eines davon als Andenken wollte. Ich dachte, ich seh nicht recht, als die beiden einträchtig auf dem kleinen Tisch neben der Wanne standen!«

»... zwei Stichverletzungen in die hohe zentrale Brustregion mit Anstich der Aorta. Querlaufende glattrandige Durchtrennung in der rechten Hohlhand. Fischmaulartige, glattrandige Verletzung an den Fingerkuppen 1 mit 3 links.«

Elke Falk musste hüsteln und unterbrach ihr Diktat.

»Sie hat sich gewehrt«, sagte Sofie.

»Aber es hat ihr nicht viel genutzt. Kein Wunder bei diesem Blutverlust ...«

»Sie könnte auch betäubt worden sein.«

»Blut und Mageninhalt sind in der Tox. Dr. Sander war so freundlich, sich ihrer anzunehmen. Der ist schon jetzt ein Gewinn für unser Institut!«

Dr. Sander?

Der hatte Sofie gerade noch gefehlt bei diesem komplizierten Fall!

»Zeichen stumpfer Gewalteinwirkung«, diktierte Elke Falk weiter, noch immer den Rest des Lächelns in den Mundwinkeln, das der Name Dr. Sander in ihr ausgelöst hatte. »Gering unterblutete Schleimhautverletzung in der Umschlagfalte der Lippen links betont. Zwei kleinere Hämatome an der Kinnspitze und über dem linken Unterkiefer ...«

»Aber wer macht denn so etwas, Charly?« Immer wieder hatte Sofie ihn das gefragt. »Wer geht so weit, dir einen Mord anzuhängen?«

»Wenn ich das wüsste! Natürlich habe ich mir im Lauf der Zeit Feinde gemacht. Das lässt sich in meinem Beruf gar nicht vermeiden. Aber mir fällt keiner ein, dem ich das zutrauen würde.«

Charly war sich mit der Hand über das Gesicht gefahren, als wollte er die Müdigkeit in seinen Zügen wegwischen. »Sie sah so schrecklich aus in all dem Rot! Ein einsames Schneewittchen, so hat sie sich im Spaß immer genannt, als sie noch klein war ...«

»So lange kennt ihr euch schon?«

Er nickte. »Unsere Familien waren befreundet. Laura hat sich schon mit acht in mich verliebt. Später wollte sie mich unbedingt heiraten, und wenn sie sich etwas in den Kopf gesetzt hatte, konnte sie sehr überzeugend wirken. Aber ich hätte es niemals dazu kommen lassen dürfen. Ich wusste gleich, dass das niemals gut gehen würde.«

Als er weitersprach, war er ganz grau im Gesicht.

»Ich habe Laura unglücklich gemacht, und das tut mir von ganzem Herzen leid. Aber ich habe sie nicht getötet.«

»Frau von Reinstein ist an Verbluten nach außen und innen bei einer Halsschnittverletzung mit Eröffnung großer Gefäße und zwei Brustkorbschnittverletzungen mit Anstich der Aorta auf gewaltsame Weise gestorben«, diktierte Falk mit sachlich klingender Stimme.

Sofie musste sich zwingen, ihr zuzuhören, weil sie schon wieder an Charly dachte.

»Die glattrandigen Verletzungen in der rechten Hand sind in erster Linie als Abwehrverletzungen zu interpretieren. Diesbezüglich und in Verbindung mit der Wundmorphologie kann davon ausgegangen werden, dass sämtliche Verletzungen zu Lebzeiten gesetzt wurden …«

In diesem Moment ging die Tür auf, doch statt ihres Assistenten Spike, den sie eigentlich erwartet hatten, stand auf einmal Erik Sander im Sektionssaal.

»Keinerlei Spuren von Schlafmitteln oder Sedativa im Magen«, dozierte er. »Dafür 0,3 Promille Blutalkoholkonzentration. Wir können davon ausgehen, dass sie den Alkohol erst kurz vor ihrem Tod zu sich genommen hat.«

Sanders Blick flog zu Sofie, die ihn nur kurz erwiderte, dann zu Elke Falk, die ihn begeistert anlächelte.

»Eine Beziehungstat«, fuhr er fort. »Darauf deutet meiner Meinung nach sehr vieles hin!«

»Warten wir doch lieber erst einmal das Ergebnis der Ermittlungen ab«, erwiderte Sofie schroff, »und ziehen erst dann unsere Schlüsse. Das scheint mir wesentlich klüger zu sein.«

Erik ließ sich davon nicht beindrucken, sondern sagte, zu Falk gewandt: »Eines meiner Steckenpferde sind nun mal Statistiken. »Bei einer Untersuchung von 250 Todesfällen durch scharfe Gewalt machten Halsgefäßverletzungen lediglich 30 Prozent aus. Unter den Opfern waren 60 Prozent weiblich und zwischen 40 und 60 Jahre alt – womit wir es ja auch hier zu tun haben dürften.«

Ein schneller Blick zur Leiche. Danach ein kurzes, befriedigtes Nicken.

»Tatort ist in 70 Prozent aller Fälle die eigene Wohnung.«

Er schniefte bedeutungsschwer.

»Aber, und das scheint mir das Entscheidende: In mehr als 80 Prozent der Fälle stammt der Täter aus dem engsten persönlichen Umfeld.«

Er schaute um sich, als warte er auf Applaus. Elke Falk hing hingerissen an seinen Lippen, während Sofie sich sichtlich unwohl fühlte. Hoffentlich hielt Charly sich an das, was sie ihm eingeschärft hatte: sich nicht aus der Wohnung bewegen, nicht aus dem Fenster sehen, unter keinen Umständen ans Telefon gehen – und wenn es noch so lange klingelte. Sie hatte nicht die geringste Ahnung, was sie mit ihm anstellen sollte, wenn sie zurück in der Zugspitzstraße war. Bereits die erste Nacht war eine echte Herausforderung gewesen. Es hatte schon fast gedämmert, als sie endlich in einen kurzen, unruhigen Schlaf gefallen waren, sie in ihrem Bett, Charly auf dem Sofa im Wohnzimmer, und dementsprechend mitgenommen sah sie heute auch aus.

Plötzlich wurde ihr siedend heiß.

Herrgott Zare – Tante Vroni! Die hatte ja einen Schlüssel zu ihrer Wohnung und überraschte sie manchmal mit kleinen Einkäufen, die sie liebevoll in Sofies Kühlschrank deponierte, damit sie nicht verhungerte. Aber wenn Sofie ihre Tante jetzt anrief und beschwor, bloß nichts für sie zu besorgen, würde sie sich ja erst recht verdächtig machen. Von Joe ganz zu schweigen, der ihr gestern sein Herz ausgeschüttet hatte und vielleicht schon bald erwartungsvoll vor ihrer Tür stehen würde …

Was sollte sie nur tun?

»Ist dir nicht gut, Sofie?«, fragte Erik. »Du bist auf einmal so grün um die Nase!«

Erleichtert griff sie nach diesem Strohhalm.

»Ganz und gar nicht. Diese Hitze … – und ich glaube, ich habe gestern etwas Unrechtes erwischt.«

»Nur leichte Kost bei Temperaturen über 25 Grad und dazu

genügend Mineralwasser!«, dozierte nun auch die Dr. Falk. »Das weiß doch jedes Kind! Oder ausreichend heißen Kräutertee, wie es die Völker rund ums Mittelmeer handhaben. In Marokko zum Beispiel habe ich gelernt …«

»Soll ich dich heimfahren?«, fragte Erik. »Mein Wagen steht vor der Tür.«

»Nein, danke, das braucht es nicht. Frische Luft wird mir guttun …«

Sofie stürzte in Richtung Tür.

»Und wir zwei lassen den Tag später mit Murmelchen unter schattigen Kastanien ausklingen!«, säuselte Falk. »Was halten Sie davon, Herr Kollege? Ich wüsste da einen lauschigen kleinen Biergarten, den Sie unbedingt kennenlernen …«

Erik ließ sie einfach stehen und setzte Sofie hinterher.

»Was soll das werden, Erik?« Sofie starrte seine Hand an, die ihren Arm gepackt hatte und sie am Weitergehen hinderte. »Es ist doch alles klar zwischen uns, oder?«

»Was ist klar?«

Bitte nicht ausgerechnet diese Stimme, stöhnte Sofie innerlich, aber es war tatsächlich kein anderer als Joe, der plötzlich vor ihnen stand.

»Dr. Sander aus Berlin«, murmelte sie, weil ihr nichts anderes übrig blieb. »Kriminalhauptkommissar Lederer.«

Wie in Zeitlupe zog Erik seine Hand von ihrem Arm zurück, während Joes Miene versteinerte.

»Wie lange sind Sie schon in München?«, fragte er mit eisiger Stimme.

»Seit vorgestern«, antwortete Erik. »Und schon dabei, mich prächtig einzuleben in dieser wunderschönen Stadt!«

Die beiden Männer musterten sich stumm. Ihre gegenseitige Abneigung war mit Händen zu greifen.

»Dann will ich lieber nicht stören …«

Joe drehte sich um und ging steifbeinig in Richtung Ausgang.

»So wart doch!«

Sofie lief ihm hinterher. »Des is ois ganz anders, als du denkst!«

Er blieb erst kurz vor der letzten Tür stehen.

»Bist du deshalb gestern so schnell abgedüst? Weil der Lackaff da scho auf di gwart hat?«

»I hab koa Ahnung ghabt, dass der Erik nach München kommt! Ja, die Falk hatte es auf irgendeinen ihrer tausend Zettel gekritzelt, aber den hab i überseng – du woaßt doch, wia i manchmal bin. Außerdem is er rein beruflich da und bleibt sowieso ned lang. Und privat hab i nix mehr mit eahm am Hut – gar nix mehr!«

»Und wieso hat er di dann grad no so beschworn?«

Sofie zuckte die Achseln. »Weil er a schlechter Verlierer is? I woit nur naus, des waar scho ois.«

Sie rang sich ein Lächeln ab.

»Und jetzt schau ned so brummig drein, Joe, des mit dem Erik is aus und vorbei, großes Indianerehrenwort!«

Joes steile Falte zwischen den dunklen Brauen hielt sich hartnäckig, aber seine Mundwinkel zeigten nicht mehr ganz so streng nach unten, als er sagte: »I hätt di nämlich braucht. Hast grad Zeit?«

Himmelherrgott – was sollte sie ihm jetzt antworten?

Dass sie eigentlich so schnell wie möglich nach Hause musste, um Schlimmeres abzuwenden?

Aber Joe durfte nicht erfahren, dass Charly sich bei ihr versteckt hielt – niemals!

»Wofür?«, erwiderte sie stattdessen.

»Des erzähl i dir unterwegs.« Er klang nun um einiges versöhnlicher. »Runter mit dem grünen Kittel – und dann nix wia los!«

8

Ois anders

Vor Aufträgen wie diesem hätte er sich am liebsten gedrückt, obwohl er sein Spatzl doch von ganzem Herzen liebte: in die Wohnung von Vronis Nichte zu gehen, während Sofie abwesend war. Im Lauf des vergangenen Jahres hatte Florian Denninger nicht nur mit Sofies Tante ein, wie sie das ausdrückte, »gschlampertes Verhältnis« geschlossen, das sie beide in vollen Zügen genossen, sondern auch eine innige Freundschaft mit der jungen Rechtsmedizinerin. Deshalb bildete er sich auch ein, inzwischen ziemlich genau zu wissen, was Sofie mochte und was nicht. Aber damit kam er bei seiner energischen Liebsten nicht durch: »So a Schmarrn!«, wetterte Vroni, als er leise Bedenken wegen einer möglichen Verletzung von Sofies Privatsphäre zu äußern wagte. »Des Deandl freit si, wenns hoamkimmt und was zum Essen im Kühlschrank hat. Bei einer solchernen Hitzn is mei Schweizer Wurstsalat genau das Richtige! Und jetzt zupf di, damit i endlich mit meiner Bügelwäsch fertig werd und mia zwoa heit aa no naus kemma!«

So schritt er nun, bewaffnet mit einer gut gefüllten Porzellanschüssel und einer Stofftasche, in der drei gekühlte Weißbierflaschen klirrten, über den Hof zum Hinterhaus. Alles aus Naturmaterialien, weil Vroni neuerdings Plastik in Verbindung mit

Lebensmitteln zutiefst misstraute, seit sie beim Gemeindeabend von Maria Hilf einen diesbezüglichen Vortrag gehört hatte.

Unterwegs wurde Florian immer langsamer. Sollte er nicht doch lieber umkehren und erst zurückkommen, wenn Sofie zu Hause war und selbst entscheiden konnte, was sie essen wollte?

Nein – er seufzte –, Vroni konnte ausgesprochen grantig werden, wenn ihr etwas gegen den Strich ging, und er hatte wenig Lust, sich und ihr wegen einer Lappalie den Rest des strahlenden Sommertags zu verderben.

Trotzdem klingelte Flo, wie alle ihn nannten, die ihn näher kannten, vorsorglich gleich zweimal und sperrte erst dann die Haustür auf, nachdem er einige Augenblicke abgewartet hatte.

Die wenigen Treppen nach oben schaffte er in flottem Tempo. Das häufige Spazierengehen mit Vroni und Murmel, den sie beide nur zu gern hüteten, wenn weder Sofie noch ihre Kollegin Zeit dazu fanden, hatte seine Kondition erfreulich verbessert. Noch immer arbeitete er ein paar Tage in der Woche in seiner Schreinerwerkstatt, aber nur wenn der Auftrag sich lohnte und er auch Lust dazu hatte. Nachdem er Schüssel und Tasche abgestellt hatte, machte er sich ans Aufschließen.

Die Tür sprang sofort auf.

Flo stutzte. War das wieder einmal Sofies altbekannte Schludrigkeit in Alltagsdingen, mit der Joe und Vroni sie so gern aufzogen? Oder was sonst hatte sie dazu gebracht, wegzugehen, ohne abzusperren?

Er nahm seine Ladung vorsichtig wieder auf und betrat den kleinen Flur.

»Sofie?«, rief er mit lauter Stimme. »I bin's, der Flo. Wunder di bitte ned, Vroni schickt dir was zum Essen …«

Da war jemand in der Wohnung.

Flo spürte es, noch bevor er die halb leere Espressotasse auf dem mit aufgeschlagenen Zeitungen übersäten Küchentisch entdeckte. Außerdem stand da ein aufgeklappter Apple-Laptop, den er noch nie zuvor bei Sofie gesehen hatte.

Einbrecher?

Aber die machten es sich ja wohl kaum in einer fremden Küche gemütlich, sondern rafften alles Wertvolle zusammen und suchten damit schnellstmöglich wieder das Weite!

Flo verstaute Schüssel und Bierflaschen im Kühlschrank, griff sich für alle Fälle den Besen, der hinter der Tür stand, und betrat das Wohnzimmer. Auf dem gemütlichen Dreisitzer türmten sich Kissen und eine Decke. Bei dieser Hitze? Außerdem waren die ockerfarbenen Leinenvorhänge halb zugezogen und tauchten den Raum in warmes Licht. Hatte da jemand nur etwas gegen ein Übermaß an Sonne? Oder sollte hier etwas vertuscht werden?

Beherzt riss Flo die Tür zum Schlafzimmer auf, den Besenstil mit der rechten Hand so fest umklammert, dass seine Knöchel weiß hervortraten. Der Mann, der neben dem Schrank stand, trug verwaschene Jeans und ein graues Shirt.

»Sie?«

Flos Augen weiteten sich erstaunt.

»Ja, ich.«

Charly Loessl zuckte entschuldigend die Schultern.

»Diesen Anblick hätte ich Ihnen und mir nur zu gern erspart, Herr Denninger!«

»Und weshalb sind Sie dann hier, wenn ich fragen darf? Wo doch die Sofie und der Joe …«.

»Ein Notfall«, entgegnete Charly. »Leider kann ich derzeit nicht in meine Wohnung.«

»Das klingt ja fast, als sei sie kontaminiert.«

»In gewisser Weise ist sie das auch«, sagte Charly gedehnt. »Ja, so könnte man das wohl nennen!«

Die beiden starrten sich schweigend an.

»Bisher waren Sie mir ja ausgesprochen sympathisch«, meinte Flo, »gleich von Anfang an. Aber jetzt werde ich langsam unsicher. Und wenn Sie mir nicht ganz schnell eine schlüssige Erklärung liefern …«

»Sofie war so freundlich, mich aufzunehmen. Das werde ich ihr niemals vergessen!«

Flos buschige Brauen zogen sich zusammen.

»Die Wahrheit, Herr Loessl!«, forderte er. »Da steckt doch mehr dahinter. Oder soll ich lieber Joe Lederer anrufen und ihm sagen, dass ich Sie hier bei Sofie …«

Er zog sein Handy aus der Hosentasche.

»Bloß nicht!«

Charlys Arm schoss blitzschnell nach vorn. Er räusperte sich, als Flo das Handy wieder wegsteckte, und schien um Worte zu ringen, was für einen erfahrenen Journalisten wie ihn ziemlich ungewöhnlich war. »Nun, also … Ich bin da in eine äußerst brenzlige Lage geraten«, erklärte er.

»Ginge es vielleicht etwas präziser?«, bohrte Flo nach.

Charly stöhnte.

»Sie lassen nicht locker, oder?«

»Niemals!«, versicherte Flo. »Mit Halbheiten habe ich mich noch nie zufriedengegeben, mein ganzes Leben nicht. Und Sie kommen mir erst wieder aus diesem Zimmer, wenn ich Bescheid weiß.«

Charly atmete tief.

»Jemand versucht, mir eine schwere Straftat anzuhängen. Aber ich bin unschuldig.«

»Um welche Tat handelt es sich?«

Charly fuhr sich verlegen über das Gesicht.

»Meine Ex-Frau wurde ermordet, und es gibt Spuren, die

mich belasten, *gelegte* Spuren, verstehen Sie? Ich muss unbedingt herausbekommen, wer dahintersteckt. Aber wie soll ich das, wenn sie mich fassen und vielleicht sogar in Untersuchungshaft stecken?«

»Mord?« Florians frische Sommerbräune bekam einen auffälligen Grauschleier. »Das würde ja bedeuten, dass Joe Lederer und seine Leute hinter Ihnen her sind …«

»Sofie glaubt mir«, sagte Charly beschwörend. »Sonst wäre ich ja kaum hier.«

»Die Kripo fahndet nach Ihnen – und Sofie versteckt Sie in ihrer Wohnung?«

Erst nach und nach schien Flo die Konsequenzen des Gehörten wirklich zu umreißen.

»Ganz genau!«, antwortete Charly. »Damit ich meine Unschuld beweisen kann. Doch dazu brauche ich Zeit und vor allem meine Freiheit.«

Flo ließ den Besen sinken und hielt sich am Türrahmen fest.

»Und ich brauch jetzt erst einmal ein Weißbier«, meinte er. »Danach erzählen Sie mir alles. Und zwar von Anfang an!«

9

Charlys Tante

Joe und Sofie schwiegen verbissen, bis sie auf der Humboldtstraße stadtauswärts angekommen waren.

»I hass des, wenn du mi so narrisch machst!«, brach es schließlich aus Joe heraus.

»Und i, wenn du so dermaßen misstrauisch bist!«, knurrte Sofie zurück. »Ohne Grund!«

»Und des ois wegen so einem Deppen!«, ärgerte sich Joe.

»Ganz genau! Des mit dem Erik war scho wieder vorbei, bevor es richtig angefangen hat. Aber i war damals no immer so wahnsinnig sauer auf di, wegen deiner brünetten Elfie, diesem Dauer-Blunsnbummerl …«

»Frieden!«, unterbrach er sie, fuhr in einer halben Parklücke schneidig rechts ran und legte all seinen Charme in das Feuer seiner nussbraunen Augen.

»Frieden!«, echote Sofie erleichtert und schob alle Gedanken an einen gewissen Polizeireporter, der sich augenblicklich in ihrer Wohnung versteckte, weg. Sie genoss die kurze Umarmung, zu der er sich hinreißen ließ, ehe sie fragte: »Und wo genau fahrn ma jetzt hi?«

»Es gab da einen sehr interessanten Anruf einer gewissen Amalie von Loessl bei uns im Kommissariat«, erläuterte Joe, während er den Wagen wieder aus der halben Parklücke steuerte. »Des is offenbar die Tante des Flüchtigen. Nicht mehr ganz jung, würd i der Stimm nach tippen, aber im Kopf wohl noch glasklar. Äußerst distinguiert. Und weil i – des woaßt du besser als jeder andere – koa Studierter ned bin, hab i ma denkt ...«

»Du schleppst mich zu Charlys Tante?«

Sofie starrte ihn entgeistert an.

»Warum jetz des?«

Sie erreichten die Tela, die Tegernseer Landstraße, und hielten sich nun weiter in Richtung Harlaching. Um sie herum brummte der Verkehr. Der anthrazitgraue 5er-BMW, den Joe heute als Dienstwagen fuhr, war fast neuwertig und ausgesprochen flott, und doch wusste Sofie ganz genau, dass er bei einem solchen Wetter lieber mit seiner alten Maschine unterwegs gewesen wäre, an der er so hing.

»Weil sie sich so angehört hat, als hätt' sie was Interessantes über ihren Herrn Neffen zum song«, erwiderte er.

»Ihr habts eahm immer no ned?«

Sofie hasste sich für diese Frage, aber was blieb ihr anderes übrig?

»Mia ham übrigens koa DNA-Material unter de Fingernägel von der Toten gfundn«, setzte sie noch hinzu.

»Und wenn scho! Dann hat er eben Handschuhe anghabt«, konterte Joe grimmig. »Wer, wenn nicht unser Herr Polizeireporter, wüsste, wie man sich davor schützt? Des macht ihn doch nur no verdächtiger!«

»Und wenn ihm was passiert is?«

»Dem is scho nix passiert«, brummte Joe. »Der kneift, weil er was aufm Kerbholz hat, so schaut des aus!«

Er zog einen Kaugummi aus seiner Hemdtasche und begann auf ihm herumzubeißen.

»Hör zu, Sofie«, sagte er dann, »i woaß genau, dass du die Flöh' husten hörst. Und dass i mi auf dei Gspür stets verlassn ko. Mach die Augn auf, während i mit der adeligen Dame red. Und gib mir dei emotionale Rückendeckung. Mehr wui i gar ned von dir.«

Er drückte auf die Hupe.

»Sakradi, Burschi, bist du lebensmüde?«

Ein Motorradfahrer hatte sie geschnitten und brauste nun mit überhöhter Geschwindigkeit davon.

»Wieso hast du ned lieber den Mick Lorenz mitgenommen?«, wollte Sofie wissen.

»Weil der Mick a Prolet is, genau wia i. Außerdem ham seine Kinder die Windpocken, und er muaß zerscht checken, ob er sich nicht auch damit infizieren kann.«

Joe warf ihr einen fragenden Blick zu.

»Oiso nacha: was is? Kann ich mi auf di verlassen?«

»Des woaßt du doch«, erwiderte Sofie.

»Aber ob i mit de Adligen so guat klarkimm, wia du glaubst, ko i ned garantiern! Schließlich bin i aus der Giesinger Zugspitzstrass!«

Der Verkehr floss inzwischen ruhiger dahin, und als sie am Authariplatz in die gleichnamige Seitenstraße einbogen, war ihr Fahrzeug das einzige weit und breit.

Gepflegte Vorgärten, so weit das Auge reicht, hohe, professionell gestutzte Hecken, um neugierige Blicke auf die stattlichen Anwesen abzuwehren. In den Wipfeln der alten Bäume zwitscherten Vögel.

»Koa üble Wohngegend«, kommentierte Sofie, nachdem sie ausgestiegen war und an ihrem roten Top zu zupfen begann. Der Leinenrock im gleichen Farbton war hoffnungslos verknittert, und sie schwor sich wohl zum tausendsten Mal, nie wieder auf die Einflüsterungen von Verkäuferinnen zu hören, die ihre letzten Restposten an die Frau bringen wollten. Wenigstens hatte sie im Waschraum des Instituts noch eine Blitzsäuberung hinlegen können, bevor sie zu Joe ins Auto gestiegen war, und so roch sie jetzt nicht mehr nach Leiche, sondern nach einem frischen grünen Duft.

»Von Loessl« stand auf dem bronzenen, von einer edlen Patina bedeckten Türschild. Darüber war noch ein größeres, weitaus gröber gehaltenes Schild aus Stahl mit dem Namen »STÖHR« angebracht.

Joe klingelte.

Ein Summer ertönte, und das Gartentor öffnete sich, doch sie kamen nicht besonders weit, denn ein mittelgroßer Mann in Jogginghose und weißem Rippunterhemd versperrte ihnen den Weg.

»Ja?«, nölte er. »Sie wünschen?«

»Hauptkommissar Lederer von der Mordkommission«, stellte Joe sich vor. »Und das ist meine Kollegin Frau Dr. Rosenhuth.«

Er drückte den speckigen Arm des Mannes beiseite.

»Frau von Loessl erwartet uns. Jetzt tun S' aber endlich den Gartenschlauch weg! Sie wässern uns ja noch von Kopf bis Fuß ein!«

»Erwin?«, ertönte eine Frauenstimme. »So lassen Sie die Herrschaften doch erst einmal herein!«

Auf dem Plattenweg kam ihnen, auf einen Stock gestützt, eine schlanke kleine Dame entgegen, das glatte Silberhaar auf Kinnlänge gestutzt. Sie trug weiße Hosen sowie eine türkisfarbene Tunika, die ihre braune Haut noch unterstrich. *Die grauen Perlen um ihren faltigen Hals sind ein kleines Vermögen wert,* dachte Sofie unwillkürlich. Dunkle Augen, undurchdringlich wie geschliffener Obsidian, funkelten ihnen entgegen.

»Ich dachte schon, Sie hätten mich vergessen!«

Ihr Lächeln fiel kurz und eher geschäftsmäßig aus.

»Dabei habe ich doch extra einen herrlichen Melonen-Minzsaft für Sie mixen lassen, die beste Erfrischung an Tropentagen. Ich darf vorangehen?«

Amalie von Loessl drehte sich nicht ganz ohne Mühe um und trippelte dann auf eine mit dunklen Schieferplatten bedeckte Terrasse zu. Dort standen ein Rattansofa mit hellen Bezügen, einige bequeme Sessel aus dem gleichen Material – alles anmutig um einen Teakholztisch drapiert, auf dem hohe Gläser und ein beschlagener Krug mit rötlicher Flüssigkeit und vielen Eiswürfeln standen.

Joe und Sofie folgten ihr. Erst nach ein paar Schritten offenbarte der Garten seine ganze Pracht: die alten Bäume, die verschiedenartigen Stauden und Blumenrabatten, die Hängematte, den länglichen, von hohen japanischen Gräsern umstandenen Schwimmteich.

»Sie leben hier wie im Paradies«, meinte Joe beeindruckt.

»Ach, aber ein durchaus bescheidenes Paradies«, erwiderte Amalie von Loessl mit einem Lächeln, das ihre Augen nicht erreichte. »Wenn ich da an die Ländereien meiner Vorfahren denke! Wie sagt man doch so schön: *tempi passati*. Wir leben nun mal jetzt. Und hier.«

Sie beugte sich nach vorn, füllte die Gläser eigenhändig. Ihren geschickten Bewegungen sah man an, wie sehr sie daran gewöhnt war, Gäste zu haben. »Und jetzt trinken Sie bitte! Sonst verdursten Sie mir ja noch.«

Der Saft war kalt und schmeckte köstlich. Sofie trank ihr Glas so schnell leer, dass es ihr fast peinlich war. Was Frau von Lössl keineswegs entging.

»Erwin? Sagen Sie doch bitte Friederike, sie soll für uns noch mehr Melonen entsaften!«

»Ist schon weg«, kam es von der Hecke, die gerade gewässert wurde.

»Dann werden eben *Sie* sich bemühen!«

Amalies Tonfall wurde schärfer.

»Und lassen Sie uns bitte nicht allzu lange warten, Sie wissen, das hasse ich.«

Tatsächlich bewegte sich Erwin nun schlurfenden Schrittes in Richtung Haus.

»Immer dieser Ärger mit dem Personal!«

Amalies dünne Lider flatterten.

»Heute muss man ja schon froh sein, wenn man überhaupt noch Leute bekommt. Und seit ich die missglückte Hüft-OP hatte und meine Augen so nachgelassen haben …«

Ihre zarte Hand, an der ein großer blauer Stein funkelte, sank in den Schoß.

»Macht keinen Spaß, alt zu werden, das können Sie mir glauben! Mit fast achtzig fällt einem eben vieles schwer. Aber meine Blumen schenken mir jeden Tag Freude.«

Sie hob den Stock und deutete wie eine Lehrerin von links nach rechts.

»*Alcea rosea,* meine geliebten Stockrosen. Dort drüben: *Alchemilla,* die uns Frauen so guttut. Dann: *Rudbeckia nitida* und *Echinacea,* daneben *Hydrangea macrophylla* – haben Sie schon einmal Hortensien in solch ungewöhnlichen Farbnuancen gesehen? Oder hier *Agastache rugose,* die darf ja in keinem anständigen Garten fehlen ….«

»Frau von Loessl«, hakte Sofie hier ein, »Sie wollten uns doch eigentlich …«

Doch Frau von Loessl war keineswegs gewillt, sich unterbrechen zu lassen.

»Die Königin ist und bleibt natürlich meine *Brugmansia*«,

fuhr sie fort, während sie auf einen großen Trog auf der Terrasse wies, in dem zwischen dunkelgrünen Blättern trompetenartige Blüten in leuchtendem Orange hingen, die einen starken Duft verströmten.

»Wer waren Sie gleich noch einmal?«, fragte sie dann Sofie, als müsse sie sich erst wieder besinnen.

»Frau Dr. Rosenhuth von der Rechtsmedizin München«, erwiderte Joe schnell.

»Dann haben Sie sie aufgeschnitten?« Jetzt galt Sofie offenbar das ganze Interesse der alten Dame. »Unsere unglückliche kleine Laura! Aber ich habe ja immer schon geahnt, dass es einmal bös ausgehen würde.«

»Was wollen Sie damit sagen?«, erkundigte sich Joe.

»Die beiden haben einfach nie wirklich zusammengepasst, mein Neffe Karl Maria und sie. Das Mädchen mit der perfekten Kinderstube und er, dieser Freigeist, der mutwillig alles über Bord werfen musste, was unsere Familie ihm angedeihen ließ.«

Charlys Tante schüttelte den Kopf.

»Er hat mit ihr gespielt, verstehen Sie? Hat ihre Gefühle verletzt. Einmal ja – dann wieder nein. Ganz eng mit ihr, dann plötzlich Schluss. Über Jahre ging das hin und her. Sogar noch nach der Scheidung! Wie sollte sie da jemals zur Ruhe kommen? So benimmt sich doch kein Mann von Stand!«

Erwin brachte neuen Saft und verschwand nach einem gnädigen Nicken der Adeligen wieder ins Haus. Amalie von Loessl beugte sich nun weit nach vorn und schaute Joe fest in die Augen.

»Laura hat mir sogar anvertraut, dass er ihr gegenüber ab und zu handgreiflich wurde. Stellen Sie sich das einmal vor! Das war auch die Erklärung für die hässlichen blauen Flecken, die sie manchmal hatte.«

Sofie wäre ihr am liebsten ins Gesicht gesprungen.

Charly ein Schläger und Frauenverprügler? Das konnte sie sich beim besten Willen nicht vorstellen!

»Wurden diese Übergriffe denn jemals aktenkundig?«

Joe hatte inzwischen sein abgegriffenes Notizbuch herausgezogen und machte sich Notizen.

»Wo denken Sie hin! Laura wäre doch niemals zur Polizei gegangen, dazu hat sie ihn viel zu sehr geliebt. Deshalb hat sie ja auch bis zuletzt gehofft, dass er wieder zu ihr zurückkehrt. Das hat sie mir noch bei meinem letzten Besuch anvertraut.«

Amalie von Loessl füllte die Gläser erneut.

»Das arme Kind! Wenn ich daran denke, dass sie schon kurz danach nicht mehr am Leben war …«

»Soll das heißen, dass Sie am Tag des Mordes bei Frau von Reinstein waren?«, platzte Sofie heraus.

»Aber ja! Ich hab Laura ihren Lieblings-Champagner mitgebracht, den sie sich nicht mehr leisten konnte, seit sie ihr Geld mit dieser nervtötenden Fliegerei verdienen musste. Wir haben von früheren Zeiten geschwärmt, und dann bin ich bald wieder gegangen, weil sie doch noch Besuch erwartet hat.«

»Ihren Neffen?«, fragte Joe.

»Direkt gesagt hat Laura es nicht«, antwortete Frau von Loessl mit einem Schulterzucken. »Sie wusste auch ganz genau, was ich davon gehalten hätte. Aber ich bin mir doch ziemlich sicher – so nervös und durcheinander, wie sie war.«

»Wann genau haben Sie sie wieder verlassen?«, fragte Joe.

»Gegen sechs. Und das war gar nicht so einfach, Herr Kommissar! Das Taxi, das ich mir bestellt hatte, kam nämlich nicht, und mein Handy hatte ich leider zu Hause vergessen. Da musste ich doch tatsächlich bei der freundlichen Dame in der Parterrewohnung klingeln und sie bitten, mir ein anderes Taxi zu rufen, weil ich die vielen Stufen hinauf zu Lauras Dachwohnung beim besten Willen nicht noch einmal geschafft hätte. Das Alter – wie schon gesagt, ist alles andere als eine reine Freude!«

Jedes Wort aus ihrem Mund belastete Charly noch stärker. *Warum tut sie das?*, dachte Sofie. *Weil sie mit ihm abrechnen will?*

»Sie mögen Ihren Neffen nicht besonders«, meinte Sofie. »Trifft es das?«

»Oh, da täuschen Sie sich aber gewaltig! Wir Loessls sind alle äußerst familienverbunden und haben früher große Stücke auf ihn gehalten, aber seitdem er sich so brüsk von uns abgewandt hat, sind wir natürlich enttäuscht. Vor allem sein Vater – mein Bruder Theodor, der in Grünwald lebt – hat es nie verwunden, wie wenig sein einziger Sohn aus seinem Leben gemacht hat. Aus Karl Maria hätte ein Richter werden können oder ein Banker! Stattdessen schmiert er seine Krawallgeschichten in billigen Boulevardblättern lieblos herunter …«

In diesem Moment stieß Sofie einen Schrei aus. In ihre Schulter hatten sich scharfe Krallen gebohrt. Sie schüttelte sich – und ein großer Kater mit grau schimmerndem Fell und bernsteinfarbenen Augen sprang geschmeidig auf den Boden. Von dort aus fauchte er sie an.

»Hannibal«, rief Amalie von Loessl mit zärtlicher Stimme. »Du ungehorsamer kleiner Schlingel! Du darfst doch unseren Besuch nicht so erschrecken.«

Jetzt wurde ihr Lächeln zum ersten Mal warm.

»Dann kann auch Semiramis nicht weit sein«, meinte sie. »Meine Lieblinge tauchen meist gemeinsam auf.«

Semiramis war offenbar die schlanke weiße Katze, die schon seit einer Weile unter dem Engelstrompetenbaum saß und aus blauen Augen zu ihnen herüberstarrte.

»Tut es sehr weh?«

Eine eher rhetorische Frage an Sofie.

Die schüttelte den Kopf, obwohl sie die Kratzer sehr wohl spürte.

»Die beiden sind nun mal mein Ein und Alles«, fuhr Amalie fort. »Wenn ihnen etwas fehlt, blutet mein Herz. Sagen Sie selbst: Wer braucht schon Menschen, solange er Tiere zum Liebhaben hat?«

Joe und Sofie wechselten einen raschen Blick.

»Kann Ihr Neffe mit Messern umgehen?«, fragte Joe.

»Theodor hat ihn früher öfter mit auf die Jagd genommen. Da lernt man natürlich, wie man Wild fachgerecht zerlegt …«

Amalie begann an ihrer Kette zu zupfen.

»Aber sollten Sie ihn das alles nicht am besten selbst fragen?«

Joe blieb stumm.

»Sagen Sie bloß, er ist Ihnen entwischt?«, stöhnte Amalie. »Das kann doch nicht wahr sein!«

»Haben Sie eine Ahnung, wo er sich aufhalten könnte?«, fragte Joe.

»Überall und nirgendwo! Das Mittelmeer, der Nahe Osten, Südostasien – was weiß ich? Die ganze Welt ist sein Zuhause. Das hat Karl Maria selbst immer gesagt. Und damit seinen bodenständigen Vater vor den Kopf gestoßen. Der arme Theodor! Was er jetzt alles durchmachen muss!«

Sie zog ein Taschentuch heraus und tupfte sich die Augen.

»Wenn Sie mich dann entschuldigen würden? Das alles ist doch sehr aufregend für mich …«

Joe und Sofie standen auf.

»Falls Ihnen noch etwas einfallen sollte«, sagte Joe und reichte ihr seine Karte, »dann rufen Sie mich jederzeit an. Und tun Sie das bitte auch, falls Ihr Neffe Kontakt mit Ihnen aufnehmen sollte. Sonderlich weit wird er ohnehin nicht kommen. Die Fahndung läuft bereits auf Hochtouren.«

Amalie von Loessl erhob sich ebenfalls, während Semiramis sich anmutig um ihre Beine schmiegte.

»Unterschätzen Sie ihn nicht«, warnte sie. »Er ist ein Ritter von Loessl – und die waren seit jeher mit allen Wassern gewaschen!«

Schweigend verließen Sofie und Joe das Anwesen.

»Was war denn das?«, stöhnte Sofie, als sie wieder im Auto saßen und sich anschnallten.

»Die kann den Charly ned ausstehen, so schaut's aus!«

»Vielleicht kennt sie ihn besser, als dir lieb ist«, erwiderte Joe, während er losfuhr.

»I fand ihre Ausführungen jedenfalls sehr interessant.«

»Der Charly ein Schläger und Mörder? Vergiss es!«

Joe bremste so scharf, dass sie im Gurt nach vorn geschleudert wurde.

»Hast du den Verstand verloren?«, rief Sofie empört.

»Du weigerst dich, der Realität ins Auge zu schauen«, meinte Joe. »Nicht zum ersten Mal, gell, Sofie?«

Seine Stimme wurde wieder sanfter.

»I glaub, du brauchst jetzt vor allem a bissl Abstand von dem Fall, kannt des sei? Soi i di dann glei dahoam absetzen?«

Mit ihm in die Zugspitzstraße?

Bloß nicht!

Wenn er dort jetzt auch noch auf Charly traf …

»I hab no was im Institut zu erledigen«, wehrte Sofie sein Angebot ab. »Das hätt i fast vagessn. Also bitte direkt zurück in die Nußbaumstrass!«

Für den Rest der Strecke wurde es wieder still im Auto.

»I lieb di, Sofie«, sagte Joe, als sie gerade aussteigen wollte. Aus den Augenwinkeln sah sie Elke Falk auf hohen Hacken die Treppe herunterstolzieren, so munter und frisch, als käme sie direkt aus einem Kurzurlaub. Sie führte Murmel an der Leine, gefolgt von Erik, der deutlich Abstand zu den beiden hielt.

Unterwegs zu einem launigen Abend zu dritt?

Dann konnte sie ja nur gutes Gelingen wünschen!

»I hoff, des woaßt du«, setzte Joe noch hinzu. »Aber manchmal versteh i di einfach ned. Worum geht es dir eigentlich?«

»Um des Gleiche wie dir, Joe.«

Sofies Augen blitzten smaragdgrün.

»Um die Wahrheit. Und um Gerechtigkeit.«

Damit ließ sie ihn zurück.

10

Stadt der Engel

Irgendwann war der Typ mit dem Borsalino bei ihr im Tattoo-Studio aufgeschlagen. Shirin wusste nicht mehr genau, wann. Das musste im letzten Winter gewesen sein, der eigentlich gar nicht richtig kalt gewesen war, aber doch so hartnäckig feucht, dass es ihr bis tief in die Knochen kroch. An solchen Tagen fühlte sie sich wieder fremd in dieser Stadt und spürte die Sehnsucht nach ihrer alten Welt – nach schroffen Bergen und weiten, menschenleeren Ebenen. Aram, ihrem Bruder, schien es ähnlich zu gehen. Zum Glück war er inzwischen clean. Tom, der ihn von dem widerlichen Zeug abhängig gemacht hatte, war vor ein paar Monaten verurteilt worden und würde so bald nicht wieder herauskommen. Aber nach wie vor war ihr kleiner Bruder so dünn, dass sie jede Rippe spürte, wenn sie ihn umarmte, und die alte Angst saß ihr noch immer dicht unter der Haut. Nur wenn sie zusammen Musik machten, vergaß Shirin ihre Sorgen. Sobald sie ins Mikro röhrte, stöhnte und kreischte und die Jungs von *»In the Dock«* zur Höchstform antrieb, war alles gut. Doch kaum packten sie ihre Instrumente zusammen und stöpselten ihre Verstärker aus, meldeten sich die die Sorgen um Aram wieder zurück.

Der Typ mit dem Borsalino schien sofort kapiert zu haben,

was los war. Anfangs redete er nur wenige Worte auf Englisch, sodass sie ihn zunächst für einen Briten hielt – ein Eindruck, den sein nobler Hut zu unterstreichen schien: anthrazitgrau, mit einem feinen schwarzen Seidenband. Der Hut bildete einen seltsamen Kontrast zu den ramponierten Knobelbechern, die er trug, rau vom Streusalz und vorn halb aufgeplatzt, auch zu den zerschlissenen Jeans, die breite Hosenträger vom Rutschen abhielten. Sein langer, dunkler Mantel verhüllte eine schlanke, hochgewachsene Gestalt, die sie an Nicolas Cages Rolle in »Stadt der Engel« denken ließ – einen ihrer Lieblingsfilme, den sie sich immer dann gab, wenn sie mal in Ruhe abheulen wollte. Und, ja, vielleicht gehörte dieser ältere Typ mit dem fein geschnittenen Gesicht ja tatsächlich zu jener Engelsflotte, die aus Versehen sichtbar geworden war. Jedenfalls hatte er damals plötzlich seinen Hut abgenommen und ihn Aram aufgesetzt.

»*Your style.*«

Ein Schmunzeln.

»*Keep it. It fits you.*«

Shirin erinnerte sich noch genau an diesen grauen Nachmittag, an dem ihre Angst um Aram wieder einmal besonders schlimm gewesen war, weil er den Mund nicht aufbekam und sie über alles im Ungewissen ließ. Mit dem Borsalino auf dem Kopf hatte er auf einmal wieder so ausgesehen wie damals, als ihre Mutter ihn nach der Flucht mit seinem ersten Fahrrad überraschte: nur noch große Augen, in denen ungezählte Lichter angingen.

»*Really?*«

Sogar Arams Stimme erinnerte sie wieder an den kleinen Jungen, der er einmal war.

»Du machst einen Scherz!«

»*I'am never joking. Bless you!*«

Seitdem hatte Aram den geschenkten Borsalino ständig auf,

auch während ihrer Gigs, und wirkte damit irgendwie gestärkt, männlicher, eben »behütet«, wie Shirin dachte.

Inzwischen wusste sie längst, dass der seltsame Typ kein Brite war, sondern ursprünglich aus München stammte und erst vor einiger Zeit wieder in seine Heimatstadt zurückgekehrt war. Als es wärmer wurde, hatte er den dunklen Mantel durch einen abgetragenen grauen Trenchcoat ersetzt, in dem er fast versank, und der sie leicht melancholisch machte, weil er sie darin nicht mehr so sehr an einen Engel erinnerte. Einen neuen Borsalino hatte er sich auch zugelegt – keinen aus Kaninchen- oder Nutriahaar, sondern einen aus einem hellen Sommergeflecht, den er auch an heißen Tagen auflassen konnte.

Er kam jetzt fast täglich vorbei, als ob ihr Tattoo-Studio Teil seiner Route geworden sei. Stets stellte er seine Tüten dezent in einer Ecke ab, ließ sich dann auf einem der Stühle im Eingangsbereich nieder und wartete geduldig, bis Shirin ihm ein Glas Tee oder ein Wasser brachte. Spike, der als Obduktionsassistent in der Rechtsmedizin arbeitete und mit dem sie nun wieder zusammen war, hatte den Alten zuerst misstrauisch beäugt. Dann aber waren die beiden fast so etwas wie Freunde geworden, die manchmal stundenlang wortlos über einem Backgammonspiel abhängen konnten. Spike war es auch gewesen, der ihn zum ersten Mal *Nomade* genannt hatte, weil der Mann alle Fragen nach seinem Namen geflissentlich überhört hatte.

»Nomade?«

Sein Lachen schepperte, als habe er es lange nicht mehr gebraucht.

»Das passt!«

Auch wenn er sein distinguiertes Britisch ebenso abgelegt hatte wie seine anfängliche Zurückhaltung, wusste Shirin doch immer noch so gut wie nichts über ihn.

Gab es eine Familie? Hatte er Freunde in der Stadt? Welchen Beruf hatte er gehabt, welche Länder bereist?

»Viel zu viele«, antwortete der Nomade.

Mehr war nicht aus ihm herauszubekommen.

»Es war Zeit, nach Hause zu kommen.«

Aber wo in München war sein Zuhause?

Aram, den der Nomade mindestens ebenso beschäftigte wie sie, sah ihn eines Abends mit anderen Nicht-Sesshaften unter der Corneliusbrücke, wo sie sich einen einigermaßen komfortablen Unterstand eingerichtet hatten. Doch als Shirin ihn darauf ansprach, flackerte so etwas wie Panik in seinen grauen Augen auf.

»Der Wind hat kein Haus. Er kommt und geht, ganz wie es ihm gefällt. Wer nichts hat, kann auch nichts verlieren, hast du das nicht gewusst, schönes Kind?«

Doch dann, im Frühsommer, war er krank geworden, hing elend auf einer Bank an der Isar – zu schwach, um sich gegen ihre Fürsorge zu wehren. Aram und Shirin hatten ihn zu ihrer Mutter geschleppt, und Daria, die nie lange fragte, wenn sie jemanden in Not sah, hatte ihn erst in die Wanne, dann ins Bett gesteckt und schließlich mit ihren altbewährten Hausmittelchen gesund gepflegt.

»So feine Füße!«, erinnerte sich Daria an diese Zeit. »Und so zarte, elegante Knochen. Der hat sein Leben lang nie schwer arbeiten müssen. Ein Gelehrter, wenn ihr mich fragt!«

Es fragte sie aber niemand. Der Nomade hatte ihre heimelige Wohnung in der Untersbergstraße, in der jeden Abend gekocht und gelacht und gestritten wurde, bald wieder verlassen, um in sein altes unbehaustes Leben zurückzukehren. Zum Abschied hatte er sich bei Shirin noch einmal bedankt und seine Hand auf ihren Oberarm gelegt.

»Was ist das?«

Seine Augen flackerten.

»Mein Tattoo?«, fragte Shirin. »Das hab ich, seit ich in Neuseeland war. Bei den Maori gilt die Eidechse als Abgesandte der dunklen Gottheit Whiro, die alles Unheil auf der Erde verkörpert. Sie schützt ihre Träger und hält Negatives von ihnen fern. Inzwischen stech ich es nur noch ganz besonderen Menschen. Dafür hab ich meine Gründe.«

Ein Nicken, als sei damit alles für ihn klar. Danach waren Wochen vergangen. Doch als der Nomade heute wieder ihr Studio betrat, spürte sie seine innere Unruhe schon an der Tür.

»Ist etwas passiert?«, fragte sie besorgt.

Er nickte, dann rückte er seinen Borsalino zurecht und murmelte: »Das Böse breitet sich aus. Ich hätte schneller sein müssen. Und besser kombinieren. Mein Fehler, verstehst du? Es darf nicht wieder vorkommen. Sonst geht es auch noch den anderen an den Kragen, und dann war alles umsonst!«

Shirin zuckte die Schultern. »Sorry, aber du redest in Rätseln! Was genau willst du mir eigentlich sagen?«

Er kramte in seiner Manteltasche und zog ein Bündel zerknitterter Scheine heraus, die er auf den Tresen legte.

»Reicht das?«

Er streckte ihr seinen Unterarm entgegen.

»Wofür?«, fragte Shirin wachsam.

»Für die Eidechse natürlich. Deshalb bin ich doch hier. Du musst sie mir stechen. Sofort!«

11

… *und koana sagt nix*

Wie müde Sofie war – so müde, dass sie doch tatsächlich beim Lesen einnickte! Als sie wieder erwachte, blickte sie in die leeren Augen von George, dem Skelett, ohne das sie sich ihr Kammerl in der Rechtsmedizin gar nicht mehr vorstellen konnte.

»Wennst jetzt ned glei dei Krawattn runtertuast, die dir der Charly gschenkt hat, na kannst was erleben!«, sagte sie grimmig und schob mit einer missmutigen Geste die unerledigten Aktenstöße zur Seite. »Was glaubt der eigentlich? Blaue Flecken! A Ex, die koa Ruah vor eahm ghabt hat – und niemals koa oanzigs Wort ned zu mia! Jetzt hockt der in meiner Wohnung und wart', dass i eahm huif!«

Sie sprang auf und lief wie ein gefangener Tiger hin und her.

»Und der andere, der Joe, der schleppt mi mit zu dera adligen Schnepfn, die nix Guats zum song hat über den Neffen. Ja, wo samma denn?« Aggressiv fuhr sie zu George herum. »Und was sagst du dazu? Wieder amoi nix!«

Sie hatte Kopfschmerzen, ihr war heiß. Sie sehnte sich nur noch nach einer kalten Dusche und ihrem Sofa. Dort würde sie sich ausruhen und das Kuddelmuddel, das seit dem Besuch bei Amalie von Loessl in ihr tobte, wenigstens halbwegs sortieren.

Aber das Sofa war ja von Charly besetzt, fiel ihr ein – und schon begannen ihre Gedanken sich erneut im Kreis zu drehen.

Zum ersten Mal spürte sie einen leichten Anflug von Neid, wenn sie an Elke Falk dachte. Die amüsierte sich jetzt unter schattigen Kastanien bei kühlem Bier und krossem Hendl mit Erik und Murmel, während auf ihr lauter Probleme lasteten, für die sie noch keine Lösung wusste. Aber hier mutterseelenallein den Hitzetod zu sterben, war schließlich auch keine Alternative. Entschlossen packte sie ihre Sachen zusammen, warf dem Nachtpförtner ein kurzes »Pfiat Eahna« zu und verließ das Institut.

Beim Nachhauseradeln verbesserte sich ihre Laune spürbar. Was Bewegung doch alles bewirken konnte! Ab morgen würde sie täglich ihre Runden im Schyrenbad ziehen – nichts und niemand auf der Welt sollte sie daran hindern. Tapfer widerstand sie allen kulinarischen Lockungen, die unterwegs aus Eisdielen und Straßencafés zu ihr drangen. Nein, jetzt gab es keine Brezen, kein noch so leckeres Sandwich mit Roastbeef und Eiersalat, kein noch so kleines Irgendwas, einfach gar nix – so lange, bis sie zu Hause angelangt war. Sogar den letzten Spurt auf den Giesinger Berg ersparte sie sich heute nicht, sodass sie schließlich verschwitzt, aber um vieles ausgeglichener die Zugspitzstraße erreichte.

Sollte sie bei Tante Vroni klingeln?

Wer bist du eigentlich, nölte ihre innere Stimme, die sich heute erstaunlicherweise noch kaum zu Wort gemeldet hatte, *noch ein Schulkind, das mit allem zur Tante läuft – oder eine erwachsene Frau, die ihr Leben und ihre Probleme alleine meistern kann?*

Ihre innere Stimme gewann. Sofie schob das Rad in den Hinterhof, sperrte es ab und stieg die Treppen zu ihrer Wohnung hinauf.

Beim Eintreten war es zunächst verdächtig ruhig, aber dann

hörte Sofie ein Klirren aus der Küche. Waren das Gläser, mit denen angestoßen wurden?

»Charly?«, fragte sie leise. »Bist du das?«

»Allerdings trompetete ihr Vronis Stimme entgegen. »Und ned nur der: Mia san aa do!«

Sofie starrte auf einen gedeckten Küchentisch, auf dem alles für ein gemütliches Abendbrot bereitstand: Wurstsalat, Obatzter, aufgeschnittener Radi, Brezen und Weißbier. Um den Tisch saßen ihre Tante, Flo, der sie verlegen angrinste – und Charly.

»Glaubst du vielleicht, mia san auf da Brennsuppn dahergschwomma?«, fragte Vroni rein rhetorisch. »Da muaßt scho früher aufsteh, Deandl! Meim Flo entgeht nix, des kannst da hinter de Leffe schreiben. Und deiner Tante erst recht ned!«

Sofie blieb für einen Augenblick sprachlos.

»Er hat mich erwischt«, meinte Charly entschuldigend, »als er den Wurstsalat deiner Tante vorbeibrachte. Da hab ich ihn eingeweiht. Und natürlich hat er ...«

»Zwischen Flo und mir gibt's koane Geheimnisse ned«, fiel Vroni ihm ins Wort. »Des waar ja no scheener! Und genauso soits eigentlich aa zwischen dir und deiner Tante sei. Des ist vielleicht a Story, die der Charly uns da erzählt hat!«

Na prima, meldete sich Sofies innere Stimme, *sie duzen sich sogar schon!*

Sofie räusperte sich und sagte: »Danke für die Unterstützung. Aber mir waar's lieber gwesen, ihr waarts nie in mei Wohnung kemma. Und des ois da ...« – ihr Blick flog über den Tisch – »... packts jetzt bittschön ganz schnell zusammen und essts es bei euch dahoam. I hab mit dem Charly zum reden – ernsthaft und unter vier Augen, kapiert?«

Vroni wollte auffahren, aber Flo legte ihr begütigend seine Hand auf den Unterarm.

»Sie hat recht, Vroni«, sagte er. »Komm, lass uns gehen!«

»Ich kann doch ned zuschaun, wia des Madl …

»Doch, kannst du!«, unterbrach er sie. »Sofie weiß genau, was sie tuat. Und jetzt komm.«

Sichtlich unwillig erhob sich Vroni und ließ sich von Flo aus der Küche schieben. »Des Essen könnts behalten«, murmelte sie dabei. »Und dem Joe sag i nix – zumindest vorerst. Aber nur, wenn ihr mich informierts. Sonst pack ich aus!«

»Versprochen!«, sagte Sofie, obwohl sie nicht die geringste Ahnung hatte, wie sie das anstellen sollte, ohne weitere Probleme zu bekommen.

Vroni schniefte leise, unübersehbar gekränkt, wo sie es doch so gut gemeint hatte.

»Danke, Tante«, versuchte Sofie sie zu besänftigen. »I woaß doch, auf dich kann ich immer bauen!«

Die beiden verließen die Wohnung. Für ein paar Augenblicke wurde es sehr still in der Küche. Sofie zog sich einen Stuhl heran und schenkte sich das verbliebene Noagerl aus der Bierflasche in ein Glas ein, um es zu leeren.

»Und nun zu uns, Karl Maria von Loessl«, sagte sie mit unheilschwangerem Unterton. »Oder hast du noch weitere wohlklingende Namen zu bieten?«

»Theodor Maximilian Ferdinand August Clemens Friedrich Magnus Alexander«, ratterte er hinunter. »Reicht dir das für den Augenblick?«

»Und ob! Ich hatte ja heute die Ehre, deine bezaubernde Tante Amalie kennenzulernen. Seitdem habe ich eine Menge Fragen an dich!«

12

Grünwalder Einkehr

Auf der Rückfahrt ins Kommissariat fluchte Joe vor sich hin. Das war ja wieder mal eine glänzende Idee von ihm gewesen! Was hatte er denn erwartet? Bestimmt nicht das, was er sofort spürte: dass Sofie innerlich immer mehr auf Charlys Seite rückte, je negativer sich Amalie von Loessl über ihren Neffen äußerte. Und auch er konnte sich ja den smarten Polizeireporter nur schwerlich als Frauenschläger und brutalen Mörder vorstellen – selbst, wenn der ihm beim Werben um Sofies Gunst so lang im Weg gestanden hatte. Aber die Fingerabdrücke, die sie am Tatort sichergestellt hatten, sprachen nun einmal gegen den Reporter, und dass er sich seiner Vernehmung durch Flucht entzogen hatte, machte ihn auch nicht weniger verdächtig.

Wie weit er wohl gekommen war?

Sein alter Jaguar stand jedenfalls noch unberührt in der Nähe seiner Wohnung – davon hatten sich mehrere Streifenkontrollen mit eigenen Augen überzeugt. Doch von Charly selbst fehlte jede Spur.

Zefix, fluchte Joe erneut, als er zurück in die Hansastraße kam, wo das Kriminalfachdezernat 1 für Tötungs-, Brand- und Sexualdelikte untergebracht war. In den stickigen Neubauräumen stand nicht nur die Hitze, es roch auch nach Schweiß, saurem Kaffee und dem Teppichkleber, der bei den hohen Temperaturen ungehemmt zu miefen begann. Auf den Gängen traf er kaum noch Kollegen an, auch die meisten Büros waren verwaist. Doch zu seiner Überraschung grinste ihn sein Kollege Mick Lorenz freundlich vom Schreibtisch gegenüber an.

»Gell, da schaust! I bin sozusagen clean, weil i die Windpocken nämlich scho im Kindergarten ghabt hab. Mei Mama verwechselte sie zuerst mit den Masern, aber jetzt hat sie in ihre oiden Tagebücher nachgschaut, und siehe da: ois säuberlich archiviert!«

Sein Grinsen erlosch, als Joe so gar keine Miene verzog.

»Is was Schlimmes passiert, dass du so gar grantig bist?«

»Wir treten auf der Stelle«, erwiderte Joe frustriert. »*Des* is passiert! I war mit der Sofie bei der Tante vom Loessl, die in Harlaching höchst nobel residiert. Koa guats Haar hat die an ihrem Neffen gelassen. Sogar geschlagen ham soi er sei Ex …«

»Aber des san doch höchst interessante neue Erkenntnisse«, rief Mick.

»Behauptungen san des, sonst nix. Mia brauchen aber Beweise! Als schwarzes Schaf der Familie hat sie ihn hingstellt, das alle zutiefst enttäuscht haben soi, besonders aber seinen Vater.«

»Lebt der no?«

Joe nickte. »Der soi in Grünwald wohnen.«

»Woaßt du den Vornamen aa?« Micks Finger flogen über die Tastatur.

»Theodor, hats gsagt.«

»Da haben wir ihn ja schon! ›Theodor Maria Ritter zu Loessl, wohnhaft in der Zeillerstraße im wunderschönen Grünwald‹.«

Mick sprang auf.

»Geh ma!«

»Du wuist zu Loessls Vater?«

»Vielleicht kann uns der ja no a bissl mehr über seinen sauberen Junior sagen.«

Seite an Seite liefen sie zum Wagen, stiegen ein und deckten sich unterwegs noch an einer Tankstelle mit einigen Wasserflaschen aus dem Kühlregal ein. Trotz Klimaanlage schwitzten sie beide nach wie vor, Joe am Steuer ebenso wie Mick auf dem Sitz neben ihm, der die dunklen Flecken unter seinen Achseln mit leiser Besorgnis begutachtete.

»I fürcht, da werden mia koan so guaten Eindruck machen«, meinte er. »Aber da miassn mia durch, der Ritter und mia.«

Es war eine Erlösung, nach der glutheißen Stadt Grünwald zu erreichen. Der dichte Baumbestand links und rechts der Straße ließ die Temperatur sofort um ein paar gefühlte Grad sinken. Überall in den großen Gärten rund um die Anwesen verrichteten Sprinkleranlagen fleißig ihre Arbeit. Die Zeillerstraße, unweit des Hochufers, entpuppte sich als besonders lauschig.

»Koa Wunder, dass da alle wohnen woin oder scho oamoi gwohnt ham«, kommentierte Mick. »Unsere ganzen Promis und Möchtegernpromis: der Kaiser, de hoibe Mannschaft vom FC Bayern, de Ochsenknechts, Patrick Lindner, Uschi Glas, de oiden Kessler-Zwillinge, der Kai Pflaume, Senta Berger plus Anhang …«

Die cremeweiß verputzte Villa im schönsten Jugendstil lag ein ganzes Stück von der Straße zurückgesetzt in einem Waldgrundstück und wirkte ebenso gediegen wie idyllisch.

»Vielleicht hätten mia doch besser erst anrufen soin«, meinte Joe, als sie vor der soliden Mauer standen, die das Anwesen umgab. »Die miassn uns ja ned amoi neilassn, wenns ned woin.«

»Warum soin mia de Rösser scheu machen?«, konterte Mick. »Wenn der Oide ned mit drinsteckt, wird er uns scho empfangen. Des garantier i dir!«

Auf ihr Läuten hin begann die Sprechanlage zu knistern, aber sonst hörte man leider nichts. Joe sagte sein Sprüchlein ein zweites Mal auf, dann öffnete sich das Gatter. Sie gingen durch eine Allee zum Haus, dessen Tür offen stand. Dort erwartete sie bereits eine schlanke dunkelhaarige Frau, die über ihren eisblauen Bikini nur eine weiße Spitzentunika geworfen hatte.

»Sie wünschen?«

Zwischen ihren fein gezeichneten Augenbrauen erschien eine tiefe Falte. Sie hielt sich kerzengerade wie eine Tänzerin und mochte um die Mitte vierzig sein, schätzte Joe. Eine Schwester des Flüchtigen, von der sie bislang nichts gewusst hatte?

Noch bevor er ihr antworten konnte, erschien ein Mann mit gesundem Teint an ihrer Seite, um einiges faltiger und auf dem Kopf bereits stark ergraut, aber Charly in Gestalt und Gesicht doch so ähnlich, dass es nur sein Vater sein konnte.

»Die Herren wünschen?«, fragte er knapp, aber nicht unfreundlich.

»Kriminalhauptkommissar Lederer von der Mordkommission«, sagte Joe, innerlich sofort auf Schriftmodus umschaltend. »Und das ist mein Kollege Lorenz. Wir hätten da wegen dem Mord an Laura von Reinstein ein paar wichtige Fragen.«

Theodor von Loessls Gesicht wurde düster.

»Scheußliche Sache«, murmelte er. »Helene und ich schlafen schon ganz schlecht. Kommen Sie doch bitte weiter!«

Er führte sie durch eine weitläufige Diele, von der einige Türen abgingen und die mit einer überlebensgroßen schmalen Engelsfigur aus hellem Holz geschmückt war.

»Meine Frau kann Kaffee machen«, bot er ihnen an und brachte sie ins Wohnzimmer. »Oder wollen Sie lieber etwas Erfrischendes?«

Also keine Schwester. Und garantiert auch nicht Charlys

Mutter, sonst hätte sie ihn ungefähr als Dreijährige zur Welt bringen müssen.

»Kaffee«, sagten Joe und Mick wie aus einem Mund.

Helene verschwand in Richtung Küche, während die beiden in tiefen dunklen Ledersesseln versanken. An der Wand hinter ihnen kündete ein stattliches Spalier an Geweihen von der Jagdleidenschaft des Hausherrn. An der gegenüberliegenden Seite hingen drei abstrakte Ölgemälde in kühnen Farbkonstellationen, als hätte sich jemand nach allen Kräften darum bemüht, einen Kontrast zur Jägerherrlichkeit zu schaffen. Ein Konzept, das den gesamten Wohnraum beherrschte: Antiquitäten neben Hochmodernem, Bequemlichkeit neben funktionalem Hightech – als würden hier zwei gegensätzliche Kräfte miteinander ringen, von denen bislang noch keine den Sieg davongetragen hatte.

Große, halb geöffnete Glastüren führten auf die Terrasse, auf der eine breite Liege und ein Tisch standen.

»Wir haben es aus der Zeitung«, sagte Theodor von Loessl. »Und natürlich hat es uns getroffen, obwohl ich meine frühere Schwiegertochter schon lange nicht mehr gesehen habe. Laura war …«, er verschränkte die Arme vor der Brust, »naiv, gut erzogen, manchmal ein wenig nervig und als Mensch durchaus in Ordnung. Aber gewiss nicht die richtige Frau für meinen komplizierten Sohn. Natürlich werden wir ihr das letzte Geleit erweisen. Doch bis jetzt hat uns leider noch niemand Bescheid gesagt, wann die Beerdigung stattfindet.«

»Da wären wir schon beim Thema, Herr von Loessl«, ergriff Joe die Gelegenheit. »Wir suchen nämlich nach Ihrem Sohn. Irgendeine Idee, wo er sich aufhalten könnte?«

»Karl? Ja, ist er denn nicht mehr bei der Zeitung?«

»Er ist nicht zur Arbeit erschienen. In seiner Wohnung ist er auch nicht, und sein Wagen parkt vor der Tür.«

Trotz seines Alters sprang Theodor von Loessl erstaunlich schnell auf.

»Sagen Sie jetzt bloß nicht, dass auch ihm etwas zugestoßen ist!«, rief er besorgt, während seine junge Frau mit einem Tablett zurückkehrte, auf dem zwei dunkelrote fingerhutgroße Espressotassen standen.

»Karl ist verschwunden«, rief er ihr zu. »Stell dir das vor!«

Helene trug jetzt ein knielanges weißes Kleid, in dem sie sich vor den Polizisten offenbar wohler fühlte, und sie hatte ihre Haare streng nach hinten gebunden, was ihre aparte Erscheinung noch unterstrich. Joe fiel auf, mit welcher Anmut sie sich bewegte.

»Du darfst dich nicht so aufregen, Theo«, meinte Helene besorgt und stellte vor jeden der Besucher ein Tässchen. Der Kaffee war lauwarm und schmeckte so bitter, dass Joe ihn am liebsten sofort wieder ausgespuckt hätte. Mühsam schluckte er und schob das Tässchen unauffällig beiseite. »Das weißt du doch!«

Helenes perfekt geschminkte Augen suchten Theos Blick, dann wandte sie sich wieder an ihre Besucher.

»Mein Mann hatte bereits zwei Infarkte, und er muss auf Anraten seiner Ärzte auch weiterhin äußerst vorsichtig sein. Leider vergisst er das nur allzu oft.«

Joe räusperte sich und suchte nach den passenden Worten.

»Wir haben Anhaltspunkte, dass Ihr Sohn sich in der Wohnung des Opfers aufgehalten hat«, erklärte er.

Theodor von Loessl sank in den Sessel zurück und sah plötzlich um Jahre gealtert aus.

»Sie verdächtigen Karl?«

»Er hat belastende Spuren hinterlassen«, schaltete sich Mick ein. »Deshalb wäre es ja so wichtig, mit ihm zu sprechen! Wo könnte er denn stecken?«

»Da fragen Sie leider den Falschen«, meinte Loessl leise. »Wir waren schon lange verschiedener Meinung – in vielem. Das hätte ich mir einst auch nicht so vorgestellt mit meinem einzigen Sohn, aber so ist es halt geworden. Als Helene und ich heirateten, ist unser Dauerzwist in einen hässlichen Streit eskaliert. Dabei sind wir uns charakterlich ziemlich ähnlich. Früher hieß es bei uns oft, der Apfel falle nicht weit vom Stamm. Aber das wollte mein Sohn partout nicht hören.«

Sein Blick glitt zum Kamin, wo mehrere Fotografien in hochglanzpolierten Silberrahmen prangten. Auf der einen lümmelte ein halbwüchsiger Charly mit unsicherem Lächeln neben seinem Vater, der eine Jagdflinte in den Händen hielt. Auf dem Foto daneben saß er breit grinsend neben einem rotblonden Mann in einem schnittigen Motorboot.

»Das ist Maximilian«, erklärte Theodor von Loessl mit leicht zitternder Stimme. »Mein jüngster Bruder und Karls Patenonkel. Früher hielt man sie manchmal sogar für Brüder. Kein Wunder, die beiden trennen ja gerade mal ein Dutzend Jahre. Leider haben wir Max für immer verloren.« Er seufzte. »Ja, der Stammbaum der von Loessls wird wohl keine neuen Früchte mehr tragen!«

Joe tat der alte Mann zwar leid, aber er hatte jetzt keine Zeit für Sentimentalitäten.

»Ihre Schwester meinte …«

»Sie waren bei Amy?«, unterbrach ihn Theodor von Loessl.

Joe nickte.

»Sie hat behauptet, Ihr Sohn habe Laura von Reinstein geschlagen. Sogar mehrfach. Ist da was dran?«

»Glauben Sie der alten Nebelkrähe bloß kein Wort!«, fuhr von Loessl auf. »Amy lügt schon, wenn sie nur den Mund aufmacht!«

»Theo!«, sagte Helene warnend. »Dein Blutdruck …«

»Ach, ist doch wahr«, schäumte er weiter. »Meine Schwester ist nur glücklich, wenn sie Unfrieden stiften kann – so war es schon in Kindertagen! ›Intrigen-Amy‹ haben wir sie genannt. Jeden Mann schlug sie mit dieser Marotte in die Flucht, obwohl sie in jüngeren Jahren durchaus Chancen auf diverse blendende Partien gehabt hätte. Seit sie sich neuerdings diesen schmierigen Kerl ins Haus geholt hat, ist es sogar noch ärger geworden.«

»Erwin?«, fragte Joe nach. »Der Hausmeister?«

»Hausmeister? Dass ich nicht lache! Besteigen lässt sie sich von diesem Proleten und bildet sich auch noch ein, dabei ginge es um Liebe: ein Mann mit fünfundvierzig und eine fast Achtzigjährige, einfach lachhaft! Aber sie wird schon noch zu spüren kriegen, worauf sie sich da eingelassen hat. Diese Zecke kriegt sie nämlich nicht mehr so schnell aus dem Pelz. Ist Ihnen das scheußliche Türschild aufgefallen? ›Stöhr‹ steht da, mindestens dreimal so groß wie ›von Loessl!‹«

Waren Erwin und Amalie von Loessl ein Paar? Joe musste sich Mühe geben, sein Erstaunen zu verbergen. Und auch eine gewisse Belustigung. Da saß ein Mann über achtzig mit einer um Jahrzehnte jüngeren Frau und regte sich über seine Schwester auf, weil sie das gleiche Recht für sich beanspruchte!

»Sie meinen also, Ihr Sohn habe seine Ex nicht geschlagen?«, hakte Mick Lorenz nach. »Oder vielleicht doch? Bitte überlegen Sie ganz genau! Es ist wichtig für uns.«

Jetzt sackten Theodors Schultern wieder nach unten.

»Um der Wahrheit die Ehre zu geben«, meinte er, »habe ich nicht die geringste Ahnung. Meinen Sohn Karl kenne ich schon lange nicht mehr.«

Er hielt sich kurz die Hand vor das Gesicht.

»Vielleicht habe ich ihn nie richtig gekannt.«

Joe spürte auf einmal, wie er misstrauisch wurde. Was, wenn das alles nur eine perfekte Inszenierung und der Alte ein begnadeter Schauspieler war? Blut ist dicker als Wasser, nach diesem Motto handelte man in den adeligen Kreisen doch besonders gern. Vielleicht hatte Charly die Stadt ja gar nicht verlassen und versteckte sich stattdessen hier in der väterlichen Villa?

Joe beschloss, noch einmal nachzubohren.

»Dann sitzt Ihr Sohn also auch nicht bei Ihnen im Keller oder sonst irgendwo im Haus, und Sie haben nur ganz zufällig vergessen, das uns gegenüber zu erwähnen?«.

»Karl? Bei uns?« Helenes volle Lippen bekamen einen bitteren Zug. »Lieber würde er splitternackt in einem Blizzard ausharren! Mein Mann und ich haben ihn jahrelang nicht mehr gesehen. Er meidet uns wie der Teufel das Weihwasser, glauben Sie uns das doch!«

»Gibt es vielleicht ein Landhaus? Eine Jagdhütte? Irgendetwas im Familienbesitz, wo er sich früher gern aufhielt?«, fragte Mick. »Oder eine Ferienwohnung im Ausland? Wir müssen alles in Betracht ziehen!«

Das ungleiche Ehepaar schüttelte unisono den Kopf.

»Karl hat, wie ich bereits gesagt habe, mit allem gebrochen«, erkärte Theodor von Loessl. »Wundert mich, dass er überhaupt noch unseren Namen führt.«

Er zog ein silbernes Pillendöschen auf seiner Hosentasche. »Wenn die Herren mich jetzt bitte entschuldigen würden! Ich muss dringend meine Medikamente nehmen und danach ein Weilchen ruhen.«

Joe gab ihm seine Karte mit den Daten der KI.

»Tun Sie das! Aber wenn Ihnen doch noch etwas einfällt, rufen Sie uns bitte an.«

Danach verließ er mit Mick das Anwesen.

»Eine feine Familie«, murmelte Mick auf dem Weg zurück zum Auto, in dem er sofort wieder die Klimaanlage auf höchste Touren brachte. »Da gönnt ja keiner dem anderen auch nur das Schwarze unter dem Nagel!«

»Ja, die sind sich von Herzen zuwider«, bekräftigte Joe. »Des is gwiss, aber sonst fast nix. Wirklich seltsame Verhältnisse!«

»In manchen Familien herrscht regelrecht Krieg«, meinte Mick, »besonders, wenn es um viel Geld geht. Gut möglich, dass das bei den von Loessls auch so ist.«

»Möglich«, brummte Joe, den Blick konzentriert auf die Fahrbahn gerichtet. »Oder sie sind alle wahre Meister der Verstellung!«

»Du glaubst, sie haben uns angelogen?«, sagte Mick.

»Du nicht?«, fragte Joe zurück.

»Lass uns das in aller Ruhe im nächsten Biergarten bereden! Der Tag war verdammt lang, und nach so viel geballter Adelsniedertracht brauch ich jetzt erst mal eine echte proletarische Radlermaß. Du auch?«

Joe nickte.

13

Nach(t)schichten

»Du musst dich konzentrieren, Charly!«

Sofies Stimme klang entschlossen, obwohl sie todmüde war.

»Mir fällt beim besten Willen niemand mehr ein.«

Auch Charlys Augen waren schon ganz schmal.

»Ich hatte doch kaum noch Kontakt zu Laura.«

»Aber deine Tante behauptet, ihr beide würdet …«

Sofie hielt inne, weil Charly vom Sessel aufgesprungen war und ruhelos im Wohnzimmer herumzulaufen begann. Zum Glück barfuß, sonst hätte sich die Grokenbergerin vom Erdgeschoss garantiert wieder beschwert. Aber auch so konnte Sofie nicht sicher sein, ob die Frau Nachbarin nicht mal wieder hinter der Wohnungstür lauerte, sobald sie sich anschickte, das Haus zu verlassen. Wie der gemütliche Heizungsbauer an diese blondierte Furie mit dem verkniffenen Lachen gekommen war, wunderte sie sich ohnehin. Aber wer begriff schon, was in Menschen vorging, sobald sie sich verliebten?

»Tante Amy hatte immer eine überaus blühende Fantasie.«

Jetzt klang Charly beinahe wütend.

»Außerdem hat sie Laura vermutlich noch seltener gesehen als ich. Sie mag es, Leute gegeneinander aufzuhetzen. Aus irgendeinem Grund macht ihr das Spaß. Wenn es dann richtig scheppert, ist sie ganz in ihrem Element.«

Er stützte sich auf die Lehnen ihres Sessels und schaute Sofie tief in die Augen.

»Wenn du irgendetwas wissen willst, dann halte dich gefälligst an mich!«

Sofie konnte der Intensität seines graugrünen Blicks kaum standhalten.

»Okay«, sagte sie. »Aber wenn du weiter so herumtrampelst, haben wir in schätzungsweise zehn Minuten die bezaubernde Frau Grokenberger am Hals. Die gute Nachricht: Ich glaube dir nach wie vor. Die schlechte: Die Kripo tut es nicht. Joe hat nämlich vorhin angerufen, während du im Bad getrödelt hast. Der war noch mit Mick in Grünwald bei deinem Vater. Offenbar glaubte er, du hättest dich dort bei ihm irgendwo verstecken können.«

Unerwähnt ließ Sofie, wie mühsam es gewesen war, Joe von einem abendlichen Besuch bei ihr abzubringen. Wie angesäuert er auf ihre Ausreden reagiert hatte. Und das nach ihrer Begegnung der dritten Art mit Erik heute Morgen! Wenn sie Charly weiterhin heimlich bei sich beherbergen wollte, konnte sie ihr neues altes Liebesglück vermutlich bald vergessen.

»Bei meinem Alten und seiner schönen Helene? Dass ich nicht lache!«

Charlys Stimme klang auf einmal seltsam rau.

»Die würden mir vermutlich noch nicht einmal helfen, wenn die versammelte Camorra hinter mir her wäre.«

»So schlecht steht es zwischen euch?«

»Noch viel schlechter«, knurrte Charly. »Als seine neue Circe die Bildfläche betrat, hat er sich aus freien Stücken sein gesamtes Großhirn amputieren lassen. Seitdem denkt er nur noch mit den unteren Körperpartien – ausschließlich. Und das nehme ich ihm übel. Früher war er nämlich ganz in Ordnung. Jedenfalls so lange, bis …«

»Von deiner Familie ist also keinerlei Unterstützung zu erwarten«, resümierte Sofie. »Deine Tante kann dich nicht leiden, und mit deinem Vater bist du heillos zerstritten?«

Charly ließ sich auf die Couch fallen und nickte.

»Weitere Angehörige? Onkel, Vettern, Basen?«

»Einen Onkel. Keine Ahnung, wo der steckt.«

»Und von Lauras Seite?«

»Jede Menge – aber glaubst du, die würden für ihren Ex, der unter Mordverdacht steht, auch nur einen adeligen Finger krumm machen? Vergiss es! Die hassen mich alle bis zum Jüngsten Tag.«

»Dann müssen wir eben wieder zum Anfang zurück!«

Sofie warf einen Blick in ihre Notizen.

»Drei Namen hab ich bislang hier stehen: Dussi von Pechmann, Ralf Richter und Stefan Scheuringer. Mehr Männerbekanntschaften hatte deine Ex nicht?«

»Was weiß denn ich!« Charly raufte sich die rotblonden Haare und wirkte plötzlich wie ein Junge, der wirklich etwas ausgefressen hat. »Glaubst du vielleicht, die hat sie mir alle einzeln vorgestellt?«

»Woher kennst du sie dann?«

»Die beiden letzten sind Piloten. Sie waren Gäste bei einem bescheuerten Geburtstagsfrühstück, zu dem sie vor ungefähr drei Jahren in den Bayerischen Hof gebeten hatte.«

Er verdrehte die Augen.

»Darunter ging es ja nicht! Zimmerwarmer Schampus, aber Madame Laura im Glück – je teurer und nobler, desto besser! Verstehst du jetzt, warum es mit uns beiden nicht klappen konnte?«

Sofie verkniff sich jeden Kommentar.

»Und der erste?«, fragte sie stattdessen.

»Dussi, amtlich gemeldet Eduard? Den kennt sie schon ewig. Vielleicht hätte sie ihn sogar geheiratet, wenn sie sich nicht so auf mich fixiert hätte. Wäre ihr sicherlich besser bekommen.«

Er griff nach seinem Weinglas und leerte es.

»Könnte es einer von denen gewesen sein? Hältst du das für möglich?«

Charly zuckte ratlos mit den Schultern.

»Jedenfalls muss sie ihren Mörder gekannt haben«, meinte Sofie wie zu sich selbst. »An der Wohnungstür waren keinerlei Einbruchsspuren, das weiß ich von Joe. Und diese intime Situation im Bad …«

Sie stutzte, weil Charly auf einmal doch nachdenklich aussah.

»Was hast du?«

»Mir ist da gerade was eingefallen. Laura hatte so ein kleines rotes Büchlein, das schleppte sie oft mit sich herum. Bei einem unserer raren Treffen nach der Scheidung hab ich mal kurz reingespitzt, als sie es versehentlich auf dem Tisch liegen ließ.«

Sofie legte die Stirn in Falten.

»Ja«, gestand Charly, »ich war neugierig, kein schöner Zug von mir, ich weiß. Aber es gab darin eine Seite, hinten, ganz eng beschrieben, da hatte sie wohl alle Kerle aufgeführt, mit denen jemals etwas lief.«

»Und das sagst du mir erst jetzt?«, rief Sofie empört. »Das verdammte Ding brauchen wir sofort!«

»Die Wohnung dürfte versiegelt sein …«

»Dann muss eben jemand das Siegel brechen und es finden.«

Sofie geriet mehr und mehr in Rage.

»Zefix – die Polizei ist doch verpflichtet, in alle Richtungen zu ermitteln. Und wenn sie das Büchlein übersehen haben sollten, dann muss sie eben jemand darauf aufmerksam machen!«

Inzwischen war es draußen längst stockdunkel. Eine warme, weiche Sommernacht hatte sich über die Stadt gesenkt. Im kleinen Innenhof unter ihnen war alles ruhig, aber aus den Nachbarhöfen hörte man Stimmen und Lachen. Leute saßen dort, tranken, grillten, hatten ihren Spaß, während ihnen hier drinnen vor lauter Denken und Grübeln die Köpfe rauchten.

Das allein aber war es nicht.

Charly über Stunden so nah zu sein, irritierte Sofie mehr, als ihr lieb war. Es kam ihr so vor, als sei die ganze Wohnung erfüllt von ihm, als schwebe sein Duft überall, sogar im Schlafzimmer, wo er sich doch nur ganz kurz aufgehalten haben wollte.

Eigentlich brauchte Sofie jetzt dringend ihren Schlaf, aber sie wollte zuvor noch ein paar Momente für sich allein sein, um ihre Gedanken und Gefühle zu sortieren.

»Ich glaube, ich muss noch einmal kurz raus«, sagte sie deshalb. »Mit dem Rad eine kleine Runde drehen.« Und bevor Charly etwas antworten konnte, schob sie sich an ihm vorbei, griff im Flur nach ihren Schlüsseln und lief die Treppe hinunter.

Draußen erschien ihr die Luft wie ein samtenes Tuch. Sofie schwang sich auf ihr Rad und schoss aus der Einfahrt, raus aus der Zugspitzstraße und weiter bis zur Tela, dann bergab in Richtung Isar. Dort wurde überall am Ufer fleißig gebrutzelt und gegrillt; ein wildes Geruchspotpourri aus Fleisch, Maiskolben und Fett stieg ihr in die Nase. Sie strampelte weiter, bis ihr plötzlich eine Gestalt mitten in den Weg lief.

»He, aufpassen!«, rief sie und bremste scharf. »Sind Sie lebensmüde?«

»Sorry«, murmelte der Mann im Trenchcoat, offenbar ganz in Gedanken.

War das nicht der Typ vom Schyrenbad? Im Schein ihrer neuen Fahrradlampe erkannte sie ihn wieder.

»Alles in Ordnung?«, erkundigte sich Sofie besorgt.

»Alles paletti, schöne Frau.«

Der Mann wirkte wie nicht ganz von dieser Welt. Hatte er getrunken? Drogen geschluckt? Oder litt er an Schmerzen? Warum hielt er seinen linken Arm so von sich gestreckt?

»Und Sie sind sich wirklich ganz sicher?«, fragte Sofie vorsichtshalber noch einmal nach.

»Ja.« Der Mann nickte. »Muss mich nur erst an meinen neuen Freund gewöhnen. Noch zwickt er ordentlich. Hoffe, das gibt sich wieder …«

Sein neuer Freund? Wen meinte er damit? Sofie beschloss, nun doch zurück zu ihrer Wohnung zu fahren.

»Aber schön aufpassen, gell?«, rief sie ihm zu, während sie mit dem Rad wendete. »Heute Nacht sind nämlich nicht alle so stocknüchtern wie ich!«

Der steile Anstieg des Giesinger Berges, den sie heute bereits zum zweiten Mal absolvierte, kostete ihre ganze Kraft und vertrieb alle unnützen Gedanken. Sofie cruiste nach Hause und schloss im Hof das Rad ab. Leise stieg sie die Treppen hinauf, sperrte behutsam auf und schlich sich auf Zehenspitzen ins Bad, wo sie sich bei einer ausgiebigen Dusche wohlig entspannte. Eingehüllt in ihren Frotteemantel betrat sie schließlich das Wohnzimmer. Charly Loessl, alias Karl Maria Ritter zu Loessl, lag friedlich schlummernd auf ihrer Couch und schnarchte leise.

14

Aua!

Je tiefer sich der Abendhimmel über ihnen färbte, desto mieser wurde die Stimmung am Tisch. Es nützte nichts, dass der Taxisgarten in Neuhausen zu den Bieroasen in München zählte, die selbst unter Einheimischen als Geheimtipp gehandelt wurden – es nutzte auch nichts, dass die Mass hier überaus großzügig eingeschenkt wurde und die vollbusige Bedienung beim Servieren so gewinnend strahlte, als halte Markus H. Rosenmüller höchstpersönlich seine Kamera auf sie. Dr. Sander schien eine Laus über die Leber gelaufen zu sein, gegen die Elke Falk einfach nicht ankam. Anfangs gab sie sich noch größte Mühe, seine Verdrossenheit einfach wegzulächeln, später erging sie sich in Lobhudeleien über die frischen Brezen, die Knusprigkeit des Grillhendls oder die Bissfertigkeit des in hauchdünnen Scheiben geschnittenen Radis. Das war, bevor sie ihn aus Verzweiflung über seine Habil zu löchern begann, obwohl sie die Gefährlichkeit jener Substanzen, die als »Badesalze« in der Szene gedealt wurden, nur dann interessierte, wenn sie in einer der Leichen auf ihrem Obduktionstisch auftauchten. Als gar nichts helfen wollte, begann Elke Falk resigniert Murmel zu kraulen, der schon zu knurren begann, wenn sich Erik Sander nur zu schnell bewegte. Selten zuvor waren ihr zwei Lebewesen begegnet, die sich auf Anhieb so spinnefeind waren wie der hellblonde Mops mit den schwarzen Ohren und der smarte, ebenfalls hellblonde Kollege aus Berlin, der zumindest optisch alles mitbrachte, was ihr Frauenherz höher schlagen ließ: blaue Augen, ein männlich-markantes Kinn, schmale Hüften und ein geradezu göttliches Sixpack. Ihn mit wehendem Kittel durch die Gänge des Instituts streifen zu sehen, hatte ihren Mund trocken werden und ihr Herz schneller schlagen lassen: Ja, sie war nun mal verdammt einsam, viel zu lange schon – und nicht einmal der süßeste Hund der Welt konnte das auf Dauer mit all seinem tierischen Charme übertünchen!

Natürlich war die Wahl des Biergartens Teil ihrer gewieften Taktik gewesen, denn keine 500 Meter von hier, in der Böcklinstraße, stand das schmucke Reiheneckhäuschen, das sie sich vor ein paar Jahren vom väterlichen Erbe geleistet hatte. Was hätte also nähergelegen, als nach einem guten Essen und anregender Unterhaltung Arm in Arm dorthin zu schlendern, den Mops an der Leine, um in ihrem verschwiegenen Garten einen Absacker zu nehmen und dann …?

Nein, es würde kein »dann« geben.

Jedenfalls nicht heute, das spürte Elke Falk in jeder Faser.

In Gedanken hatte sie den Ablauf dieses verpatzten Tages schon mehrmals durchgespielt, ohne zu einem brauchbaren Ergebnis gelangt zu sein.

War sie zu offensiv vorgegangen?

Manche Männer schlug allzu viel weibliche Chuzpe augenblicklich in die Flucht, doch bei Erik hatte sie keinen Moment diesen Eindruck gehabt. Er *hatte* mit ihr geflirtet, das stand fest, er hatte noch nach der Obduktion aufgeschlossen gewirkt und war sichtlich erfreut über ihren Vorschlag gewesen, den Abend gemeinsam zu verbringen.

Was war dann passiert?

Er war Sofie Rosenhuth hinterhergegangen, und sie hatte ihn auf dem Flur erregt mit ihr sprechen hören – bis Kommissar Lederer auftauchte …

Später dann war er nur noch schweigend hinter ihr und Murmel hergetrottet.

Weil sie wieder einmal nur die zweite Wahl war?

Bullshit – es durfte doch nicht wahr sein, dass nun auch noch der große Blonde aus der Hauptstadt auf diese Sofie abfuhr, die höchstens mit zwei zugedrückten Augen in Kleidergröße 42 passte, immer mal wieder gegen die Regeln des Berufsstandes verstieß und augenblicklich in dieses unsägliche Bairisch verfiel, sobald ihre Konzentration nur ein wenig nachließ! Was hatte die nur an sich, dass sie die Männer so wuschig machte? Lederer konnte seine Finger nicht von ihr lassen, Scheidung hin oder her. Charly Loessl – seit Neuestem auch noch ein Ritter, nach dem derzeit allerdings die Kripo fahndete – bekam einen sehnsüchtigen Blick wie ein Teenager, sobald sie nur ins Zimmer kam. Und jetzt auch noch Sander? Das war eindeutig zu viel!

Unwillkürlich schlug ihr linkes Bein aus und erwischte versehentlich den kleinen Mops, der heute offenbar ebenso wenig Spaß verstand wie sein Frauchen. Doch anstatt Elke wütend anzukläffen, schoss er unter dem Tisch zu Sander, als habe er nur auf diese Gelegenheit gewartet. Als Murmel seine Zähne beherzt in dessen Wade schlug, schnellte Sander mit einem Schrei nach oben.

»Dieses gottverdammte Vieh beißt!«, brüllte er übertrieben laut. »Halten Sie den Köter sofort zurück, sonst kann er was erleben!«

Elke zog an der Leine, die sie bislang unbedenklich hatte schleifen lassen, und zerrte Murmel zu sich.

»Was fällt dir denn ein, du Frechdachs!«, rief sie streng, wurde aber beim Anblick seines zerknautschten Gesichtchens und der nussbrauen Augen sofort wieder weich. »Mach das ja nie wieder, kapiert!«

Murmel gab ein kleinlautes Wuff von sich, das in ihren Ohren allerliebst zerknirscht klang.

»Hören Sie? Es tut ihm schon wieder leid! Mein Liebling meint es doch nicht so!«, sagte sie entschuldigend. »Er ist nur erschrocken, weil ich ihn aus Versehen getreten habe ....«

»Das ist ja noch schöner!«, schäumte Sander. »Sie treten auf Ihrem Köter herum – und mich fällt er an?«

Er stellte seinen Fuß auf die Bank, um den Schaden zu begutachten.

»Die neue Hose ist hin – und ich blute!«

»Natürlich komme ich für alles auf«, sagte Elke Falk eilig. »Und ich kann Sie auch sehr gern verarzten. Es wären nur ein paar Schritte. Mein Haus ist sozusagen gleich um die Ecke ...«

»Verzichte dankend!«

Erik Sander griff nach seinem Leinenblazer und humpelte davon.

»Schönen Abend noch!« Es klang eher wie eine Verwünschung.

»Aua«, sagte Elke Falk leise zu Murmel, der schwanzwedelnd und äußerst erwartungsvoll zu ihr aufschaute. Das Grillhendl auf ihrem Teller war höchstens zur Hälfte verspeist und duftete derart verheißungsvoll, dass ihm schon der Sabber aus dem Mund lief.

»Jetzt haben wir den Salat«, seufzte Elke Falk. »Ich fürchte, da werden wir zwei uns eine ganz besondere Entschuldigung ausdenken müssen!«

15

Scheibchenweise

Beim Schneiden des Großhirns der Leiche aus Kühlfach 600 C in kleine fingerdicke Scheiben stieß Elke Falk einen schrillen Pfiff aus. Da dies der erste nichtdienstliche Laut war, den sie bis auf ein knappes »guten Morgen« heute von sich gegeben hatte, hob Sofie, die sich gerade mit den Lungen der Toten beschäftigte, alarmiert den Kopf.

Regina Steinhofer, 1,62 Meter groß, 52 Kilo, schmächtig bis ausgemergelt, mit zahlreichen Runzeln und quittegelben Zähnen, wirkte wie vor der Zeit gealtert.

»Da ist ja ein Tumor!«, stellte Elke Falk fest. »Wird wohl eine Metastase sein.«

Ihre Stimme klang plötzlich dumpf.

»Kopfschmerzen und Übelkeit dürften also zu ihrem Alltag gehört haben. Vermutlich fiel ihr das Schlucken schwer, und die Stimme war ständig heiser. Vielleicht kannte sie sogar epileptische Anfälle und zeitweise Lähmungen …« Sie brach ab, senkte den Kopf.

»Sie haben nähere Erfahrung mit Hirnmetastasen?«, erkundigte sich Sofie.

Elke Falks Augen über dem weißen Mundschutz verengten sich.

»Mein Vater«, sagte sie. »Passionierter Raucher, seit er achtzehn war. Trotz unzähliger Versuche hat er den Entzug nie wirklich geschafft. Was haben wir nicht auf ihn eingeredet! Leider alles vergebliche Liebesmüh. Das Nikotin war stärker.«

Sie legte das Messer zur Seite.

»Gestorben ist er vor fünf Jahren, da war er gerade mal achtundsechzig. Und das alles nur wegen dieser verdammten Glimmstengel!«

Elkes Schultern gingen nach oben, als ob sie plötzlich frieren würde.

»Sie vermissen ihn?«, fragte Sofie leise und dachte an die eigenen Eltern, die sie so früh verloren hatte.

War das ein zustimmendes Nicken gewesen?

»Weil Sie sich ohne ihn manchmal allein fühlen?«, tastete Sofie sich vorsichtig weiter.

Elke Falk gab etwas von sich, das an das Knarzen eingerosteter Türangeln erinnerte.

»Ich kann Sie gut verstehen«, wagte Sofie nun endgültig den Schritt auf vermutlich vermintes Gelände. »Meine Eltern sind gestorben, als ich …«

»Bitte verschonen Sie mich mit Ihrem Seelenstriptease«, blaffte Elke Falk sie nun an. »Privates und Dienstliches bleiben bei mir strikt getrennt, Frau Rosenhuth. Und Sie wären gut beraten, ebenso zu verfahren!«

Energisch setzte sie ihre Schneidearbeit fort, und Sofie wandte sich ihrerseits der Lunge der Toten zu, indem sie das Gewebe einschnitt und die Gefäße mit der kleinen Knopfschere präparierte.

Dabei begann sie zu grübeln.

Was hatte ihrer Kollegin denn so die Laune verdorben?

Etwa ein verpatzter Abend mit Erik?

Hatten sich die beiden, statt in Harmonie unterm Sternenhimmel bei Bier und Obatztem zu schwelgen, etwa gleich bei ihrem ersten Date gestritten?

War Erik Sander vielleicht zu schnell zu weit vorgeprescht, wie es manchmal seine Art war?

Elkes Miene sprach jedenfalls eine eindeutige Sprache.

Es war, als hätte es niemals eine gemeinsame Adoption von Murmel, niemals ein – beinahe – freundschaftliches Gespräch zwischen ihnen gegeben. Stattdessen hatte nun wieder Dr. Iglu das Regiment übernommen, frostiger und zugeknöpfter denn je.

Auch gut, dachte Sofie – schließlich hatte sie selbst privat ganz andere Dinge zu bewältigen, und der Problemberg, der sich vor ihr auftürmte, wuchs von Tag zu Tag. Wenn die Kollegin also auf einem rein dienstlichen Verhältnis bestand, das beherrschte Sofie ebenfalls aus dem Effeff!

»Dringender Verdacht auf kleinzelliges Bronchialkarzinom«, begann sie nun zu diktieren. »Zentral lokalisiert mit Lymphknoten- und wohl auch Hirnmetastasen.«

Sie schaute zu Elke Falk. »Daran könnte sie gestorben sein …«

»Aber daran ist sie wohl eher nicht gestorben!«

Mit strahlendem Lächeln öffnete Erik Sander die Tür zum Sektionssaal. Hinter ihm auf der Schwelle stand verlegen lächelnd Spike Moosbichler mit frisch gefärbten lagunengrünen Streifen in seinem dunklen Iro und hielt in jedem Arm einen großen Blumenstrauß.

»Ich weiß, ich weiß, das gehört nicht hierher«, versicherte Erik eiligst, »aber ich wollte den beiden Damen doch wenigstens schon mal einen Blick auf das gönnen, was sie nach getaner Arbeit erwartet!«

Elegant wie ein Tänzer lief er erst zu Sofie, dann weiter zu Elke Falk, vor der er sich andeutungsweise verneigte.

»Alles in Gelb – für meine charmante Berliner Exkollegin,

um der schönen alten Zeiten wegen! Und der in shocking Pink ist für meine neue Münchner Kollegin Dr. Falk gedacht, bei der ich mich für meinen gestrigen Auftritt von Herzen entschuldigen möchte!«

Er begann zu zwinkern.

»Für Murmel hab ich auch noch ein feines Leckerli besorgt, das hängt mit am Strauß. Jetzt kann ich nur hoffen, der Kleine hat mich wieder lieb!«

Auf sein Zeichen hin zog Spike sich mit den üppigen Bouquets wieder zurück, während zwischen Sofies Brauen eine tiefe Falte entstand.

»Fertig mit dem Gesülze?«, fragte sie knapp. »Dann kannst du uns ja endlich mitteilen, woran Frau Steinhofer deiner Meinung nach verstorben sein könnte!«

»Mit dem allergrößten Vergnügen!«

Er streckte ihr ein kleines Reagenzglas entgegen und sagte: »Ihr Magen hat intensiv nach Kakao oder Schokolade gerochen. Sonst scheint sie kurz vor ihrem Tod kaum etwas zu sich genommen zu haben, wenn man von ein paar kläglichen Brotresten absieht.«

»Aber an Kakao oder Schokolade stirbt man bekanntlich nicht«, bemerkte Elke Falk spitz, mit einem vieldeutigen Blick zu Sofie. »Man setzt zwar unschöne Hüftringe an und verfettet langsam, aber tödlich sind diese Versuchungen eher nicht.«

»Ganz genau! Es sei denn, sie wurden mit reichlich Aconitin versetzt, das wir aus dem schönen, aber äußerst giftigen blauen Eisenhut kennen, der umgangssprachlich auch Venuswagen, Wolfskraut, Ziegentod oder Fuchswurz genannt wird, um nur ein paar der überlieferten Namen aufzuzeichnen.«

Erik legte eine kurze Pause ein, um zu beobachten, ob seine Eröffnung auch ihre erwünschte Wirkung tat.

»In der Regel reichen fünf Samen aus, zumal, wenn jemand so schlecht ernährt ist wie dieses bedauernswerte Opfer. Ich konnte im Mageninhalt aber sogar eine Menge feststellen, die mindestens sieben, wenn nicht gar zehn zerstoßenen Samen entspricht.«

»Also Mord?«, fragte Sofie. »Oder hat sie ihrem Leben selbst ein Ende gesetzt?«

»Mit blauem Eisenhut? Der ist bei Selbsttötung gewiss nicht die erste Wahl!«, versicherte Erik. »Nach den mir zugänglichen Statistiken greifen nur 0,1 Prozent aller Suizidenten …«

»Davon scheint die Tochter der Toten auch ausgegangen zu sein«, schnitt Sofie ihm das Wort ab. »Nach den Angaben der Staatsanwaltschaft hat sie an keinen natürlichen Tod geglaubt und daher eine Obduktion angeregt, während ihr Bruder absolut dagegen war.«

Sofie legte die Stirn in Falten.

»Vielleicht ein Familiendrama? Oder ein eskalierter Erbschaftsstreit …«

»Und immer gleich Zeter und Mordio! Wenn die Dinge stets so einfach wären, nicht wahr, Frau Rosenhuth?«, fiel Elke Falk ihr ins Wort. »Bei gewissen Familienkonstellationen kann man bisweilen ganz erstaunliche Überraschungen erleben, das müssten Sie doch noch aus Ihrer früheren Tätigkeit als Polizistin wissen!«

Damit wandte sie sich Erik zu.

»Das war doch gestern Abend alles nur menschlich, lieber Kollege«, säuselte sie. »Allzu menschlich sogar! Und dass Sie dem kleinen Rabauken nichts nachtragen, freut mich natürlich besonders. Aber Murmel und ich haben uns zu entschuldigen – nicht Sie! Ich hab mir da bereits etwas Hübsches ausgedacht. Sobald wir hier fertig sind, werde ich …«

Sofie stellte die Ohren auf Durchzug und kontrollierte die histologischen Asservate. Bei Dienstschluss wollte Joe sie abholen.

Bis jetzt wusste sie noch immer nicht genau, womit es ihr bei ihrem kurzen Telefonat heute Morgen gelungen war, ihn abermals zum Betreten von Laura von Reinsteins Wohnung zu bewegen. Vielleicht durch die wie zufällig eingestreute Bemerkung, sie habe schon die ganze Zeit das Gefühl, es sei etwas Wesentliches übersehen worden? Jedenfalls hatte er sich auf ihren Vorschlag eingelassen, woraufhin sie sich entschlossen hatte, erneut auf die fest eingeplanten Schwimmbahnen im Schyrenbad zu verzichten, um stattdessen so früh wie möglich im Institut zu erscheinen. Abends wollte sie dann mit ihm noch einmal in die Sternstraße fahren, wo er das rote Notizbuch entdecken *musste,* mit dem, so hoffte Sofie, andere Männerbekanntschaften der so unsanft Verblichenen – und damit neue Verdächtige – ins Spiel gebracht würden.

Aber was würde sein, wenn dieses Notizbuch nicht mehr existierte oder sich als unauffindbar erwies?

Sofie verscheuchte diesen dunklen Gedanken und nahm sich vor, geduldig zu bleiben. Vor allem wollte sie darauf achten, nicht zu zielstrebig zu wirken, damit Joe keinen Verdacht schöpfte, woher sie wusste, wonach sie suchen sollten. Wenn sie Charly entlasten wollte, musste sie besonnen und umsichtig vorgehen.

Sozusagen scheibchenweise …

16

Kopflos

Es traf sich gut, dass unmittelbar hinter dem Grundstück der Wald lag, wo er auf einem Forstweg den Wagen abstellen konnte. Natürlich ging er damit die Gefahr ein, von Wanderern oder einem übereifrigen Förster entdeckt zu werden, aber bislang war ihm bei seinen ausgiebigen Erkundigungen zum Glück noch keiner in die Quere gekommen. Inzwischen kannte er ihre Gewohnheiten: Der Alte verließ das Haus nur selten, abgesehen von vereinzelten Arztbesuchen und den Freitagnachmittagen, wo er regelmäßig seinen weißen Saab aus der Garage manövrierte und erst nach ein paar Stunden wieder zurückkam. Die Junge war dagegen viel unterwegs. Wie ein übergroßes Insekt flitzte ihr roter Fiat zum Ortskern von Grünwald, dann nach München oder kreuz und quer durch die noble Ansiedlung am Isarhochufer, wo ihr Auto stundenlang vor anderen Villen und mehrmals wöchentlich vor einem luxuriösen Fitnessstudio parkte, bis sie wieder nach Hause fuhr. Eine von jenen verwöhnten Tussen also, die eindeutig zu viel Zeit und zu viel Geld hatten, und die ihn schon immer ankotzten – es sei denn, sie waren bereit, ihre Privilegien mit anderen zu teilen. Vielleicht würde er sich auch noch um sie kümmern müssen, doch heute war definitiv der Alte an der Reihe.

Sie war auch gar nicht da – der rote Fiat fehlte, davon hatte er sich überzeugt. Stattdessen parkte der blank polierte Saab vor der Villa. Jetzt, am späten Nachmittag, war vermutlich mit keinerlei unliebsamen Störungen zu rechnen, weder von Postboten noch von Getränkelieferanten oder dergleichen. Ein nicht unerhebliches Restrisiko blieb trotzdem bestehen, weshalb er blitzschnell zuschlagen und nicht minder schnell wieder verschwinden musste.

Wenn es heute nur nicht so drückend schwül gewesen wäre! Selbst im Wald stand die Luft, von seinem alten, klapprigen Lieferwagen ganz zu schweigen, der keine Klimaanlage hatte. Als er sich die Handschuhe übergestreift hatte und in den neuen Blaumann geschlüpft war, begann der steife Stoff auf seiner verschwitzten Haut schon nach Kurzem zu scheuern. Und noch etwas anderes bereitete ihm Sorge: sein linkes Ohrläppchen, das über Nacht dick, heiß und rot geworden war, weil er nach Ewigkeiten wieder die kleine Silbercreole aus Jugendtagen angelegt hatte. Das Löchlein war so gut zugewachsen gewesen, dass es ihn einige Überwindung kostete, es erneut durchzustoßen. Mit diesem Ohrschmuck hatte er sich schon früher immer wie ein Pirat gefühlt, ein mutiger Ausgestoßener, der den Großkopferten schon noch zeigen würde, wo der Bartl den Most holte!

Er zog sich neue Socken an, danach die bislang unbenutzten Chucks, die er hinterher ebenso sorgfältig entsorgen würde wie alles andere. Dann griff er nach der schwarzen Werkzeugtasche, die all das enthielt, was er brauchen würde. Das Schnappschloss hatte er vorsorglich geölt, damit es noch schneller aufsprang, wenn es darauf ankam. In überteuerten Seminaren hatte man ihm beigebracht, wie man in Stresssituationen atmet, um ruhig zu bleiben – aber was wussten diese aufgeblasenen Eso-Hirnis schon von seinem Stress! Sobald er erst einmal seine eigene Akademie eröffnet hatte, würden sie schon noch die Augen aufreißen, all jene, die sich über ihn erhoben, weil er angeblich nichts Richtiges gelernt hatte – aber bis es so weit sein würde, gab es noch vieles zu erledigen.

Er holte den Hirschfänger aus seinem Werkzeugkoffer und verstaute ihn in seiner länglichen Brusttasche. Den Wagen ließ er unverschlossen. Dann ging er los, die Lippen leicht geöffnet, die Zunge entspannt heraushängend – genau so, wie Pete Sampras es bei seinen großen Tennisturnieren praktiziert hatte. So irritierte man seine Gegner, das hatte er sich in der Glotze abgeschaut.

Das Gatter zum Wald hin war ein Kinderspiel für ihn. Schon seltsam, dass sie sich zur Straßenseite hin mit einer hohen Mauer abschirmten, während sie hier so fahrlässig waren! Er setzte darüber, bückte sich und holte die Tasche nach. Dann lief er weiter, entlang der Tannen, die er längst hätte abholzen lassen, wenn es sein Anwesen gewesen wäre. So aber boten sie ihm mit ihren tief hängenden dunklen Ästen einen willkommenen Sichtschutz, bis er schließlich vor dem Rasenstück angekommen war, das vor der Terrasse lag.

Auf den allerletzten Metern gab es nichts mehr, das ihn verborgen hätte. Sein Puls jagte, sein Herz raste: Scheiß doch auf all die Seminarweisheiten, dachte er, die alle nix taugten, wenn es ernst wurde! Er spürte, wie ihm der Schweiß aus allen Poren drang. Sogar seine Füße waren pitschnass – dabei war er noch nicht einmal im Haus.

Saß da etwa jemand in dem großen Lehnstuhl aus einem dieser abartig teuren Tropenhölzer?

Nein, das war bloß ein zerknautschter dunkelblauer Bademantel, wie er erkannte, als er sich geduckt anpirschte. Das gelang ihm erstaunlich gut: Niemals hätte er geglaubt, dass sich die Zeit beim Bund doch noch einmal als hilfreich erweisen könnte!

Wo steckte der verdammte Alte?

Ob er sich hingelegt hatte? Dann müsste er hinauf in den ersten Stock, was den Fluchtweg weiter erschwerte.

Oder kruschelte er im Weinkeller herum?

Die Treppe nach unten war eng und steil, ganz und gar ungeeignet für einen älteren Herrn.

Er drückte sich an die Wand und lauschte nach drinnen.

Da klapperte jemand mit Geschirr, so viel stand fest. Vielleicht machte der Alte sich ja Tee, bis seine junge Frau mit den Einkäufen für das Abendessen zurückkommen würde.

Er wollte gerade einsteigen, da erstarrte er, denn nicht der Erwartete betrat das Wohnzimmer, sondern *sie,* eine große Tasse in der Hand. Bekleidet war sie mit einem bunten Designerfetzen, der viel von ihren muskulösen braunen Schenkeln freigab. Um den Hals flatterte ein dünner grüner Seidenschal, der ihn an eine giftige Schlange erinnerte.

Blitzschnell hatte er sich an die Außenwand gedrückt, gerade noch im letzten Moment. Wenn sie jetzt herauskam, würde sie ihn unweigerlich sehen, aber offenbar dachte sie nicht daran, sich auf die Terrasse zu begeben. Stattdessen rückte sie drinnen Sessel oder Stühle herum, so hörte es sich wenigstens an.

Was machte sie hier, verdammt noch mal?

Sie dürfte doch gar nicht hier sein!

Und wo steckte der Alte?

Sollte er aufgeben und ein anderes Mal wiederkommen? Dass beide im Haus sein würden, hatte er nicht erwartet.

Inzwischen schwitzte er so stark, dass er sich am liebsten alle Klamotten vom Leib gerissen hätte. Doch was zu erledigen war, das musste erledigt werden, sonst konnte er seinen Traum von der Akademie für immer begraben.

Er streckte den Kopf vor, lugte hinein. Jetzt saß sie auf einem

Stuhl mit hoher Lehne, vertieft in ein Buch. Ab und zu tastete ihre schmale Hand mit dem Ehering, an dem Brillis aufblitzten, nach der Tasse und trank einen Schluck.

Seine Chucks hatten griffige Sohlen, und er konnte sich fast lautlos bewegen. Mit ein paar Schritten war er hinter ihrem Stuhl, doch da fuhr sie plötzlich herum. Ehe sie den Mund aufmachen konnte, um etwas zu sagen, packte er die beiden Enden des Seidenschals und zog so fest zu wie er konnte. Sie röchelte, griff nach dem Stoff, um sich zu befreien, aber das ließ er nicht zu, sondern verstärkte seine Anstrengungen nur noch weiter. Sie trat ihn, versuchte ihn zu kratzen – wieso erschlaffte sie nicht endlich? Das war offenbar der eine Gedanke zu viel, der ihn nachlässig machte und seinen Drosselgriff lockert, sodass sie es schaffte, den Mund zu öffnen und die gebleckten Zähne wie eine hungrige Tigerin in sein entzündetes Ohrläppchen zu schlagen …

Der Schmerz war so brennend und scharf, dass er ihn für eine Sekunde zu lähmen drohte, doch dann überrollte ihn eine Welle von Wut, heiß und rot.

»Verdammte Schlampe!«, schrie er. »Dir werde ich's zeigen!«

Plötzlich war es, als wüchsen ihm ungeahnte Kräfte. Seine Hände hielten den Schal unerbittlich fest und zogen ihn noch enger zusammen, bis sie schließlich in sich zusammensackte und auf den Boden sank.

Jetzt, endlich, konnte er wieder Atem holen.

War sie schon tot?

Ihre Zunge war blau und geschwollen, aber er musste auf Nummer sicher gehen. Deshalb zog er den Hirschfänger aus seiner Brusttasche.

Mitten ins Herz?

Und wenn er nicht genau traf?

Dann doch lieber in die Halsschlagader, überlegte er, auch wenn die Vorstellung des Gemetzels ihn bereits jetzt anwiderte.

Dass er sich überhaupt entscheiden musste, ließ erneut Wut in ihm aufkochen. Auf den Alten hatte er es doch abgesehen gehabt – sie war nichts als ein lästiges Hindernis, das seinen schönen Plan versaute. Er holte aus und stieß das Messer tief in ihren Brustkorb, einmal, zweimal, dreimal.

Er hatte sie erledigt, erst jetzt spürte er sein Ohr. Es wummerte und tobte, und als er es berührte, wurde der Schmerz fast unerträglich.

Sein Handschuh war voller Blut. Doch wo war sein Ohrring, die geliebte Piratencreole?

Er ahnte die Antwort, noch bevor er den Boden abgesucht hatte. Diese Wahnsinnige! Sie hatte ihm den Schmuck abgebissen, zusammen mit einem Stück von seinem Ohrläppchen!

Langsam ging er in die Knie und erkannte dabei, dass sie auf einem kleinen bunten Teppich lag, den zusammenzurollen und hinauszutragen kein Problem sein würde.

Doch zuerst musste er sich verbinden. Er ließ seinen Koffer aufschnappen: Was war geeignet?

Er behalf sich mit einem Klebeband, das er mit den Zähnen in Streifen riss und sich mühsam um sein Ohr wickelte, zweifach, fünffach – so lange, bis nichts mehr tropfte.

Sein Herz raste noch immer, aber er konnte allmählich wieder halbwegs klar denken. Der Alte war nicht im Haus, so viel stand fest, sonst wäre er längst hier. Doch was sollte er nun mit ihr anfangen?

Zornig trat er mit seinem Fuß nach der Toten. Dabei kam ihm ein Gedanke: Was, wenn sie seine Silbercreole und das Stück vom Ohrläppchen noch gar nicht verschluckt hatte?

Er kniete sich neben sie, riss ihr den Mund auf und betastete nach kurzem Zögern die Mundhöhle. Die Zähne, die tote Zunge, er musste seinen Ekel mühsam bezwingen. Doch da war nichts – gar nichts. Die Creole musste bereits tiefer gerutscht sein.

Sollte er die Leiche wegschleppen und aufschneiden?

Zu gefährlich, dabei könnte ihn jemand beobachten. Außerdem sollte sie ja hier gefunden werden, in dieser Villa, auch wenn es eigentlich um den Alten gegangen war.

Sie an Ort und Stelle zerlegen?

Das würde eine Schweinerei sondergleichen geben und viel zu lange dauern.

Ganz in Gedanken vertieft, zog er den grünen Fetzen vom Hals der Toten, steckte ihn in seine Brusttasche und legte ihr stattdessen den hellen Seidenschal mit dem Muster um, den er in seiner Werkzeugtasche mitgebracht hatte.

Und weiter?

Er musste versuchen, irgendwie an die Creole und an sein fehlendes Stück Ohrläppchen zu kommen.

Aber wie?

Unschlüssig wippte der Hirschfänger in seiner Hand.

Sein Blick glitt durch den Wohnraum, dann weiter hinaus in die Diele, wo er auf einen großen Katzentransportkorb aus geflochtener Weide traf.

Plötzlich wusste er ganz genau, was zu tun war.

Er schloss kurz die Augen, dachte an Pete Sampras und sammelte sich. Und nachdem er erneut das Messer angesetzt hatte, war es eigentlich gar nicht mehr so schwer.

17

Himmlischer Beistand

Ausnahmsweise war Vroni froh, dass Flo in der Werkstatt zu tun hatte, sonst hätte er ihr womöglich ihr Vorhaben doch noch ausgeredet. Wo es doch heute so drückend schwül war! Aber spätestens als Sofie ihr Murmel plus Leine plus Leckerlis in die Hand drückte und wieder zu Joe aufs Motorrad gestiegen war, wusste sie, dass sie ihr Herz und vor allem ihr Gewissen erleichtern musste.

»So geht des ned weida«, sagte sie zu dem kleinen Mops, der den Weg hinunter zur Au bereits kannte und freudig wedelnd an der Leine zerrte. »Des Deandl vergaloppiert si oiwei mehr – und i soi dabei tatenlos zuschaun? Jetzt hats ned amoi mehr für dich Zeit, so schaut's nämlich aus. Und wenn mei Sofie des mit dem Joe wieder vergeigt …«

Sie hielt inne, weil ein jäher Stich sie daran erinnerte hatte, was sie ihren Knien schuldig war. Das rechte, ehemals böse, verhielt sich zum Glück unauffällig, seit sie brav die kleinen weißen Kügelchen der netten jungen Frau Doktor schluckte, aber seit ein paar Wochen zickte nun immer mal wieder das linke, dem sie wohl aus alter Gewohnheit zu viel zumutete.

»Bittschön ned ausgerechnet heute«, redete Vroni ihrem Knie gut zu. »I muaß zerscht mitm Hochwürden reden!«

Murmelchen schaute sie treuherzig an, als ob er genau verstünde, was sie plagte.

»Wieso ihr ned mit nei in d'Kirch dürft«, murmelte Vroni kopfschüttelnd, während sie ihren Weg nach unten eine Spur langsamer als bisher fortsetzte. »Der heilige Franz hat euch doch alle geliebt – mehr als die Menschen, glaub ich manchmal!«

Während die tief stehende Sonne den majestätischen roten Backsteinbau der katholischen Pfarrkirche Maria Hilf in der Au in ein fast magisches Licht tauchte, wirkte der nach der Kirche benannte Platz ohne die Dultbuden seltsam verlassen. Seine leere Fläche schien geradezu nach Menschen und Remmidemmi zu verlangen, nach dem profanen und ganz alltäglichen Gewimmel eben, welches das Gotteshaus als Stätte des Glaubens umso strahlender überragen konnte. Mehr als 175 Jahre stand es inzwischen schon hier, hatte Kriege und Katastrophen überstanden, und wer hätte sich früher träumen lassen, dass die Gemeinde einmal mit immer mehr Glaubenszweiflern und Kirchenflüchtlingen zu kämpfen haben würde?

Allerdings war die Zahl der Kirchenaustritte zurückgegangen, seit David Karisimbi der Gemeinde als neuer Stadtpfarrer vorstand. Der Mann aus Ghana mit dem unwiderstehlichen Bairisch hatte auch die skeptischsten Herzen im Sturm erobert. Und um jene verschwindend wenigen, die bei der Messe partout keinen schwarzen Mann am Altar sehen wollten, war es wirklich nicht schade, fand Vroni. Für sie war seit seiner Berufung das Gotteshaus wieder mit Leben und Liebe erfüllt – ganz anders als zu Lebzeiten von Bernhard Gattinger, Davids Vorgänger, dem sie niemals anvertraut hätte, was sie seit Tagen umtrieb.

Vor den Stufen, auf denen der frühere Pfarrer nach einem gewaltsamen Sturz vom Turm gestorben war, blieb sie nun stehen und bekreuzigte sich. Wenn auch nur ein Bruchteil von dem zutraf, was sie über das Fegefeuer wusste, dann würde Gattinger eine sehr lange Zeit darin schmoren müssen!

Murmel ging artig an der Leine, als sie das letzte Stück zum nahen Pfarrhaus einschlugen. Dort überlegte Vroni noch einmal kurz, dann überwand sie sich und klingelte.

Mit einem Lächeln öffnete ihr Bernadette Oberlechner.

Auch das harsche Regime von Gemeindeschwester Irmgard gehörte der Vergangenheit an, seit der neue Stadtpfarrer eine freundliche Frau um die vierzig eingestellt hatte. Deren inzwischen fünf Jahre alter Sohn, ein echter Sonnenschein, war mit dem auch unter der Bezeichnung Trisomie 21 geläufigen Downsyndrom zur Welt gekommen. Dass sie für ihn keinen Vater vorweisen konnte, war den meisten erst viel später aufgefallen.

»I miassat an Hochwürden sprechen«, sagte Vroni bittend. »Es is leider dringend!«

Anton entdeckte den kleinen Mops und stürzte sich glucksend auf ihn.

»Derf i, derf i, derf i …«, bettelte er.

»Gern«, sagte Vroni. »Solang i mitm Herrn Pfarrer beschäftigt bin.«

Frau Oberlechner schien noch zu zögern.

»Die Taizé-Andacht fängt bald an«, meinte sie. »Da sammelt er sich immer gern zuvor.«

»I hoit eahm aa ned lang auf, vasprochn!«, fügte Vroni hinzu. »Aber mei Gewissen druckt mi so …«

»Also gut!« Die neue Gemeindeschwester führte sie zum Büro und klopfte, während Anton und Murmel die Treppe hinaufjagten.

»Ja, bitte?«

»Die Frau Ilmberger, Herr Pfarrer. Sie sagt, es wär ganz dringend …«

»Dann herein mit ihr!«

Hochwürden saß auf einem kleinen Schemel, die Beine zum Schneidersitz verschränkt.

»San Sie jetzt aa no a Yogi?«, entfuhr es Vroni.

»Leider nein!« Er schenkte ihr sein blitzeweißes Lachen, das so warm und ansteckend war. »Aber a bissl was abschaun darf man sich scho, oder ned?«

Wogegen nichts einzuwenden war, wie Vroni befand.

Sie rückte sich einen Stuhl zurecht und setzte sich. Obwohl sie sich auf dem Weg hierher alles gut zurechtgelegt hatte, fiel es ihr nun doch schwer, anzufangen,

»Sie kennen doch mei Nichte, Hochwürdn. De Sofie, de wo in der Rechtsmedizin arbeitet. Und der hab i hoch und heilig vasprechn miassn, dass i nix sag, dem Joe ned, ihrem Ex bei der Kripo, und aa sonst koam andern ned. I muaß jetzt aber do was song, sonst zerreißts mi …

Geschmeidig erhob sich der Pfarrer, verneigte sich vor dem Kruzifix an der Wand und bekreuzigte sich dabei. Dann ging er zur rechten Zimmerecke und kam mit einem länglichen Gegenstand aus dunklem Holz zurück, den er ihr in die Hand drückte.

»Des is a Sprecherstab, Frau Ilmberger«, erklärte er ihr. »Die Schlange, die sich darum windet, symbolisiert die Klugheit, der Elefant die Geduld und der Löwe ganz oben die Kraft. In meiner Heimat hat das gesprochene Wort a lange Tradition. Nur manchmal fällt's uns allen halt nicht so ganz leicht, gell? Vielleicht geht's damit ja besser?«

Verdutzt starrte sie darauf.

»Des schaut ja aus wie ein Speer!«

»Oder ein Zepter!«, meinte der Pfarrer. »Das ist natürlich eine Nachbildung, sonst wäre er unbezahlbar. Wollen Sie es mal versuchen?«

Vroni schluckte alle möglichen Einwände herunter und setzte zum zweiten Mal an. Und tatsächlich, jetzt strömten die Worte nur so aus ihrem Mund. Von Flo erzählte sie, der Charly in Sofies Schlafzimmer entdeckt hatte, und davon, wie sie ihrem Liebsten anmerkte, dass ihn etwas bedrückte, sodass sie schließlich zu dritt auf Sofie gewartet hatten …

Als sie von dem Versprechen erzählte, das sie ihrer Nichte geben musste, unter allen Umständen dichtzuhalten, versiegte auf einmal ihr Sprachfluss, und sie legte behutsam den Stab zur Seite.

»Des is doch hier fast so wia im Beichtstuhl?«, erkundigte sie sich besorgt. »Sie derfa nix weidasong, gell? I waar ja gern sofort mit meine Sorgn zua Mutter Gottes gegangen, aber i glaub, di mog so a Kuddelmuddel ned!«

Abermals schenkte der Herr Pfarrer ihr ein – verschmitztes – Lächeln.

»Und ich glaube, Ihr Kontakt zur Chefin is eins a, Frau Ilmberger. Aber es ehrt mich natürlich, dass Sie mich ins Vertrauen ziehen! Mein Rat würde lauten, sich weiterhin auf die Klugheit Ihrer Nichte zu verlassen. Sie wird schon das Richtige tun, davon bin ich überzeugt. Deshalb bleiben Sie ruhig bei Ihrem Versprechen. Der Ex bei der Kripo wird schon …«

In diesem Moment sprang die Tür auf. Anton und Murmel stürmten herein.

»Der woit fei mei ganze Schokolad fressn!«

Anklagend deutete der Junge auf den Mops. »Aber d'Mama hat gesagt, des derf der ned …«

Energisch griff sich Vroni die Leine.

»Nix da, du Bazi!« sagte sie und klang dabei hörbar erleichtert. »Mia zwoa zupfn uns jetzt, denn i woaß, was i wissen woit. Vergelt's Gott, Hochwürdn! Jetzt is mei Herz scho a bissl leichter!«

18

SOS

Am Himmel türmten sich immer dickere Wolkenberge, die mehr und mehr vom Weiß ins Grau wechselten, während Joe mit seiner alten 1000er-BMW an der Isar entlang in Richtung Lehel bretterte. Sofie genoss es, sich auf dem Rücksitz an ihn zu schmiegen, aber je näher sie ihrem Ziel kamen, desto mulmiger wurde ihr zumute. Auf der dicht befahrenen Widenmayerstraße mit ihren Prachtbauten bogen sie nach links in die Liebigstraße und erreichten bei der zweiten Querstraße die Sternstraße. Sofie stieg ab und löste den Helm, während Joe die Maschine aufbockte und ihrer beider Kopfschutz im Topcase verstaute.

»Da kimmt no was owa«, sagte sie, nach oben lugend, während er die Türe aufschloss. »Und zwar bald!«

»Bis dahin samma längst wieder dahoam. Vielleicht werd's ja heit amoi a gmiatlicher Abend. Zeit waar's.«

Eben nicht, dachte Sofie, der klar war, dass sie Joe Charlys Asyl in ihrer Wohnung nicht mehr lange verheimlichen durfte. *Nur weiter so,* meldete sich ihre innere Stimme, *mit deiner fiesen Geheimnistuerei wirst du ihn noch verlieren. Und strafbar machst du dich dazu, da kann der Job auch ganz schnell weg sein. Einen Verdächtigen den Justizbehörden zu entziehen …*

»Des woaß i doch selber«, murmelte Sofie schuldbewusst vor

sich hin, während sie nach oben stieg, was bei der heutigen Schwüle noch anstrengender war als sonst.

»Was woaßt du?«

Joe drehte sich nach ihr um.

»Nix«, sagte sie schnell. »Beziehungsweise: vui zwenig. Mia ham da heit wieder so an Fall in der Sektion gehabt, der zuerst eindeutig erschien und jetzt wahrscheinlich ganz anders nausgeht …«

»War dei Erik aa mit dabei?«

Joes Stimme klang flach.

»Der hat bloß den Mageninhalt von der Toten gebracht. Ansonsten verbarrikadiert sich der den ganzen Tag in der Tox bei seine Badesalze und macht auf wichtig-wichtig.«

Das war immerhin fast die ganze Wahrheit. Eriks Blumengabe, die sie in ihrem Kabuff in einem Wassereimer abgestellt hatte, ließ sie aus guten Gründen unerwähnt. Morgen würde sie ihn dem dauergrantelnden Portier mitgeben, dessen Frau so einen Strauß garantiert noch nie im Leben bekommen hatte.

Unter dem Dach schien sich die Hitze wie unter einem Brennglass zu konzentrierten. Joe zog den Schlüssel durch den Streifen, der die Wohnung versiegelte, und sperrte auf.

»Habts ihr die Putzfrau aa no amoi befragt?«, wollte Sofie wissen.

»Für was?«, erwiderte er kurz. »Was die gwusst hat, hats doch scho gsagt.«

Sie spürte den Tod schon nach den ersten Schritten. Die Leiche war längst abtransportiert und obduziert – und doch schwang noch immer ein bedrückendes Fluidum in den Räumen, als hätte eine schwere dunkle Hand überall ihren Abdruck hinterlassen.

»Und jetzt?«

Joe streifte sich die Handschuhe über und reichte ihr ein zweites Paar.

»Wo genau hamma deiner Meinung nach was Wichtigs übersseng, Sofie?«

»Wart a bissl«, bat sie. »Gib ma a paar Minutn. Kannst di ja scho amoi im Wohnzimmer umschaun, während ich mir die Küche vornehm.«

Sie öffnete die Geschirrschränke, rückte an Tellern und Tassen, aber dahinter war nichts versteckt. Genauso wenig in dem schmalen Vorratsschrank, in dem sich vor allem Tetrapacks mit haltbarer Mandelmilch, Kokoswasser und Dosen voller Schlankheitspulver fanden sowie ein ganzes Arsenal verschiedenster grüner Teesorten, allesamt ungeöffnet.

Dr. Iglu hätte ihre wahre Freude daran, dachte Sofie. Aber vielleicht steigt sie jetzt im Hormonrausch ja auch auf Bier und Deftiges um, wer weiß das schon?

Auch im Kühlschrank fand sie nur Wasser- und Weißweinflaschen, ein paar Magerjoghurts und ein verrunzeltes Stückchen Gurke. Die Kühlfächer waren leer – bis auf zwei Beutel mit Crash-Eis, wie man es für Cocktails brauchte, und zwei Augen-Gelmasken, die Schwellungen im Gesicht lindern sollten. Nichts, das auch nur im Geringsten an ein rotes Notizbuch erinnert hätte.

»Kalt«, sagte Sofie und ging weiter ins Wohnzimmer. »Eiskalt sogar, leider. Gegessen hat die scheints kaum was …«

»Dafür umso lieber gsüffelt.«

Joe räumte gerade den stattlichen Inhalt einer stylischen Anrichte aus. »Wodka, Gin, Whiskey, Brandy, weißer Rum, Aperol, Cachaça, Tequila – alles, was das Trinkerherz begehrt! Aber danach suchen wir ja nicht, oder?«

»Naa«, sagte Sofie. »Es muss doch was Persönlicheres von ihr geben. Etwas, des mehr von ihrem Leben verrät, als wie die deprimierende Flaschenbatterie!«

Ein greller Blitz zuckte über den mittlerweile ganz dunklen Himmel. Wenig später: Donnergrollen. Durch die gekippten Dachfenster fuhr ein kräftiger Luftstoß, der sie zusammenfahren ließ.

»Du woaßt, i mog koane Gewitter«, sagte Sofie. »Erst recht ned, wenn i so nah dro bin!«

»Dir passiert scho nix«, versicherte Joe. »Besser, es wettert jetzt als draußn aufm Motorradl. Da kannts scho amoi brenzlig werden!«

Er räumte die Flaschen wieder ein.

»Und jetzt?«

»I geh ins Bad, du ins Schlafzimmer«, sagte Sofie und schickte einen stummen Stoßseufzer an den heiligen Antonius, auf dessen Hilfe Tante Vroni bei verschwundenen Gegenständen fest zählte. Aber war der eigentlich auch für Fundstücke zuständig, die einem gar nicht gehörten?

Inzwischen steckte sie inmitten ungezählter Töpfchen, Fläschchen und Tübchen, die alle mit Schönheit zu tun hatten – ein wahres Arsenal im Kampf gegen den Verfall, ebenso kostspielig wie sinnlos, wie Sofie wusste. Laura von Reinstein dagegen schien das offenbar anders gesehen und einen Großteil ihres Gehalts am Altar der Kosmetikindustrie geopfert zu haben.

Sofie wurde immer unruhiger.

Was, wenn sie gar nichts fanden?

»Du, kimm amoi!«, hörte sie plötzlich Joes Stimme aus dem angrenzenden Schlafzimmer, und als sie es betrat, begann ihr Nasenflügel zu kribbeln.

»I glaub, i hab was!«

Joe schwenkte ein kleines, silbernes Büchlein in der Hand.

»Des is scheints so was wia a Tagebuch«, stellte er fest, während Sofie unter dem silbernen Einband etwas Rotes hervorblitzen sah. Laura hatte nur die Farbe geändert – so einfach war das! Eine Welle von Erleichterung durchflutete Sofie, die allerdings rasch wieder erstarb, als Joe weiterblätterte.

»Da san ganz vui Seitn nausgrisssn …«

Der nächste Blitz, gleißend hell, gefolgt von einem Donnerschlag, als feuere über ihren Köpfen eine übergroße Kanone. Dann klatschten die ersten dicken Tropfen auf das Dach und veranstalteten dort binnen weniger Augenblicke ein wildes Getrommel. Joe sprang auf, lief nach nebenan und schloss eiligst die Fenster, während Sofie die günstige Gelegenheit nutzte, um rasch weiterzublättern.

Träume, Horoskop-Fitzel, Lieblingssätze, die die Tote irgendwann notiert hatte. Und hier: Meine Männer …

»Was gefunden?«

Joes Stirnlocke glänzte feucht, als er beim Zurückkommen das Licht anmachte.

»Allerdings!«

Sofie streckte ihm die entsprechenden Seiten entgegen.

»Laura von Reinstein hat sich keineswegs all die Jahre keusch wartend nach ihrem Ex verzehrt, wie die liebe Tante Amalie uns weismachen woit! Da san lauter Kerle aufgelistet, mit denen sie recht eng war … I bin no ned weit kemma, aber fünfe san's oiwei scho …«

»Gib her!«

Joe riss ihr das Buch regelrecht aus der Hand und begann die Aufzeichnungen zu überfliegen.

»Schöne Sauklaue!«, meinte er schließlich. »Aber du hast recht. Sie hat über ihre Lover regelrecht Buch geführt, zum Teil mit sehr persönlichen Anmerkungen und Datum …«

Sein Handy klingelte.

»Ja, Herr von Loessl?«, sagte Joe sichtlich überrascht, nachdem er den Anruf angenommen hatte.

»Bitte noch einmal ganz langsam, ich kann Sie so schlecht verstehen … Ihre Frau? Was ist sie? Ja, ich verstehe, das ist natürlich ganz furchtbar … Bitte versuchen Sie, sich ein wenig zu beruhigen, und fassen Sie nichts an – wir sind so schnell wie möglich bei Ihnen!«

Ohne auf Sofies fragenden Blick einzugehen, wählte er Micks Nummer im Kommissariat.

»SpuSi, Fotograf, die ganz große Nummer«, sagte er knapp. »Kapitalverbrechen bei von Loessl, Grünwald, Zeillerstraße 5. Ja, genau da, wo wir erst waren. Eine Tote, ja, du hast mich richtig verstanden. Du benachrichtigst einen Krankenwagen und fährst dann auch gleich dorthin. Sofie und mir schickst du einen weiteren Wagen in die Sternstraße 18. Bei dem Sauwetter wären wir auf dem Motorrad ziemlich verratzt. Wir holen noch schnell Sofies Tatortkoffer aus dem Institut und kommen sofort nach.«

»Was ist passiert?«, fragte Sofie bang, als er fertig war.

»Helene von Loessl wurde in ihrer Villa in Grünwald ermordet.« Joe presste die Lippen fest zusammen. »Wenn das auch wieder dieser verdammte Kerl war …«

»Und wofür brauchen wir dann einen Krankenwagen?«

»Weil der alte Herr dicht vor einem Herzinfarkt steht. Die Leiche seiner Frau ist entsetzlich zugerichtet.«

»Ein Blutbad?«, flüsterte Sofie.

»Schlimmer. Ihr fehlt der Kopf.«

19

Wüstenfuchs II

Nass war er, nass bis auf die Haut, und so unglücklich, wie er es nur beim Tod seiner Mutter gewesen war. Tagelang hatte er damals nichts mehr essen können, sogar das Schlucken war ihm schwergefallen, und so wie damals fühlte er sich auch jetzt innerlich wie erstarrt, unfähig, einen halbwegs klaren Gedanken zu fassen. Es kam ihm so vor, als habe an diesem entsetzlich schwülen Tag schon morgens eine dunkle Ahnung in der Luft gelegen. Aber wie hätte er, der Wüstenfuchs, wissen können, was ihn hier erwartete?

Dabei sah er den Kerl im Blaumann sogar noch aus dem Grundstück kommen, über der linken Schulter eine schmale Teppichrolle, in der rechten Hand einen Katzenkorb. Der Kerl öffnete das Gatter von innen, schritt hindurch und schloss es danach von außen wieder ab. Dann ging er zügig weiter zu dem dunkelgrauen Lieferwagen, der auf dem Forstweg geparkt stand und so verdreckt war, dass man nicht einmal die Farbe richtig erkennen konnte, geschweige denn das Nummernschild.

Intuitiv ließ der Wüstenfuchs alles fallen, um dem Lieferwagen hinterherzulaufen, aber seine alten, kranken Beine versagten ihm bald den Dienst. Keuchend schaute er dem Wagen nach, dann hinkte er zurück. Um das Gatter zu überwinden, brauchte er sechs oder sieben Anläufe, und als es ihm endlich gelang, hörte er, wie der mürbe Hosenstoff riss. Er stieß einen Fluch aus, hatte jetzt aber keine Zeit, sich darum zu kümmern. Er musste wissen, was hier geschehen war, und dabei vergaß er sogar seine neue Wunde, die er sich heute freiwillig hatte zufügen lassen. Und was hatte sie ihm bisher gebracht? Gar nichts!

Die Tannen im Garten lösten vage Erinnerungen in ihm aus, doch danach schien ihm alles fremd zu sein. Bis er die Terrasse erreichte, war der Himmel anthrazitgrau, die ersten Blitze zuckten am Horizont, es donnerte, und normalerweise hätte er sich jetzt schnell irgendwo einen Unterstand gesucht. Nun aber hielt er abrupt in der Bewegung inne, als sein Blick ins Innere der Villa fiel: Dort lag jemand neben dem Tisch auf dem Boden, die Beine seltsam verknotet, als bestünden sie aus Wachs statt aus Fleisch und Blut. Und das war noch nicht das Seltsamste an dem Anblick. Noch seltsamer war etwas, das fehlte. Ein Kopf.

Panisch kniff er die Augen zu, wie er das schon als Kind getan hatte in dem Glauben, so von allem Schrecklichen verschont zu bleiben. Doch als er sie wieder öffnete, war der grausige Anblick unverändert. Er spürte Übelkeit in sich aufsteigen.

Was sollte er tun?

Hilfe holen?

Die Polizei alarmieren?

Aber wie?

Mit einem Handy hatte er niemals etwas anfangen können. Im Haus würde es natürlich Telefone geben, aber davon trennten ihn massive gläserne Scheiben.

Als die ersten dicken Tropfen auf die Terrasse platzten, erkannte er, wie sich im hinteren Bereich des Wohnraums etwas bewegte. Ein Mann kam herein, schien etwas zu rufen, dann sah er die Tote – und sank wie gefällt neben ihr zu Boden.

Regungslos blieb der Wüstenfuchs stehen, dabei drängte alles in ihm danach, dem Mann dort zu helfen, ihn in seine Arme zu nehmen, ihn zu halten und zu wiegen wie eine Mutter. Aber wie sollte er ins Innere der Villa vordringen, ohne sich dabei verdächtig zu machen?

Auf einmal kam in seine steifen Beine wieder etwas Leben. Er raffte seine Habseligkeiten zusammen und lief los, mitten durch den strömenden Regen. Wie er ein zweites Mal über das Gatter gekommen war, wusste er später nicht mehr. Seine Hose hing ihm in Fetzen herunter, Mantel und Hemd waren schwer wie ein Seesack, die Schuhe pitschnass, aber er lief und lief – so lange, bis er keinen Atem mehr hatte.

Auf den Stufen des Grünwalder Burgmuseums sank er erschöpft in sich zusammen. Man hätte glauben können, die Nässe auf seinem Gesicht rühre von dem strömenden Regen, doch als sie seinen Mund erreichte, spürte er das Salz von Tränen.

20

Mitten ins Herz

»Leni«, flüsterte Theodor von Loessl unablässig, der auf einmal zum Greis geworden war, so fahl, eingefallen und zittrig wirkte er. »Leni, Leni, ach, meine Leni – was hat man dir nur angetan?!«

Der Notarzt hatte ihm eine Beruhigungsspritze gegeben und den Blutdruck kontrolliert, der alarmierend angestiegen war. Sofort ins Krankenhaus transportiert zu werden, verweigerte der alte Herr jedoch strikt. Mit viel Überredungskunst führten sie ihn nach nebenan ins Esszimmer, wo er nun weinend auf einem Stuhl saß und von einer jungen Polizistin betreut wurde.

Eine Leiche ohne Kopf – das hatten sie alle noch nie zu Gesicht bekommen. Der Polizeifotograf schien ungemein erleichtert zu sein, als seine Arbeit erledigt war und er das Haus wieder verlassen konnte. Sofie, Joe und Mick fiel das Schlucken schwer, und selbst die drei erfahrenen Kollegen von der SpuSi wirkten leicht verstört, während sie Boden und Wände fachmännisch inspizierten und alles in Plastikbeuteln und -behältnissen asservierten, was Aufschluss auf die Tat geben konnte. Dazu gehörte zum Beispiel jener sandfarbene Seidenschal mit dem grünen Paisleymuster, das nun von hässlichen Blutflecken verunstaltet wurde. Eine modebewusste Frau hätte ihn niemals zu diesem bunten Sommerkleid kombiniert, das die Tote trug, und Sofie war der Schal leider nur allzu gut bekannt, denn sie hatte ihn bei diversen Spritztouren in Charlys altem Cabrio schon um den eigenen Kopf getragen. Sie biss die Zähne zusammen, um nicht laut aufzuschreien, und zwang sich, trotz des rasenden Karussells ihrer Gedanken äußerlich ruhig zu bleiben. Charlys Krawatte auf dem Bett beim ersten Mord, die inzwischen im DNA-Labor des Rechtsmedizinischen Instituts bearbeitet und registriert worden war. Seine Fingerabdrücke auf einem Champagnerglas mit Goldrand neben der Badewanne, in der die Tote lag. Und jetzt dieser Schal, der ebenfalls aus seinem Besitz stammte, und auf dem natürlich ebenfalls seine DNA festgestellt werden würde! Joe würde ausflippen, wenn in circa zwei Tagen die Ergebnisse feststanden.

Und sie?

Auch für sie war der Anblick der Leiche ohne Kopf ein Riesenschock, der ihr fast die Füße wegzog. Aber nachdem sie sich wieder ein bisschen gefangen und den Tatort genauer betrachtet hatte, kam ihr das alles zu offensichtlich vor.

Charly hätte doch niemals seinen Schal wie eine Trophäe am Tatort zurückgelassen!

Ganz abgesehen davon, dass er seine junge Stiefmutter weder ermordet noch geköpft hätte.

Zudem hockte er doch nach wie vor in ihrer Wohnung in der Zugspitzstraße und fragte sich wohl schon, wann sie endlich zurückkommen würde.

Und wenn er die Wohnung heimlich verlassen hätte?

Sofie verbot sich, diesen Gedanken weiterzuspinnen. Genau darauf war dieses hinterhältige Schmierentheater doch ausgelegt! Jemand versuchte, Charly zu belasten – nun bereits an einem zweiten Tatort.

Aber wer?

Handelte es sich bei den beiden Morden um zwei verschiedene Täter, die es zufälligerweise auf die angeheirateten weiblichen Mitglieder dieser blaublütigen Familie abgesehen hatten?

Oder war es ein Täter, der Laura *und* Helene auf dem Gewissen hatte?

Warum? Was war sein Motiv?

Sofie hatte nicht die geringste Ahnung. Klar war ihr nur, dass der Täter zu allem fähig war, wie die geköpfte Leiche bewies, neben der Sofie nun in ihrer weißen Schutzkleidung kniete und sich anstrengte, ihre Arbeit noch ruhiger und sorgfältiger zu machen, als das sonst ohnehin schon ihre Art war.

»Fünfunddreißig Grad Körpertemperatur«, diktierte sie. »Totenflecken im Anfangsstadium. Totenstarre beginnend, festgestellt an den oberen Gelenken, da Kiefergelenk nicht mehr vorhanden.«

»Wann ist sie gestorben?«, fragte Joe.

»Schätze, der Tod dürfte vor circa zwei, maximal drei Stunden eingetreten sein. Allerdings muss dabei berücksichtigt werden, wie schwül es heute ist. Im Wohnzimmer sind es noch immer 27 Grad – trotz des Gewitters.«

»Hat er sie denn bei lebendigem Leib …«

Mick Lorenz wandte sich ab. Nach zweiundzwanzig Jahren Polizeidienst versagte ihm zum ersten Mal die Stimme.

»Wohl eher nicht«, meinte Sofie. »Die Absetzränder des Kopfes sind nicht unterblutet. Wäre sie noch am Leben gewesen, hätten wir hier auf dem Boden ein ganz anderes Gemetzel vorgefunden! Genaueres kann ich aber erst nach abgeschlossener Obduktion sagen.«

»Der Gabbeh«, stieß nun Theodor von Loessl hervor, der seiner Betreuerin offenbar entwischt war und sich an den Türrahmen klammerte, als könne er jeden Moment in sich zusammenfallen. »Er hat unseren Gabbeh gestohlen! Und der Katzenkorb aus der Diele ist auch weg.«

Den Begriff »Gabbeh« kannte Sofie von Erik, der ein ausgesprochenes Faible für exotische Möbel besaß.

»Das sind handgewebte Teppiche aus Nepal oder Afghanistan«, erklärte sie Joe, der davon keine Ahnung hatte.

»Hier lag also sonst ein Teppich?«

Von Loessl nickte.

»Rot und grün. Sie hatte ihn sich zum letzten Geburtstag gewünscht …« Seine Stimme brach.

»Dann dürfte der auch das meiste Blut abbekommen haben.« Sofie schaute zu dem zitternden alten Mann empor.

»Gehen Sie lieber wieder nach nebenan, Herr von Loessl! Es bringt doch nichts, sich weiter so zu quälen!«

»Glauben Sie vielleicht, ich hätte noch eine einzige ruhige Minute in meinem Leben?«, krächzte er. »Schon die zweite Frau zu verlieren – und dann auch noch auf solch schreckliche Weise! Wir haben doch niemandem etwas getan, meine Helene und ich. Ganz zurückgezogen haben wir hier gelebt.«

»Wir werden alles tun, um die Tat aufzuklären. Aber Sie dürfen sich jetzt nicht noch weiter aufregen!«

Mick führte ihn wieder nach nebenan. Als er zurück ins Wohnzimmer kam, sagte er zu Joe: »Ihn nochmals zu befragen, macht in seiner jetzigen Verfassung null Sinn, so durch den Wind, wie der ist! Wie ein Raubmord schaut das ohnehin nicht für mich aus. Hier unten wurde nichts durchwühlt oder aufgebrochen, oben prüfen sie gerade noch, ob etwas fehlt. Wir müssen morgen noch einmal mit ihm reden.«

»Er hat vorhin schon ausgesagt, dass er um sieben daheim war«, erwiderte Joe. »Da hat er sie so vorgefunden. Ruf doch mal seine Schwester an, und gib ihr Bescheid. Vielleicht kann sich die ja später um ihn kümmern.«

»Es gibt drei Einstiche in der Herzgegend«, bemerkte Sofie, die Leiche weiter untersuchend, während Mick nach draußen zum Telefonieren ging. »Auf die Schnelle kann ich an den Händen keinerlei Abwehrverletzungen finden. Das müssen wir uns während der Sektion noch einmal ganz genau ansehen.«

»Ist sie daran gestorben?«, erkundigte sich Joe.

»Das sag ich dir, wenn wir sie obduziert haben.«

Sofie wollte jetzt nur noch ihren Bericht abschließen und dann ab nach Hause.

»Heißt das, sie könnte ihren Mörder gekannt haben?«, mutmaßte Joe. »Oder ihn zumindest hereingelassen haben?«

»Gut möglich«, erwiderte Mick, der jetzt wieder im Zimmer stand. »An der Haustür finden sich keine Einbruchsspuren. Das wäre schon mal eine Parallele zum Mord in der Badewanne.«

Joes Miene wurde noch finsterer. »Was hat Amalie von Loessl gesagt?«

»Zuerst war Funkstille, aber dann hat sie sich rasch wieder gefasst, unsere eiserne Lady! Natürlich nimmt sie den Bruder bei sich auf. Sie bat nur darum, dass man ihn ihr vorbeibringt. Irgendetwas an ihrem Auto ist defekt.«

»Drei Einstiche ins Herz – okay! Aber warum dann auch noch der Kopf?«

Joe fuhr sich mit der Hand übers Gesicht.

»Rache? Eine Abrechnung? Besondere Brutalität? Ich kapier das nicht. Wir sind hier doch nicht bei der Camorra!«

Als die Leiche endlich im Bergesarg lag, wurde das Zimmer völlig verdunkelt. Jetzt brachte die Mitarbeiterin der SpuSi Luminol in einer Sprühflasche zum Einsatz, das auf dem Holzboden gleißend blaue Flecken sichtbar machte, an denen jemand herumgewischt hatte. Davon abgesetzt leuchteten blaue Flecken und Streifen auf: alles Blutspuren, die mit dem bloßen Auge allein nicht zu erkennen waren.

»Da habt ihr noch einiges zu tun, Kollegen«, meinte Joe. »Es geht um jedes auch noch so winzige Tröpfchen. Ich will diesen Kerl kriegen, also haltet euch bitte ran!«

Joe und Sofie schälten sich aus ihren Schutzanzügen und führten Theodor von Loessl zum Wagen. Sie halfen ihm beim Einsteigen und verstauten sein Handgepäck im Kofferraum.

»Ich bin sehr froh, dass Sie heute Nacht nicht allein sind«, sagte Sofie.

Er stieß ein seltsames Keuchen aus.

»Allein? Das kann man in der Tat mit niemandem besser sein als mit Amy«, meinte er. »Dass Sie mich jetzt ausgerechnet zu ihr bringen ...«

»Ihrer Schwester liegt viel an Ihnen. Sie hat so freundlich über Sie gesprochen ...«

»Tun Sie mir den Gefallen, und lassen Sie mich in Ruhe!«, fiel Theodor von Loessl Sofie ins Wort. »Ich bin vielleicht alt, aber noch lange nicht blöd. Und ich weiß, was ich weiß!«

Bevor sie etwas darauf entgegnen konnte, spürte sie Joes Hand, die sich warnend auf ihren Arm legte, und so hielt sie den Mund, bis sie Harlaching erreichten.

Die Straße vor ihnen glänzte immer noch feucht. Das heftige Gewitter hatte zwar keinen Temperatursturz mit sich gebracht, aber zumindest eine angenehme Erfrischung, die sie auch im Auto spürten, weil Joe die Fenster ein Stück heruntergelassen hatte.

»Jetzt sollte mein einziger Sohn bei mir sein«, sagte der alte Mann auf einmal. »Egal, was früher auch alles passiert sein mag.«

Sofie und Joe tauschten einen kurzen Blick.

»Sie haben ihn noch immer nicht gefunden?«, erkundigte Theodor von Loessl sich.

»Leider nein.«

Joes Stimme klang hart.

»Und damit macht er nicht nur uns, sondern vor allem sich selbst das Leben sehr schwer.«

Amalie von Loessl erwartete sie bereits am Gartentor, dieses Mal ganz in Gelb gekleidet, als käme sie gerade von einem fröhlichen Sommerfest. Kugelrunde Solarleuchten, die vom Grün zum Rot und dann ins Blau wechselten, tauchten den Garten in ein magisches Licht. Hannibal und Semiramis, die beiden Katzen, hockten ein Stück entfernt im Gras, hoheitsvoll wie ägyptische Statuen. Als ihr Bruder vor ihr stand, gebeugt und grau im Gesicht, schlang sie die Arme um ihn.

»Brüderchen«, flüsterte sie. »Armes, armes Brüderchen!«

Er hielt einen Moment still, bis er sich wieder von ihr befreite und langsam in Richtung Haus schlurfte.

»Was für eine scheußliche Geschichte«, sagte Amalie von Loessl zu Sofie und Joe. »Ich hoffe nur, das steht er durch! Dass Menschen solche Bestien sein können …«

»Eigentlich wäre er ja besser im Krankenhaus aufgehoben«, entgegnete Joe. »Aber Ihr Bruder hat sich mit Händen und Füßen dagegen gesträubt. Passen Sie bitte trotzdem auf ihn auf. Sein Zustand ist sehr labil.«

»Theo könnte nirgendwo besser aufgehoben sein als im Schoß der Familie! Erwin holt sein Gepäck gleich herein. Und im Gästezimmer ist schon alles für ihn bereit. Natürlich kann er so lange bleiben, wie er will.« Sie klang kühl und gefasst.

»Wir kommen morgen wieder vorbei«, sagte Joe. »Es gibt da noch eine ganze Reihe wichtige Fragen, und ich hoffe, Ihr Bruder ist dann stabil genug, um sie uns zu beantworten.«

»Aber Sie haben doch nicht ernsthaft den lieben Theo im Verdacht?«

Amalies dunkle Augen glitzerten undurchdringlich.

»Der war ja schon als Kind zu feig, um auch nur einen Maikäfer aufzuspießen!«

Sofie machte den Mund auf und schloss ihn wieder, ohne etwas zu sagen, aber kaum war sie mit Joe im Auto, brach es förmlich aus ihr heraus.

»Was für eine eiskalte Person! Die hat doch nicht für ein Fünferl ein echtes Gefühl! Mit der möcht ich wirklich nicht verwandt sein.«

»Aber Haltung«, erwiderte Joe, während er die Tela ansteuerte, »hat sie, und nicht zu knapp. »Und jetzt? Wir zwei? Zu dir oder zu mir?«

»Ich muss ins Bett.«

Das schlechte Gewissen drohte Sofie fast zu ersticken, aber nun war Charly dran, der die furchtbare Tat ja erst einmal erfahren musste. »Und zwar sofort.«

»Gute Idee!«

Übermüdet und anlehnungsbedürftig zugleich sah Joe sie an.

»Und zwar allein«, erwiderte Sofie, »sei mir bittschön nicht bös. Morgen, Joe, morgen!«

»Morgen, morgen«, murrte er. »Jetzt hätte ich dich gebraucht, jetzt!«

Sofie vermied seinen vorwurfsvollen Blick. In der Zugspitzstraße angekommen, sprang sie mit ihrem Tatortkoffer so schnell aus dem Wagen, dass Joe keine Zeit für weiteres Drängen hatte, dann streckte sie noch ihren Kopf zum offenen Fenster herein und küsste ihn rasch.

»Ich weiß, ich bin manchmal unmöglich«, sagte sie leise. »Aber genau deshalb liebst du mich doch, gell?«

Dann lief sie durch den dunklen Hof, rannte die Treppe hinauf und schloss ihre Wohnung auf.

Charly saß in der dunklen Küche. Nur das Display seines Laptops leuchtete. Er strich sich das Haar aus der Stirn und lächelte sie an.

»Hi, Sofie! Hab mich schon lange nicht mehr so über deinen hübschen Anblick gefreut«, meinte er. »Und jetzt sag schon: Habt ihr Lauras Büchlein gefunden?«

»Warst du den ganzen Tag da?«, fragte Sofie statt einer Begrüßung.

Er nickte. Dann verschwand das Lächeln aus seinem Gesicht.

»Du schaust ja aus wie ein Gespenst«, sagte er, während Sofie zum Kühlschrank ging, eine Wasserflasche herausnahm und sie auf einen Zug zur Hälfte leerte.

»Wo warst du überhaupt die ganze Zeit? Ich hab mir schon Sorgen gemacht. Ist etwas passiert?«

»Allerdings«, antwortete Sofie. »Deine Stiefmutter wurde getötet und dabei sogar geköpft. *Das* ist passiert!«

21

Schnapsideen

Sie schnarchte hemmungslos – dabei hätte er gar nicht gedacht, dass so dünne Frauen solche Tonleitern hervorbringen können – und mindestens so durchdringend wie diese Töle, die sich am Fußende seines Springboxbetts eingekringelt hatte, als sei sie hier ganz zu Hause! Warum war er nur so blöd gewesen, auf ihre Vorschläge einzugehen? Erst der dritte Grappa nach dem Abendessen, bei dem sie schon zwei Flaschen Weißwein geleert hatten, dann das Taxi zu Sofies Wohnung, um Murmelchen am gemeinsamen Glück teilhaben zu lassen. Danach das Sturmläuten bei der Tante Vroni, weil bei Sofie im Hinterhaus alles dunkel und stumm geblieben war. Vroni war schon im Nachthemd gewesen und hatte den Mops plus aller Utensilien nur sehr zögerlich herausgerückt. Und zu guter Letzt der schwankende Heimweg zu Fuß zurück zu seiner Wohnung in der Sommerstraße, wo Elke binnen Kurzem in einen komatösen Schlaf fiel, aus dem sie bislang noch nicht wieder erwacht war. Er dagegen war noch immer so munter wie ein Flitzbogen, wenngleich sein Schädel brummte.

Murmel hatte eines seiner braunen Augen geöffnet und fixierte ihn leicht schielend. Dann streckte er sich, machte einen langen Rücken und sprang auf den Boden.

Was wollte er? Fressen?

Erik hatte nur noch eine letzte Lage Parmaschinken im Kühlschrank, und die war garantiert nicht für dieses Vieh bestimmt!

Ein leises Wuff, danach ein lauteres.

Musste er sich jetzt auch noch in diesen Mops und dessen Bedürfnisse einfühlen? Er dachte nicht daran!

Das leise Jucken, das er zuvor schon gespürt hatte, wurde intensiver. Er reagierte nicht auf alle Tierhaare allergisch, aber leider doch auf viele. Und damit war jetzt Schluss! Also packte er Murmel am Halsband und zerrte ihn aus dem Schlafzimmer.

»Mit uns wird das nichts!«, murmelte er dabei. »Sieh das lieber rechtzeitig ein.«

Danach wandte er sich wieder Elke zu, die inzwischen die Lippen geschlossen hatte und nur noch leise vor sich hin brummte. Sie trug nichts als einen cremefarbenen Spitzenbody und sah darin äußerst attraktiv aus, wenngleich er persönlich ein Mehr an weiblichen Rundungen bevorzugte – genau so eben, wie Sofie sie zu bieten hatte.

Ach, Sofie! Wenn sie nur nicht so gottverdammt stur wäre, dann hätte er sich das ganze Theater ersparen können. Diesen Lederer von der Mordkommission hatte er aus der Ferne vollkommen falsch eingeschätzt. Das war nicht nur irgend so ein windiger bayerischer Hallodri, sondern offenbar ein ganzer Kerl, der gar nicht daran dachte, auf seine Ex zu verzichten. Die ja, wie ihm keineswegs entgangen war, längst wieder viel mehr als das war. Und ihm gegenüber tat Sofie so cool, als wären sie in Berlin wirklich nur Kollegen gewesen.

Das Einzige, womit sie vielleicht doch noch zu kriegen war, war ihre Eifersucht, und so hatte er sich entschlossen, Elke Falk so öffentlich wie möglich zu charmieren. Und wenn sie jetzt schon einmal in seinem Bett gelandet war …

Er strich ihr Haar zurück und begann ihren Hals zu küssen,

was ihr ganz offensichtlich behagte, denn sie begann sich zu räkeln. Erik wurde kesser und schob den Spaghettiträger langsam nach unten. Nicht mehr als eine knappe Handvoll Busen, wie er feststellte, aber hübsch geformt. Seine Lippen wanderten weiter. Er spürte, wie Elkes Hand seinen Bauch streichelte und sich dann offenbar mit schlafwandlerischer Sicherheit in Richtung Boxershorts vorarbeitete, als ein dumpfes Geräusch beide zusammenfahren ließ.

»Was war das?«

Mascaraverschmiert sah sie ihn an.

»Keine Ahnung. Vielleicht eine Waschmaschine, irgendwo im Haus.«

»Jetzt? Mitten in der Nacht?«, wisperte sie.

»Ist doch egal.«

Lippen und Hand kehrten in die Ausgangsposition zurück, doch der Zauber des Moments war verflogen.

Das Geräusch wiederholte sich, lauter und dumpfer.

»Das ist doch nie im Leben eine Waschmaschine!«

Elkes Stimme schraubte sich nach oben. »Das ist …«

Die Tür sprang auf, und wie eine kleine Kampfmaschine schoss Murmel auf das Bett.

»Du hast den Hund ausgesperrt?«

Mit dieser Stimme hätte man Glas ätzen können.

»Ich wollte doch nur …«

Erik versuchte, Murmel abzuwehren. »Geh weg! Ich will dich hier nicht haben …«

»Hör auf! Du machst ihn ja noch ganz verrückt!«, rief Elke, aber Erik konnte oder wollte nicht hören, sondern erteilte dem Mops einen Tritt, der ihn unsanft auf den Boden beförderte.

»Wer nicht hören will, muss fühlen«, setzte er befriedigt hinterher.

Murmelchen sprang erneut nach oben, dieses Mal knurrend. Er stellte seine kurzen Beinchen auf Eriks Brustkorb und öffnete die Lefzen.

»Wenn der mich noch einmal beißt, dann …«

»Niemand tritt mein Tier. Und gedroht wird ihm auch nicht, kapiert?«

Elkes Stimme erklomm ungeahnte Höhen. Was Murmel für eine Aufforderung zu halten schien, vielleicht zum Spiel, vielleicht auch zu etwas anderem. Unglücklicherweise waren beim Rangeln Eriks feinste Teilchen aus den Boxershorts gerutscht, die sich nun dem kleinen Angreifer völlig ungeschützt darboten. Und Murmel schnappte zu …

Ein Schmerzenslaut, der echte Primetime-Qualitäten hatte.

Erik fuhr nach oben, schaute an sich herunter und riss dabei die Augen auf.

»Der Kerl ist mir doch tatsächlich an die Eier gegangen. Das überlebt er nicht!«

»Stell dich nicht so an!«

Elke holte die Nachttischlampe näher heran, um den vermeintlichen Schaden zu begutachten.

»Ist doch noch immer alles dran.«

Erik schlang die Decke um sich und verschwand ins Bad, während Elke Murmel begütigend streichelte.

»So hab ich das aber nicht gemeint mit unserer speziellen Überraschung für ihn«, sagte sie. »Und er garantiert auch nicht …«

Als Erik wieder zurückkehrte, hatte er sich in einem nachtblauen Morgenmantel gehüllt.

»Es tut immer noch ganz schön weh. Und geschwollen ist es auch. Morgen werde ich mich fachärztlich untersuchen lassen. Die Rechnung geht natürlich an dich.«

Er warf ihr die Kleider aufs Bett.

»Und jetzt bitte ich dich, zu gehen. Taxi ist bestellt.«

Während sie sich mit steifer Lippe ankleidete und noch einmal kurz im Bad verschwand, um die schlimmsten Make-up-Schäden zu beseitigen, zog Erik den Riegel aus ihrer Tasche, den Vroni ihnen ganz zuletzt noch ahnungslos zugesteckt hatte. Er befreite ihn aus der Aluhülle und streckte ihn Murmel entgegen.

»Feini, feini, feini«, lockte er, während der kleine Mops nach kurzem Zögern näher kam und schließlich beherzt zubiss.

»Hätt ich dir gern erspart, Kumpel. Aber du wolltest es partout ja nicht anders!«

22

Zug um Zug

Er hatte die Wahrheit gesagt – aber nicht die ganze. Während Sofie zum ersten Mal im Schwimmbecken wendete, wurde dieses Gefühl immer stärker in ihr. Schon als Kind und Teenager hatte sie hier im Schyrenbad herrliche Sommertage verbracht, ausgestattet mit Tante Vronis unnachahmlichem Kartoffelsalat und den garantiert besten Fleischpflanzerln von ganz München. Jetzt stellte sie sich vor, dass sie anmutig wie ein Delfin durch das Wasser glitt: Hieß es nicht immer, dass darin die Schwerkraft aufgehoben und selbst Menschen mit etwas mehr Gewicht Grazie und Grazilität geschenkt würde?

Das trifft allerdings nur zu, wenn man regelmäßig trainiert, moserte ihre hässliche innere Stimme mal wieder. *Wovon bei dir keine Rede sein kann.*

Das war leider nur allzu wahr. Deshalb musste sie ja bereits in der zweiten Bahn ihren äußerst kräftezehrenden Schmetterlingsstil wieder aufgeben, der sie rasch außer Puste brachte, und auf gewöhnliches Brustschwimmen umschwenken. Der Opi, der ihr mit seiner glänzenden schwarzen Badehaube unverschämt entspannt entgegenkraulte, schien dagegen keine Konditionsprobleme zu kennen, ebenso wenig der zaundürre, sie unangenehm an eine Nacktschnecke erinnernde Ganzkörperglatzkopf, der sie nun schon zum dritten Mal überholte. Es war wirklich ein seltsames Völkchen, das sich hier im Schyrenbad zusammenfand! Die meisten schienen sich lange zu kennen – eine verschworene Gemeinschaft, die Sofie als Gelegenheitsschwimmerin so aufmerksam beäugten, als beantrage sie die Aufnahme in einen exklusiven Club.

Zum Glück hatte sie in letzter Minute auf den gewagten Tigerbiniki verzichtet und sich doch lieber für den knallroten Baywatchbadeanzug entschieden, wenngleich ihr erst zu spät auffiel, wie viel er von ihrem Busen preisgab, sobald er nass und damit ein bisschen weiter geworden war.

Na und? Sollten ihnen doch allen die Augen rausfallen: Wer hat, der hat!

Jetzt streckte Sofie die Brust erst recht raus und versuchte, einen eigenen Rhythmus zu finden. Während das unverwechselbare Gemisch von Chlor, Sonnenöl, Schinkensemmeln und Saftwienern in ihre Nase stieg, das jedes Freibad ausdünstete, hatte sie wieder Charlys kreidebleiches Gesicht vor Augen.

Er hatte geweint, heftig und laut wie ein Kind.

Um die geköpfte Stiefmutter?

Um seinen zweifach verwitweten Vater, zu dem der Kontakt abgebrochen war?

Um den verlorenen Onkel?

Oder weil jemand versuchte, ihm schon den zweiten Mord in die Schuhe zu schieben?

Wahrscheinlich wegen allem zusammen.

Plötzlich war Lauras Notizbuch mit den penibel aufgelisteten Männerbekanntschaften, auf das er so gesetzt hatte, zur Nebensache geschrumpft.

»Jemandem den Kopf abzuschneiden – wer macht denn so etwas?«

Eine Frage, auf die auch Sofie bislang keine Antwort hatte.

Immer schwerer kämpfte sie sich nun durchs Wasser. Tausend Meter hatte sie sich vorgenommen. Minimum. Und doch waren es erst acht mickrige Fünfzigmeterbahnen, die sie bislang geschafft hatte.

Du willst doch nicht etwa schon aufgeben?, höhnte ihre innere Stimme. *Das sähe dir wieder einmal verdammt ähnlich!*

Sofie schwamm tapfer weiter und versuchte dabei, ihre Gedanken zu ordnen.

Es musste *ein* Täter sein, der die beiden Frauen ermordet hatte. Darüber waren Charly und sie sich schließlich einig geworden, als der Himmel über der Zugspitzstraße sich schon wieder lila färbte.

Aber weshalb hatte er sie getötet?

Was verband Laura von Reinstein und Helene von Loessl, die sich wenig gekannt und seit Jahren so gut wie keinen Kontakt mehr gehabt hatten?

Und wieso tauchten an beiden Tatorten geradezu auffällig platzierte Gegenstände aus Charlys Besitz auf?

»Der Schal – ja. Natürlich. Jetzt, wo du es sagst. Ich hatte ihn bereits vermisst!«, besann er sich.

»Seit wann?«

Schulterzucken.

»Du musst nachdenken, Charly! In spätestens zwei Tagen hat unser DNA-Labor die Analyse vorliegen, dann wird es noch brenzliger für dich. Ich steck ohnehin schon tief in Teufels Küche und riskier nicht nur meinen Job und dazu eine Anzeige, sondern auch meine Beziehung zu Joe. Der ist bereits misstrauisch, weil ich ihn ständig wegbeiße.«

»Du schmeißt mich also raus?«

Sofie zuckte zusammen, weil sie plötzlich eine leichte Berührung am Oberschenkel spürte. Gelassen wie ein Wal tauchte unter ihr eine gewichtige Dame hindurch, die erst am anderen Ende des Beckens wieder nach oben kam, eine kleine Fontäne schnaubend.

»Stell dich! Du weißt, dass du unschuldig bist. Dann muss sich das doch auch beweisen lassen.«

Sie hatte sich immer mehr in Rage geredet.

»Du kennst die Spielregeln besser als die meisten anderen, aber wenn man dich so reden hört, könnte man glatt meinen, du wärst ein Bäcker, Friseur oder Gärtner und kein erfahrener Polizeireporter!«

»Ich stell mich erst, wenn ich weiß, was und wer dahintersteckt!«, widersprach Charly.

»Aber das ist Ermittlungsarbeit!«

»Und was hat die Polizei bis jetzt ermittelt? Nichts!«

Zefix. Wie stur er sein konnte! Darin stand Charly ihr in nichts nach.

Inzwischen taten der schwimmenden Sofie die Arme weh, der untere Rücken fühlte sich an, als habe jemand über Nacht heimlich eine Bleiplatte eingenäht. Und das sollte gesund sein?

Hättest du mehr trainiert …

Ach, halt doch deinen Mund!, würgte Sofie ihre innere Stimme ab und schaute voller Neid einer blutjungen Schwimmerin hinterher, die so mühelos an ihr vorbeizog, als sei sie im Wasser geboren. Sie selbst dagegen strampelte nur mühsam weiter: Zwölf Bahnen, sagte sie sich, 600 Meter. Mehr als die Hälfte. Wenigstens das, auch wenn es mit jedem Beinschlag noch zäher wurde. Zumindest konnte sie beim Schwimmen klar denken.

Irgendetwas stimmte nicht. Immer wenn die Rede auf Helene kam, hatte Charlys Mund sich so seltsam verzogen.

Was verbarg er vor ihr?

Als Sofie endlich auf ihrer letzten Bahn angelangt war, gab sie noch einmal alles, was sie konnte, auch wenn es nicht mehr sehr viel war.

Die Tote war eine äußerst attraktive Frau gewesen, überlegte sie, das konnte man auch ohne Kopf unschwer erkennen. Schlank, gepflegt, gerade mal Mitte vierzig – und damit fast gleich alt wie ihr Stiefsohn, der ein Faible für schöne Frauen hatte …

Mit letzter Kraft rettete Sofie sich an den Beckenrand.

Was, wenn die beiden ein Geheimnis verband?

Eine Affäre zwischen Stiefmutter und Stiefsohn beispielsweise, die vielleicht sogar dessen Ehe endgültig ruiniert hatte, gewiss aber die Beziehung zwischen Vater und Sohn, sofern sie aufgeflogen war?

Sofies rechter Nasenflügel juckte, als würde eine ganze Ameisenschneise über ihn führen. *Das* hätte sie ihn fragen sollen!

Nun konnte es ihr gar nicht mehr schnell genug gehen, aus dem Becken zu kommen. Sie lief zu den Duschen, riss sich den Badeanzug vom Leib und schlüpfte danach in Rock und Shirt. Die Haare blieben wild zusammengezwirbelt – zum Aufbrezeln fehlte ihr heute jegliche Muße.

Ärgerlicherweise musste sie sich dann auch noch mit Vronis altem Drahtesel abplagen, den ihr die Tante heute Morgen freundlicherweise geborgt hatte, weil ihr eigenes Radl ja noch immer vor dem Institut in der Nußbaumstraße parkte. Bis sie die Wittelsbacherbrücke überquert hatte, ging noch alles gut, aber vor dem »Zoozie'z«, Bar-Restaurant und Kultkneipe in einem, bockte das Fahrrad plötzlich wie ein störrisches Pony. Sofie schoss nach vorn und landete dabei unsanft mit dem Busen auf dem Lenker.

Es tat so weh, dass sie Sterne sah. Und jetzt hupten diese Hirnis vor und hinter ihr auch noch wie besessen!

»Himmel, Arsch und Zwirn!«, rief sie mit feuchten Augen, während sie sich und das Gefährt mühsam an den rechten Straßenrand hievte. »Rutschts ma doch alle mitanand an Buckl owi!«

Dann fuhr sie wütend zu dem Cabriofahrer herum, der gar nicht mehr aufhören wollte, zu hupen.

»Du depperter Volldepp!«, schimpfte sie, als sie unvermittelt in Eriks Gesicht sah.

»Hast du dich verletzt?«, fragte er besorgt und stieg sogleich aus. »Du bist ja kreidebleich! Tut dir was weh?«

Sie nickte vage.

»Komm, wir packen deine Schrottmühle ein, und du steigst bei mir ein.«

Er klang richtig fürsorglich.

»Ich bring dich ins Institut. Ist ja auch mein Weg. Oder willst du lieber heim?«

Sofie war zu schwach, um sich dagegen zu wehren.

»Institut«, murmelte sie.

»Was ist eigentlich passiert?«, wollte er wissen, während er das Rad in den Kofferraum manövrierte.

»Diese Scheißkette«, erwiderte sie. »Einfach so gerissen …«

»Sag mal, wäre es nicht höchste Zeit für ein anderes Gefährt?«

»Hab ich doch! Aber gestern mussten Joe und ich ganz auf die Schnelle zu einer Leiche ohne Kopf. Und deshalb hab ich das alte Rad von meiner Tante genommen.«

Jetzt besaß sie seine ganze Aufmerksamkeit.

»Ihr Münchner seid mir vielleicht ein Völkchen«, meinte er mit einem schiefen Lächeln. »Euch graust's wohl vor gar nichts!«

Er legte die Hand auf ihren Arm.

»Schon ein wenig besser?«

»Geht so. Die weibliche Anatomie ist, wie du aus Erfahrung weißt, nicht gerade prädestiniert für harte Aufprälle.«

Er nickte düster.

»Die männliche auch nicht. Und schon gar nicht für bissige Hundezähne.«

»Murmel?«

Jetzt wäre ihr trotz der Schmerzen doch fast ein Lachen entschlüpft.

»Vroni hat mir gesagt, dass ihr ihn gestern Abend unbedingt noch bei ihr holen wolltet. Was ist denn passiert?«

»Frag deine Kollegin«, erwiderte er dumpf. »Für mich ist dieses Thema gestorben.«

Er ließ sie vor dem Institut aussteigen, zerrte ihr Rad aus dem Kofferraum und begab sich dann auf die Suche nach einem Parkplatz, was, wie alle wussten, die hier zu tun hatten, länger dauern konnte. Sofie nickte dem Pförtner zu, den sie schon bald mit Eriks Strauß verblüffen würde, und begab sich auf den Weg zu ihrem Kabuff. Wenn ihr jetzt etwas helfen konnte, dann die trockene, unparteiische Gegenwart des skelettierten George, der immer geduldig zuhörte und niemals etwas Falsches sagte. Doch als sie die Tür aufstieß, fand sie eine völlig aufgelöste Elke Falk vor, die neben Murmelchens Körbchen in gebückter Haltung am Boden kniete.

»Da sind ja Sie endlich«, rief sie mit bebender Stimme. »Und hoffentlich noch nicht zu spät! Unser kleiner Liebling macht mir große Sorgen!«

23

Halali

Es war erst kurz nach acht Uhr morgens, als der graue BMW der Kripo erneut vor der Villa in der Autharistraße hielt. Joe, der die ganze Fahrt über wortkarg geblieben war, hatte im Lauf seiner Karriere solche Besuche zu schätzen gelernt: Um diese frühe Stunde trugen die Menschen oft noch nicht jene Masken, mit denen sie sich sonst meist wappneten.

Joe schritt so zügig aus, dass Mick sich anstrengen musste, Schritt zu halten. Eine blasse Frau mit aschblondem, exakt aufgestecktem Haar öffnete auf ihr Läuten, während im Hintergrund Amalie von Loessls gebieterische Stimme zu hören war.

»Wer ist es denn, Friederike? Zu so nachtschlafender Zeit überfallen zu werden, das ist doch einfach nur unverschämt!«

»Die Kommissare Lederer und Lorenz«, sagte Joe, der sich nicht lange aufhalten lassen wollte und gleich darauf halb im Esszimmer stand.

»Wir bitten um Entschuldigung, Frau von Loessl, aber unser Tag ist heute leider so vollgepackt, dass wir schon jetzt kommen mussten!«

Auf dem ovalen Tisch standen diverse Köstlichkeiten: Graved Lachs, hauchdünner Parmaschinken, eine Käseauswahl, die jedem Gourmettempel Ehre gemacht hätte, Butter, exotische Früchte, eine Karaffe mit frisch gepresstem Orangensaft, Baguette, Croissants, dazu Kaffee und Tee in geschwungenen, jeweils mit einem Wappen gezierten Silberkannen.

Joe, der sich unterwegs nur eine schlecht belegte Wurstsemmel als Frühstück gegönnt hatte, nahm jede Einzelheit in sich auf. Zwei Tassen, zwei halb geleerte Gläser, zwei benutzte Teller, zwei penibel ausgelöffelte Eierbecher.

»Dann ist Ihr Bruder also auch schon auf?«, fragte er. »Wie war denn seine Nacht?«

»Leider noch nicht«, erwidert sie schnell.

Täuschte er sich, oder überzog dabei ein zartes Rot ihr kantiges Gesicht, das früher einmal ganz apart gewesen sein mochte, jetzt im unbarmherzigen Tageslicht aber doch reichlich verlebt aussah? Und was hatte sie überhaupt an? Unter dem schlichten cremefarbenen Morgenmantel sah Joe ein schwarzes Negligé hervorblitzen.

»Sie können abräumen, Friederike«, ordnete die gestrenge Hausherrin an. »Mein Bruder soll sich dann später bestellen, was er haben will.«

Mit *dir* hat sie hier jedenfalls nicht so fürstlich getafelt, dachte Joe, während die Angestellte gehorsam ihren Auftrag erfüllte.

»Wohnt außer Ihnen noch jemand im Haus?«, fragte er.

»Nur Erwin. Natürlich unten, in der Hausmeisterwohnung.« Das kam schleppend.

»Und meine beiden geliebten Schätze.«

Sie log, was den ersten Teil ihrer Aussage betraf, auch wenn sie dabei keine Miene verzog. Erwin Stöhr teilte ganz offensichtlich den Tisch mit ihr und, wie es aussah, auch das Bett. Was Theodor von Loessl bei ihrem ersten Besuch behauptet hatte, traf also wohl zu: Die feine alte Lady und der prollige junge Mann fürs Grobe waren miteinander liiert.

Joes Blick glitt weiter, und jetzt entdeckte er unmittelbar neben dem hellen Sofa den wohl exklusivsten Futterplatz, den er je gesehen hatte. In ein hohes rötliches Holzgestell waren vier weiße Porzellanschüsselchen eingelassen. Zwei von ihnen glänzten blank, da leer gefressen, die anderen waren mit diversen Fleischbröckchen gefüllt und noch unberührt.

»Da sehen Sie, was mich seit heute Morgen so bedrückt!«, klagte sie und strich sich das glatte Haar in einer wie einstudiert wirkenden Geste hinter die Ohren. Sie schien noch nicht geduscht zu haben oder hatte einen Duft aufgelegt, der ihr nicht stand, denn sie roch unangenehm süßlich.

»Semiramis hat wie immer alles brav aufgegessen. Aber mein göttlicher Hannibal? Nicht einen Bissen hat er angerührt! Stattdessen musste er sich mehrmals heftig erbrechen. Waren Sie mal dabei, wenn ein Kater das tut? Kaum auszuhalten, sage ich Ihnen! Der ganze Körper in Aufwallung. Und nun ist mein kranker Hannibal auch noch spurlos verschwunden.«

»Du mit deinen verdammten Katzen!«

Unbemerkt hatte Theodor von Loessl den Raum betreten, frisch rasiert und trotz der frühen Stunde tipptopp in Leinenhose und Poloshirt gekleidet.

»Meine Frau ist ermordet worden, und du machst ein Theater, ob deine Viecher nun fressen oder nicht!«

»Das sind keine *Viecher*«, protestierte sie. »Sondern meine geliebten Gefährten! Außerdem hattet ihr doch selbst einmal eine Samtpfote!«

»Deshalb weiß ich ja auch, was ich sage. Du vermenschlichst sie, Amy. Damit tust du weder ihnen noch dir einen Gefallen. Das hab ich dir schon mindestens tausendmal gesagt. Es sind und bleiben Tiere – auch wenn du sie mit Kaviar vollstopfst und in goldenen Himmelbetten zur Ruhe legst!«

»Und ich sage dir, dass sie mir tausendmal lieber sind als die meisten Menschen«, fuhr sie auf. »Katzen lügen und betrügen nicht, sie lieben ohne Vorbehalt und wissen ganz genau, was Treue bedeutet. Wenn einem von meinen Schätzen etwas zustößt, dann ist es, als würde man tief in mein eigenes Fleisch schneiden!«

Die beiden Geschwister funkelten einander an, dann ging Theodor von Loessl weiter zum Tisch und ließ sich auf einen Stuhl sinken.

»Sagen Sie mir bitte, dass das gestern nur ein Albtraum war«, bat er leise. »Dass die Welt nicht stehen geblieben ist und meine liebe Helene noch lebt …«

Mick Lorenz räusperte sich.

»Das können wir leider nicht, Herr von Loessl«, sagte er. »So gern wir es auch täten. Wir können uns nur bemühen, die Tat so schnell wie möglich aufzuklären und den Schuldigen zu überführen. Und genau deshalb sind wir hier. Fühlen Sie sich in der Lage, unsere Fragen zu beantworten?«

Ein knappes Nicken.

»Fragen Sie!«

»Ist Ihnen gestern beim Nachhausekommen ein Wagen aufgefallen, den Sie hier noch nicht gesehen haben? Sie wohnen ja ziemlich abgelegen. Da kennen Sie vermutlich die Fahrzeuge der anderen Nachbarn.«

»Ich kann mich an nichts Ungewöhnliches erinnern. Außerdem ging ja gerade das starke Gewitter runter, und ich wollte nur so schnell wie möglich nach Hause.«

Theodor von Loessls Unterlippe zitterte.

»Leni hat sich bei Blitz und Donner immer schrecklich gefürchtet. Sie sollte doch nicht allein sein …«

»Hatte Ihre Frau Feinde?«, hakte Joe nach.

»Jemand, mit dem sie zerstritten war? Oder hatte sie vielleicht Zoff im beruflichen Umfeld?«

»Helene war Jazztänzerin und Model, als ich sie kennenlernte. Nach unserer Heirat hat sie nicht mehr gearbeitet.«

»Ja, und genau das war sicherlich alles andere als eine gute Idee!«, schaltete sich an dieser Stelle Amalie ein. »Sie hat sich gemopst. So war das nämlich. Und wenn Frauen mit zu viel Geld sich zu mopsen anfangen, ist das immer gefährlich!«

»Woher willst du denn das wissen?«, schnaubte Theodor sie an.

»Weil sie es mir erzählt hat«, schnaubte sie zurück.

»Ihr habt euch doch kaum gesehen!«

»Wozu gibt es ein Telefon? Bevor du sie wie Rapunzel in den Turm gesperrt hast, hat sie sich öfter bei mir ausgeweint – und zwar ausgiebig!«

Theodor von Loessl schüttelte den Kopf.

»Davon weiß ich nichts. Und es gab keinen Streit. Mit niemandem! Meine liebe Leni war die Güte und Freundlichkeit in Person ...«

»Wahrscheinlich hat sie genau deshalb auch so gern anderen Kerlen schöne Augen gemacht«, hakte Amalie ein. »*Jungen* Kerlen. Die ihr etwas ganz anderes zu bieten hatten als der wohlhabende Alte, an den sie sich verkauft hatte.«

»Sie hat Sie betrogen?«, fragte Joe, zu Theodor von Loessl gewandt. »Mit wem? Bitte, seien Sie ganz aufrichtig, auch, wenn es schmerzhaft für Sie ist! Das könnte sehr wichtig für den Fall sein.«

»Ich weiß nicht«, murmelte er mit immer fahler werdendem Gesicht. »Helene hat mich nicht ...«

»Dann werde ich deinem löchrigen Gedächtnis mal rasch auf die Sprünge helfen!«, sagte Amy mit böse funkelnden Augen.

»Da gab es den rothaarigen Golflehrer, dann den schmierigen italienischen Oberkellner von der Grünwalder Einfahrt, sowie den Typen, der ihr angeblich Qui Gong beibringen sollte, nicht zu vergessen den ach so anhänglichen Jugendfreund, der eine Zeit lang ausgerechnet immer dann vorbeikam, wenn du nicht zu Hause warst ...«

»Halt doch einfach den Mund«, krächzte er. »Ich will deine widerlichen Lügen nicht hören!«

»Aber den Vogel schießt natürlich unser Karl Maria selbst ab, der bekanntlich nie etwas anbrennen ließ. Da haben sich die zwei Richtigen zusammengetan, Herr Kommissar. Es gehört aber schon einiges dazu, dem eigenen Vater mit der Stiefmutter Hörner aufzusetzen!« Amalie formte mit den Händen eine Art Horn. »Halali! Die fröhliche Jagdsaison ist eröffnet ...«

»Ihr Sohn hatte ein Verhältnis mit Ihrer Frau?«, fragte Joe. »Seit wann, Herr von Loessl?«

»Glauben Sie Amy kein Wort ...«

»Vor mehr als zehn Jahren«, trompetete Amalie. »Das weiß ich aus Helenes eigenem Mund.«

Sie lächelte maliziös und streckte den Kopf weit nach vorn, als wolle sie im nächsten Moment wie eine Kobra zustoßen.

»Und wer sagt uns denn, dass es jemals aufgehört hat?«

Lautes Klappern, ein hoher, schriller Ton, dann fiel die noble Katzenbar um, und etwas Graues schoss unter das Sofa.

»Hannilein!«, schrie Amalie. »Bali-Maus, mein Herzensbub, was ist nur mit dir? Erwin! Wo stecken Sie denn nur schon wieder? Immer, wenn man Sie braucht, sind Sie nicht da. So geht das aber nicht! Wir müssen unbedingt zum Tierarzt – und zwar auf der Stelle. Mein armer kleiner Liebling ist in größter Not!«

24

Gepiercetes Gulasch

Erst nachdem Sofie einen erschreckend schlappen Murmel – die Pfötchen schwer, seine Augen so verdreht, dass nur noch das Weiße zu sehen war – zu Flo und Vroni hinausgetragen hatte, wurde sie langsam ruhiger. Nach Sofies Anruf waren die beiden sofort zum Institut geeilt, um Hilfe zu leisten. Der Zustand des kleinen Kerls war bemitleidenswert, aber nachdem sie ihn auf die Rückbank von Flos altem Ford gebettet hatten, versicherte Vroni überzeugend, dass die beste aller Tierärztinnen in Giesing praktiziere und sich seiner annehmen werde.

»Zu der Frau Dr. Ritter kemmans aus der ganzen Stadt, ob Grünwald, Sendling oder Schleißheim, ob reich oder arm, jung oder oid, sogar bis aus Tirol kemmans daher. Die macht de ganzen kranken Viecherl wieder gsund, des woaß i gwieß!«

Vroni zwinkerte ihrer Nichte zu. »Außerdem bet i aa no zum Heiligen Franz, das versteht sich doch ganz von selber. Dann geht bestimmt nix schief!«

Sofie winkte ihnen kurz nach, versuchte nicht zu tief zu atmen, um die Prellungen am Busen nicht unnötig zu reizen, und ging zurück ins Institut, um sich für die anstehende Obduktion einzukleiden. Elke Falk, bereits ganz in Grün, lehnte in der Umkleide mit geschlossenen Augen an der Wand.

»Und Sie, Frau Falk?«, sagte Sofie, während sie in ihren Kittel schlüpfte, der auch einmal schon deutlich lockerer gesessen hatte. »Alles so weit wieder okay?«

»Muss ja, muss«, murmelte die Falk. »Ganz erstaunlich, wie lieb man so ein unschuldiges Wesen gewinnen kann …«

Definitiv meinte sie damit *nicht* Erik Sander, den sie schon den ganzen Morgen mit tiefgefrorenen Blicken bedacht hatte.

»Oder wollen Sie lieber noch kurz pausieren?«

Jetzt richteten sich Elkes hellblaue Gletscheraugen wie ein eisiger Strahl direkt auf Sofie.

»Aus dem Alter, in dem mich noch ein Mann aus der Fassung bringen kann, bin ich zum Glück heraus, werte Kollegin. Und wie ist das bei Ihnen?«

Während Elke hinausrauschte, dachte Sofie an einen gewissen Charly, der in diesem Moment zu Hause auf ihrem Sofa saß, und atmete noch einmal schmerzlich tief durch, ehe sie ihrer liebreizenden Kollegin folgte. Gleich darauf öffnete sie die Tür zum Obduktionssaal.

Auf dem Sektionstisch lag eine unbekleidete Leiche, was für keinen der hier Anwesenden ein ungewöhnlicher Anblick war. Nur dass die Leiche keinen Kopf hatte, schien auch Spike mehr zuzusetzen, als er nach außen hin zugeben wollte. Weshalb er die Situation mit einem eher hilflosen Witzchen zu überspielen suchte: »Typisch Frau«, meinte er, »so kopflos …«

»Wenn Sie die Würde dieses Raums nicht angemessen zu respektieren wissen, Herr Moosbichler, gehen Sie am besten zurück in den Knast!«, bellte Frau Dr. Falk. »Beim zweiten Mal wird Ihnen aber vermutlich kein Onkel mehr zur Seite stehen, der den ungeratenen Neffen wieder auf die richtige Bahn bringt!«

Autsch! Das saß. So biestig war Dr. Iglu schon seit Monaten nicht mehr gewesen.

Spike wollte noch etwas erwidern, doch Sofie gab ihm einen leichten Stups. »Lass gut sein«, meinte sie leise. »Das ist für uns alle nicht ganz einfach!«

Danach spulten sie die äußere Leichenbeschau vorschriftsmäßig ab wie immer.

»Weibliche Leiche, 44 Jahre, Gewicht ohne Kopf 56 Kilogramm, schlanker, durchtrainierter Körperzustand …«

Im Saal hörte man Jazzmusik, ein perfekt miteinander harmonierendes Klavier-Bass-Duo, dessen Melodien sich in überirdische Sphären hinaufzuschwingen schienen, während der warme Klang der beiden Instrumente dem Hörer ein weiches Notenbett bereitete. Seltsam geborgen fühlte man sich in dieser Musik – auch dann, wenn man wie die beiden Rechtsmedizinerinnen gerade mit dem Problem beschäftigt war, die Kopfhöhle einer Leiche eben *nicht* öffnen zu können, wie es die Sektionsregel vorschrieb, weil der Kopf der Leiche spurlos verschwunden war.

Unwillkürlich musste Sofie lächeln. Dieser Hundling! Wenn er nicht gerade bockte, konnte der musikbegeisterte Spike Moosbichler so ziemlich der feinfühligste junge Mann sein, den man sich vorstellen mochte.

Sie räusperte sich. »Die Absetzungsränder des Kopfes sind avital. Damit dürfte die Abtrennung erfolgt sein, als die Frau bereits tot war.«

»Mit diesem Rückschluss würde ich lieber warten, bis wir die Lungen gesehen haben«, meinte Dr. Falk.

»Aber hier, diese glattrandige Stichwunde in der Herzregion!«, wandte Sofie ein. »Das macht doch nur Sinn, wenn man jemanden umbringen will!«

»Lassen Sie uns vorschriftsmäßig vorgehen! Der Hals ist so hoch abgesetzt, dass wir vielleicht noch Zungenbein und Kehlkopfskelett vorfinden.« Elke Falk nickte ihr zu. »Wollen Sie dann?«

Sofie setzte das Skalpell an und schnitt hinunter bis über die Schambeinfuge. Danach begann sie den Hals zu präparieren.

»Schau, schau«, murmelte sie dabei. »Einblutungen, deutlich abgesetzt von den Absetzungsrändern des Kopfes.«

»Irgendetwas scheint Ihnen heute im Genick zu sitzen, Frau Rosenhuth. Oder sind Sie mal wieder leicht unterzuckert, weil die x-te Diät gerade den Bach hinuntergeht? Sie wissen doch ganz genau, was ich von solchen vorschnellen Schlüssen halte – gar nichts!«

Sofie präparierte ungerührt weiter, Muskel für Muskel, und achtete dabei auf die Einblutungen.

»Ich bleibe dabei«, erklärte sie dann. »Gewalteinwirkung gegen den Hals zu Lebzeiten. Sehen Sie die stark unterbluteten Brüche der oberen Kehlkopfhörner beidseits? Für mich ein deutliches Anzeichen für eine Strangulation.«

Und leider wurde der passende Schal gleich mitgeliefert, ergänzte sie stumm. *Ach, Charly, in was hat man dich da reingeritten!*

Elke Falk brummte etwas Unverständliches, schien aber der gleichen Meinung zu sein.

Beim Herausnehmen des Brustbeins zeigte sich, dass der Herzbeutel durch mehrere Stiche verletzt war. Nach seiner Eröffnung enthielt er 180 Milliliter flüssiges und locker geronnenes Blut. An der Vorderseite des Herzens fand Sofie zwei Stichverletzungen, von denen das Herz komplett nach hinten durchsetzt war. Der dritte Stich ging durch den direkt daneben liegenden Lungenoberlappen. Dieser Stichkanal war deutlich unterblutet, während die restliche Lunge sich blass, trocken und vollkommen frei von Bluteinatmungsbezirken darstellte.

Sofie, Falk und Spike arbeiteten schweigend, konzentriert, Hand in Hand. Als die Musik verstummte, beließ es der junge Obduktionsassistent dabei – in manchen Momenten zog selbst er den schönsten Klängen die Stille vor.

»Dann könnte es möglicherweise so gewesen sein«, überlegte Elke Falk. »Die Gewalteinwirkung gegen den Hals hat sie bewusstlos gemacht. Somit konnte sie sich gegen die tödlichen Herzstiche nicht mehr wehren. Deshalb haben wir auch keinerlei Abwehrspuren gefunden.«

»Das macht Sinn«, bestätigte Sofie. »Es handelt sich übrigens um glattrandige Wunden, ein Wundwinkel spitz, der andere stumpf. Das deutet auf ein einschneidiges Messer wie bei Laura von Reinstein hin. War es am Ende noch dieselbe Tatwaffe?«

Falk nickte kurz. »Warum hat man ihr dann aber auch noch den Kopf abgeschnitten? Wozu der ganze blutige Aufwand, der für einen Mörder, der vom Tatort fliehen muss, äußerst zeitaufwendig ist?«

Sofie zuckte die Achseln. »Das muss die Kripo rausfinden. Und ich hoffe, sie tut es schnell!«

Sie widmeten sich nun der Bauchhöhle, entnahmen die Organe, begutachteten und asservierten sie.

Als Spike gerade beim Abfüllen des Mageninhalts war, hielt er plötzlich inne. »Ja, was haben wir denn da?«, rief er. »Essen die echten Snobs ihr Gulasch jetzt gepierct? Das muss ich unbedingt Shirin erzählen – da tun sich ja ganz neue Kundenkreise für sie auf!«

In Spikes Pinzette klemmte ein Gewebestück mit einer silbernen Creole. »So etwas trägt man normalerweise in der Nase, der Vorhaut, der Muschi oder den Brustwarzen«, fuhr er fort. »In Shirins Laden hab ich schon die irrsten Sachen gesehen, da würden Sie beide sich auf der Stelle wegwerfen! Aber …«

»Herr Moosbichler«, unterbrach ihn Elke Falk. »Ich muss doch sehr bitten!«

»... danach«, setzte er seine Ausführungen ungerührt fort, »schaut mir das hier wirklich nicht aus. Ich tippe eher auf die ganz klassische Variante.«

»Und die wäre?«, fragte Sofie.

»Na, das gute, alte Ohrläppchen!«

Spike strahlte. »Immer noch ein Dauerbrenner bei Jung und Alt.«

»Jedenfalls kommt das ins DNA-Labor«, ordnete Elke Falk an. »Offenbar sind am Tatort ja reichlich Blutspuren gesichert worden, die gerade ausgewertet werden. Damit muss es abgeglichen werden.«

Mit diesen Worten setzten sie die Sektion fort, bis Elke Falk abschließend das Gutachten diktierte: »Die Tote starb an Verbluten nach innen aus mehrfachen Stichverletzungen des Herzens und der Lunge, wobei die Stichverletzungen der Lunge deutlich unterblutet sind, also zu Lebzeiten gesetzt wurden. Sonst fehlen ausgedehnte Bluteinatmungsbezirke, was in Verbindung mit der fehlenden Unterblutung der Absetzungsränder des Kopfes darauf hinweist, dass die Enthauptung postmortal durchgeführt wurde. Als weiteren wesentlichen Befund ergab die Obduktion unterblutete Brüche der oberen Kehlkopfhörner beidseits, was die Gewalteinwirkung gegen den Hals ebenfalls belegt ...«

Heute war Sofie ausnahmsweise mal nach einer Zigarette zumute. Sie holte sich eine aus der fast leeren Packung im Kabuff, strich dem beinernen George kurz über den Schädel und ging dann nach draußen, um in Ruhe zu rauchen.

»Frau Rosenhuth?«

Spikes Stimme klang ungewohnt sanft und zutraulich.

»Ja?«

»Ich hätte da eine ganz große Bitte an Sie.«

»Was gibt es denn?«, fragte Sofie, aber bevor Spike antworten konnte, sah sie auch schon, wie Shirins Bruder Aram die Straße überquerte, begleitet von einem gebückt gehenden Mann in einem grauen Staubmantel.

»Aber den kenn ich doch«, murmelte sie, und da standen die beiden auch schon vor ihr: »Mein Freund, der Nomade«, stellte Aram seinen Begleiter förmlich vor und verneigte sich dabei leicht. »Zwischen uns sind Brot und Salz. Und jetzt bräuchte er dringend Ihre Hilfe!«

25

Kleine Wunder

Aus dem abgeschabten grünen Plastikkäfig, der neben dem blonden Buben stand, drangen so herzzerreißende Schnattergeräusche, dass sich alle Köpfe unwillkürlich in die linke Ecke drehten.

»Ein Entchen also«, kommentierte die grauhaarige Dame, die gleich nach Vroni das plüschige Wartezimmer in der Fischbachauerstraße betreten hatte und sowohl durch ihren luxuriösen Katzenkorb als auch durch ihre elegante Erscheinung wie ein Fremdkörper herausstach. »Und so etwas darfst du in der Badewanne halten?«

Sie klang leicht indigniert.

»Naa, des is a Kaninchen«, korrigierte Vroni. »Und des hat ganz vui Angst, gell?«

Der Bub nickte.

»Wia hoaßt's denn?«, erkundigte sich Vroni.

»Batman«, flüsterte der Kleine. »Weil er doch so scheene Ohren hat.« Er zögerte, dann wurde seine Stimme fester. »Und an richtigen Stoi hat er auch. Aber jetz wui er nimmer fressen ...«

»Da woaß die Frau Doktor gwieß an Rat«, tröstete ihn Vroni, und die anderen Wartenden nickten einträchtig. »I hab ghört, dass die manchmal sogar Wunder wirken konn! Die hat's nämlich in de Händ, verstehst? So was ko man ned lernen. Des schenkt oam der Herrgott und sonst koana!«

»Moanst du, die macht meinen Batman aa wieder gsund?«

Seine Augen hingen an ihrem Gesicht.

»Ganz bestimmt! Waar i sonst mit unserm kloana Murmel da?«

Der schlaffe Mops auf ihrem Schoß hob das Köpfchen, als verstünde er jedes Wort.

»Wui der aa nimmer fressn?«, fragte der Bub interessiert.

Vroni nickte betrübt. »Und sei Herzerl pumpt, als woits eahm jeden Moment aus der Brust springen. Krampfen tuat er aa! Siehst, wie gschwoin der Bauch ist? Dem geht's leider gar ned guat!«

»Ja, da macht man sich große Sorgen!«

Die feine Dame zwei Stühle weiter wurde plötzlich redselig.

»Die Tiere können uns ja nicht sagen, was ihnen fehlt. Und wenn es ihnen dann so schlecht geht, leidet man immer gleich mit. Eigentlich wollte ich ja gleich in die Uni-Tierklinik. Aber hier in dieser Praxis könne man uns auch helfen, hieß es, selbst bei schweren Fällen.«

Es klang, als wolle sich die Dame selbst Mut zusprechen.

Vronis Blick streifte die mauvefarbenen Kunstrosen, die in zwei hohen goldbesprühten Vasen verstaubten, den altmodischen Stofftierzirkus im Schaufenster, die viel zu niedrigen Stühle, auf denen abgeschabte Deckchen lagen, und nickte. Ja, hier sah es genauso aus, als ob die wahlweise pelzigen, gefiederten oder geschuppten Patienten im Mittelpunkt stünden und sonst nichts.

»A Katz?«, sagte sie fachmännisch.

»Hannibal, mein Ein und Alles – auch wenn ich meine Semiramis natürlich nicht minder liebe.«

Die feine Dame streckte die Hand in das schicke Behältnis aus Mikrofaser und Leder, das offensichtlich aus einer angesagten

Katzenboutique stammte, um den zusammengekringelten Patienten zu streicheln.

»Die beiden sind mein Leben. Wenn einem von ihnen etwas zustieße, ich wüsste nicht, was ich dann täte …«

Dann kramte sie nach einem Taschentuch.

»Was hat er denn«, fragte Vroni, »Ihr Hannibal?«

»Wenn ich das nur wüsste!«

Das schwere Goldreifenset am Handgelenk klapperte, während ein paar Tränen über ihre Wangen liefen.

»Gestern Abend war mit ihm noch alles in Ordnung. Aber seit heute Morgen ist er vollkommen verändert. Er spuckt und faucht, lässt sich nicht mehr anfassen und will sich nur noch verkriechen. Ich fürchte schon …«

»Ham S' ihn denn selber gefüttert?«

»Wieso fragen Sie?«, schniefte sie.

»Weil unser kloaner Mops nämlich gestern auf d'Nacht bei am Fremden war. Erst seitdem geht's eahm so dreckig. Manche Leit graust's doch vor gar nix. Ned amoi so a kloans Viecherl is dene heilig!«

»Frau Ilmberger!«

Eine alterslose Gestalt mit penibel gescheiteltem nachtschwarzem Haupthaar, die aussah, als würde sie seit Jahrzehnten jeden Abend die Aida geben, schwebte im weißen Kittel die Treppe herunter.

»Sie wären dann die Nächste.«

Vroni schluckte kurz, dann dachte sie an den heiligen Franz und seine Predigten und wusste, dass sie genau das Richtige tat.

»Nehmen S' die verzweifelte Dame mit dem Hannibal doch vor uns dro«, bot sie großzügig an. »Der Murmel und i, mia hoitn scho no durch.«

Die Grauhaarige stand auf und strebte mit dem riesigen Korb nach oben.

»Danke!«, sagte sie, schon halb auf der Treppe, freudig bewegt. »Eine solche Freundlichkeit trifft man nur selten!«

Die übrigen Wartenden schienen sich merklich wohler zu fühlen, als der Nobelkorb nebst Goldreifenmadame im Sprechzimmer verschwunden waren. Sogar die vierbeinigen Patienten, gerade eben noch auffallend still, begannen plötzlich zu maunzen, zu bellen und, im Fall von Batman, eigenartig zu schnattern. Für ein paar Augenblicke fühlte sich Vroni beinahe wie in der Arche Noah, dann gab Murmel ein dumpfes »Grmpf« von sich und kotzte mitten auf ihren Rock.

»Des hätts jetzt ned aa no braucht!«, schimpfte sie leise und versuchte, mit ein paar Papiertaschentüchern das Schlimmste zu beseitigen. Wenig später kehrte Aida als rettender Engel zurück.

»Frau Ilmberger?«

Jetzt hätte Vroni niemanden mehr vorgelassen. Sie packte Murmels Leine und zog ihn mit sich ins Behandlungszimmer.

Wäre Brigitte Bardot jemals anmutig gealtert, hätte sie vermutlich so ausgesehen wie diese Tierärztin: schulterlange rotblonde Haare, perfektes Make-up um die Augen, pink lackierte Fingernägel – und ein Lächeln, bei dem die Sonne aufging. Aida, die Assistentin, hatte hinter einer antiken elektrischen Schreibmaschine Platz genommen und erwartete das Diktat.

»Und das ist also unser Murmel«, gurrte Dr. Rosalie Ritter, während ihre schlanken Finger an der Innenseite des Hinterbeinchens seinen Puls fühlten.

»Uih – der geht mir aber viel zu schnell!«

»Der Kleine muss was Verkehrtes erwischt haben«, meinte Vroni in ihrer Aufregung zunächst ganz förmlich. »Aber wir waren des ned.«

Mit dem Stethoskop horchte Frau Dr. Ritter den Mops ab, der stillhielt, als wisse er genau, wie wichtig das für ihn war.

»Und sein kleines Herz rast – auch das ist nicht gut. Hat er sich schon erbrochen?«

»Und wie!« Vroni deutete auf ihren Rock.

»Das reicht mir noch nicht«, meinte Frau Dr. Ritter nach einem prüfenden Blick. Dann nickte sie Aida zu, die zum Medikamentenschrank ging und mit einer Spritze zurückkam.

»Er bekommt jetzt Apomorphin von uns«, erläuterte sie. »Das treibt den Rest auch noch raus.«

Murmel ließ sich erstaunlich widerstandslos piksen.

»Wie schwer ist er denn?«, fragte Dr. Ritter.

»Siebeneinhalb Kilo«, erwiderte Vroni prompt. »D'Sofie, des is mei Nichte, achtet sehr drauf, dass er nicht zu dick wird.«

»Dann gehört er also Ihrer Nichte?«

»Ned ganz. Des is a bissl kompliziert ... Sie teilt sich den Murmel nämlich mit einer Kollegin. Und dann san mia ja aa no do, mei Liebster – der Flo – und i.«

Murmel gab einen beachtlichen Schwall von sich und spuckte gleich noch einen weiteren hinterher. Während Aida zurückzuckte, kniete sich Dr. Ritter ohne mit der Wimper zu zucken neben das Erbrochene und stocherte mit einem Stäbchen darin herum.

»Das ist ja mehr als interessant«, murmelte sie. »Schon wieder dieses Zeug. Zweimal eine Theobromin-Vergiftung gleich hintereinander, einmal Katze, einmal Hund. Das hatten wir noch nie, Elvira!«

»Is des was Schlimmes?« fragte Vroni besorgt.

»Kommt ganz auf die Menge an. Wer hat ihm denn die ganze Schokolade gegeben? Die können Hunde im Gegensatz zu uns nämlich nicht verstoffwechseln und werden deshalb krank!«

Darauf gab es nur eine Antwort.

»Des war a depperter Kollege von Eahna«, sagte Vroni. »A Menschendoktor, aber zum Glück oaner für die Toten. Der woit si an dem Kloana rächen, weil er mit den Frauen nicht zurechtkommt. Als ob so a Mopsl was dafür könnt!«

Aida-Elvira begann mit säuerlicher Miene, den Boden zu säubern. Danach reinigte sie ausgiebig ihre Hände am Waschbecken, während Frau Dr. Rosalie Ritter schwarze Tabletten zerkrümelte und in Wasser auflöste.

»Das wird ihm jetzt nicht gefallen«, meinte sie, während sie das Gemisch in eine Kanüle füllte. »Aber die Aktivkohle reinigt und beruhigt die Darmflora. Ich gebe ihm anschließend noch eine Infusion. Dann können Sie ihn wieder mitnehmen. Sie haben noch einmal Glück gehabt, so robust wie der kleine Kerl ist! Den Kater von Frau von Loessl hat es viel schlimmer erwischt. Der musste sogar zur Beobachtung ins Tierkrankenhaus nach Oberhaching.«

»Von Loessl?«

Vroni wurde plötzlich ganz hellhörig.

»Ja, so heißt die Dame mit dem schönen Kartäuser. Ich hab sie gleich hinten rausgehen lassen, um dem Patienten die Unruhe im Wartezimmer zu ersparen. Zum Glück hat ihr Fahrer schon auf die beiden gewartet. In solchen Fällen kann es manchmal nicht schnell genug gehen!«

Murmel beäugte die schwarze Spritze mit äußerstem Misstrauen.

»Auf geht's!«, befahl Dr. Ritter. »Frau Ilmberger, Sie packen ihn am Genick, Elvira, du hältst seine Schnauze auf – und ich schieße!«

Es funktionierte reibungslos, auch wenn Murmel sich drehte und wand. Vroni ließ ihn nicht los, und die Tierärztin hielt nach dem Spritzen mit der einen Hand seine Schnauze zu und massierte mit der anderen gleichzeitig die Kehle, sodass er schlucken musste.

»So, jetzt kannst du dich entspannen, Murmel«, sagte sie und legte ihm die Infusion so sanft an, dass er nicht einmal zusammenzuckte. »Leg dich hin, mein Kleiner. Das wirst du jetzt genießen.«

Auf ihren Wink zogen Aida-Elvira und Vroni sich auf die andere Seite des Behandlungszimmers zurück. Rosalie Ritter holte sich einen Stuhl, setzte sich neben die Behandlungsliege und hielt ihre Hände dicht über den Hund, ohne ihn zu berühren. Ein paar Minuten lang mochte das so gegangen sein, dann musste Vroni plötzlich blinzeln.

Aber das gab es doch nicht!

Und doch hatte sie es ganz genau gesehen: das Licht, das Murmels Körper wie eine durchsichtige Schutzhülle umschloss.

Dann war alles wieder vorbei. Dr. Ritter erhob sich, gähnte ausgiebig und lächelte.

»Macht ganz schön müde«, erklärte sie. »Aber jetzt müsste er eigentlich wieder auf dem Damm sein. Kommen Sie in zwei Tagen zur Sicherheit noch einmal vorbei. Und falls etwas sein sollte, natürlich jederzeit früher.«

Immer noch total perplex, bezahlte Vroni vierzig Euro und führte danach einen lammfrommen Murmel an der Leine hinaus.

»Das wird uns jetzt wieder koaner glaubm«, meinte sie, während sie Flo herbeiwinkte, der ein Stück entfernt geparkt hatte, um sie abzuholen. »Aber mia zwoa, mia waren dabei, gell, Murmel!«

26

Im Feuerkreis

Rund um die frisch tätowierte Eidechse war das Gewebe so entzündet, dass es in Flammen zu stehen schien.

»Hat Shirin das schon gesehen?«, fragte Sofie, während sie den Nomaden und seinen Begleiter, gefolgt von Spike, in einen der Untersuchungsräume des Instituts brachte.

»Natürlich«, antwortete Aram. »Und dabei ist sie fast ausgeflippt, weil mein Freund nach dem Stechen so gut wie alles falsch gemacht hat, was man nur falsch machen kann. ›Er muss zum Arzt, er muss zum Arzt …‹« Aram ahmte die Stimme seiner Schwester nahezu perfekt nach. »Aber welcher Arzt würde ihn schon behandeln? Ohne Krankenschein und ohne Kohle?«

»Und da dachtet ihr euch, die Sofie Rosenhuth wird's schon richten? Wer den ganzen Tag Leichen aufschneidet, dem graust's auch sonst vor nix – so was in der Richtung?«

Aram senkte den Kopf, während der Mann mit dem brennenden Arm Sofie unverwandt ansah, und sagte: »Nein, weil Sie megacool sind. Das wusste ich schon, bevor Spike von Ihnen erzählt hat. Weil Sie weder Denkschablonen noch Vorurteile haben. Und weil Sie uns gegen dieses Drogenschwein namens Tom geholfen haben. Deswegen.«

Spike nickte so eifrig, dass alle seine Piercings wie im Chor

Beifall klirrten. »Wir konnten nur Sie um Hilfe bitten, Frau Rosenhuth«, sagte er. »Wen denn sonst?«

Das Lob freute sie, auch wenn sie natürlich wusste, dass jeden Moment die Falk hereinkommen und komplizierte Fragen stellen konnte.

»Nach einer Tetanusimpfung brauch ich mich wohl erst gar nicht zu erkundigen«, sagte sie zu dem Mann im Staubmantel.

Lächelnd schüttelte er den Kopf.

»Nicht mehr, seit ich zwanzig war«, erklärte er. »Bin auch ohne ganz gut durchgekommen.«

»Was sich jetzt allerdings schlagartig ändern könnte«, meinte Sofie mit hörbarem Ernst in der Stimme. »Bei dem unbehausten Leben, das Sie derzeit führen! *Clostridium tetani* heißt das Bakterium, mit dem wir es hier zu tun haben. Es gibt einen hochtoxischen Stoff ab. Zu finden ist es unter anderem in Kuhmist, Gartenerde, verrosteten Gegenständen – und im Straßenstaub. Bei offenen Wunden wirkt es gelegentlich geradezu explosiv. Soll ich Ihnen mal beschreiben, wie es weitergehen kann, wenn Sie sich damit infiziert haben? Krämpfe, Zuckungen, Atemnot bis hin zum Exitus …«

Sie sah ihn durchdringend an.

»Oder wollen Sie etwa sterben?«

»Manchmal durchaus«, erwiderte er nach einer kleinen Pause. »Aber im Moment eher nicht. Ich denke nämlich, ich werde noch gebraucht.«

»Gut«, sagte Sofie, »dann müssen wir uns beeilen.«

Sie schrieb ein Rezept auf und reichte es Spike.

»Nächste Apotheke, mach schnell. Falls sie es nicht vorrätig haben, rennst du zur übernächsten.«

Spike spurtete los.

»Ich werde jetzt die Wunde reinigen«, sagte Sofie. »Danach

trage ich eine Salbe auf und verbinde sie. Ich werde Ihnen ein starkes Antibiotikum geben, das Sie dann noch weiter einnehmen – so lange, bis die Packung leer ist.«

»Trotz der Tetanusimpfung?«

Seine Stimme klang plötzlich rau.

»Die ist einer Sepsis piepegal«, erwiderte Sofie. »Wir schützen Sie jetzt nach allen Regeln der Kunst.«

Seine Züge verkrampften sich, während Sofie die Wunde desinfizierte, aber er zog den Arm nicht weg.

»Warum lassen Sie sich denn so ein großes Tattoo stechen?«, erkundigte sie sich. »Sie wussten doch vermutlich schon vorher, wie schwierig es sein würde, es richtig zu behandeln, so, wie Sie leben.«

»Können Sie sich immer aussuchen, was Sie tun?«, fragte er zurück.

»Nein«, räumte sie ein. »Leider! Aber bevor ich mich auf leichtsinnige Verletzungen einlasse ...«

»Er hat den Schutz der Echse gebraucht«, fiel Aram ihr ins Wort. »Eigentlich war es sogar meine Idee. Ich hab ihm gesagt, dass die Echse ein Krafttier ist, das das Böse abhält. Für uns alle. Deshalb wollte er sie ja auch gestochen bekommen.«

»Fühlen Sie sich bedroht?«, fragte Sofie. »Und wenn ja – von wem?«

Schmale, graugrüne Augen blickten sie an – Augen, in denen so viel Wissen lag, so viel Liebe ... und so viel Trauer. Unwillkürlich lief ihr eine Gänsehaut über den Rücken.

»Das Böse hat uns alle gestreift«, meinte er leise. »Schon vor sehr langer Zeit. Wir haben versucht, uns davon zu befreien, jeder auf seine Art, aber das ist uns nicht gelungen. Jetzt steckt es tief in uns und gebiert weiteres Böses.«

Ein verzweifelt klingendes Ächzen.

»Vielleicht ist es ohnehin schon zu spät, um es noch aufzuhalten, aber ich muss, ich muss es doch versuchen …«

Die Tür sprang auf, und Spike kam mit dem Medikament wedelnd herein.

»Lasst mich mal mit dem Patienten allein«, sagte Sofie. »Dann kann ich am besten arbeiten.«

Nun wurde es sehr still im Untersuchungszimmer, in dem es auch einen Gynäkologenstuhl gab. Die Augen des Nomaden tasteten alles sorgfältig ab, bevor sie wieder zu Sofie zurückkehrten.

»Das ist alles nicht so leicht für Sie, manchmal«, meinte er.

»Manchmal bin ich sogar lieber bei den Toten«, erwiderte sie. »Das ist weniger kompliziert.«

»Aber Sie mögen es, wenn nicht alles gerade läuft.«

Das war keine Frage, sondern eine Feststellung.

»Auch, wenn das komplizierter ist«, setzte er noch hinterher.

Sofie zeigte ihr Erstaunen nicht, sondern konzentrierte sich auf das, was getan werden musste.

»Links- oder Rechtshänder?«, fragte sie.

»Rechtshänder.«

»Dann machen Sie bitte den linken Oberarm frei!«

Sie spritzte ruhig und konzentriert Tetanus in den linken Arm und schützte danach den Stich mit einem Pflaster.

»Sie könnten sich müde oder angeschlagen fühlen in den nächsten Tagen«, erklärte sie. »Das wäre kein Grund zur Beunruhigung, denn die Dosis, die Sie bekommen haben, ist hoch. Bitte vergessen Sie nicht, die Antibiotikatabletten einzunehmen, bis die Packung leer ist. Am Montag will ich Sie dann noch einmal hier sehen, okay?«

Er nickte.

»Falls ich dann noch da bin …«

»Was soll das heißen?«

»Das, was ich gesagt habe.«

Sofie hakte nicht nach, sondern erklärte: »Kein Schmutz in die Wunde, kein Alkohol oder andere Drogen. Schaffen Sie das?«

Jetzt lächelte er.

»Im Alter bekommt ohnehin alles eine ganz andere Bedeutung. Aber noch sind Sie zu jung, um das zu verstehen.«

Dann schlurfte er langsam zur Tür und sagte: »Ja, ich denke, das haut hin.«

»Eines noch«, rief Sofie ihm nach. »Aram nennt Sie ›Nomade‹, aber ich hätte doch gern Ihren richtigen Namen gewusst.«

Sein Lächeln wurde breiter.

»Nach dem hat mich schon lange niemand mehr gefragt«, erwiderte er. »Mecki. Ich bin Mecki.«

In diesem Moment vibrierte Sofies Handy.

»Servus, Joe«, sagte sie. »Soweit alles okay. Bestattung von Laura von Reinstein. Ostfriedhof, fünfzehn Uhr. Das müsste ich schaffen!«

27

Schreck lass nach!

Sofie gab ihr Bestes, aber der Innenstadtverkehr am frühen Freitagnachmittag war dicht und ausgesprochen zäh, als strebten ausnahmslos alle dem Biergarten, dem Freibad oder der Eisdiele zu. Trotzdem war sie froh, sich für ihr Fahrrad und nicht für ein Taxi entschieden zu haben, denn so konnte sie sich zwar nicht ganz regelkonform, dafür aber effektiv zwischen den Autos durchschlängeln, um ein paar Minuten einzusparen. Was allerdings bedeutete, dass nun Vronis altes Radl vor dem Institut parkte und bei Gelegenheit zurück in die Zugspitzstraße gebracht werden musste.

Für Charly wäre das kein Problem gewesen. Er hätte das Rad kurzerhand in seinen eleganten roten Jaguar verfrachtet und wäre losgebraust – der alte Charly, wohlgemerkt, nicht jener, der in Sofies Wohnung hockte und von Tag zu Tag blasser und niedergeschlagener wurde. Und jetzt musste sie ihn auch noch fragen, ob er wirklich eine Affäre mit seiner Stiefmutter gehabt hatte. Denn wenn sie das nicht tat, würde sie vermutlich bald platzen …

Wütend trat Sofie in die Pedale.

Sie spürte ihren so übel mitgenommenen Busen bei jeder Bewegung, was sie nur noch saurer machte, denn das würde, wie sie als Medizinerin wusste, unter Umständen noch wochenlang so weitergehen.

Rührt dich ja zurzeit ohnehin keiner an, meldete sich nun auch noch ihre innere Stimme. *Charly traut sich nicht, Erik lässt du nicht mehr, und für Joe hast du immer eine Ausrede parat. Bloß, wie lange der das noch mitmacht …*

Ausnahmsweise hatte ihre innere Stimme recht, verdammt recht sogar! Sofie spürte Joes Sehnsucht, auch wenn er sich nicht groß beklagte, und, ja, auch ihr ging seine leidenschaftliche Nähe gewaltig ab. Wie schnell man sich doch wieder an das Zusammensein gewöhnte! Und wie schnell es auch wieder vorbei sein konnte, wenn man nicht aufpasste …

Sie bremste scharf, aber gerade noch rechtzeitig hinter einem unschlüssigen Mazdafahrer, der, wie das Kennzeichen verriet, vom Land kam, und machte sich dann mit zusammengebissenen Zähnen an die Herausforderung des Giesinger Bergs.

Herrgott Zare, Tante Mari, war das steil!

In der prallen Sommerhitze kam ihr die Steigung noch gleich um mehrere Prozente steiler vor. Als sie endlich oben angekommen war, hatte sie so gut wie keinen trockenen Faden mehr am Leib. Und verdammt spät war es auch schon. Wenn sie jetzt nicht schnell machte, war Lauras Beerdigung vorbei, bevor sie sich zu Hause umgezogen und danach den Ostfriedhof erreicht hatte.

Sie blinzelte im Halbdunkel, nachdem sie die Haustür geöffnet hatte, und glaubte, zunächst nicht richtig zu sehen, aber es war leider alles andere als eine Fata Morgana.

Jessas, auch das noch!

Joe löste sich von der Wand der schattigen Zwischeneinfahrt, durch die sie mit ihrem Fahrrad hetzen wollte. Er trug schwarze Jeans, ein dunkles Hemd und lächelte.

»Wia immer a bissl spät dro, die Frau Rosenhuth!«, sagte er. »Komm, i huif dir beim Fertigmachen, na geht's schneller!«

»Ausgeschlossen«, protestierte Sofie, der trotz der Hitze ein eiskalter Schock in die Glieder fuhr. »Dann dauerts bloß no länger. Und was glaubst denn du, wias in meiner Wohnung ausschaut …?«

»Koa Widerred!«

Brettelbreit blieb Joe neben ihr stehen, als sie mit zittrigen Händen das Rad abschloss, stieß dann in einer kavalierhaften Geste die Tür zum Hinterhaus auf und blieb ihr auf der Treppe so dicht auf den Fersen, dass sie seinen Atem im Nacken spürte.

Vor der Wohnungstür drehte sie sich entschlossen zu ihm herum. Jetzt oder nie, dachte sie bei sich, denn wenn er erst einmal Charly in ihrer Wohnung sehen würde …

»I muaß dir was sagn, Joe«, begann sie kleinlaut. »Und i woaß, du mogst des vielleicht ned gern …«

»Erst duschen, dann reden!«

Mit freundlichem Nachdruck schubste er sie über die Schwelle. »Aber absperren soitest du dei Wohnung scho, Fräulein Leichtsinn, bei dem, was so ois passiern ko! Und des mit dem Murmel woaß i scho. – D'Vroni is zruck vom Tierarzt und klang recht beruhigt.«

Chance vertan. Was jetzt?

Es war still in der Wohnung. Erschreckend still. Sofie bemühte sich, in ihren Sandalen so fest zu trampeln, wie sie nur konnte. In ihrer Verzweiflung begann sie sogar, überlaut vor sich hinzuplappern.

»Dunkelblaues Kleid«, sagte sie. »Haarspange. Die grauen Pumps – oder ned, Joe? Jacke heute nicht nötig …«

»Alles okay, Spatzl?«, fragte Joe besorgt. »Oder isses vielleicht doch a kloaner Sonnenstich?«

Während ihr das Herz stillstehen wollte, ging er ungerührt in die Küche und holte sich aus dem Kühlschrank eine Cola.

Sofies Blicke scannten die Lage.

Kein Laptop auf dem kleinen Tisch? Keine benutzten Tassen oder Teller, die alles hätten verraten können? Nein, registrierte sie blitzschnell: Alles gespült und im Schrank verstaut. Auch die vielen Zeitungen waren verschwunden.

»I wart derweil im Wohnzimmer, aber schick di«, sagte Joe. »Oder soi i …«

Sie konnte ihn nicht länger aufhalten, selbst wenn sie das gewollt hätte, aber es schien auch gar nicht mehr notwendig zu sein. Auch das Sofa sah nicht so aus, als hätte jemand darauf genächtigt.

Verdammt, wo steckte Charly?

Im Schlafzimmer?

Das war die letzte Möglichkeit, wenn er nicht gerade wie Spiderman draußen an der Hauswand klebte.

Sofie machte einen tiefen Atemzug und riss den Schrank auf. Danach schaute sie unter das Bett – ausgeflogen!

»Suchst du was Bestimmtes?«, fragte Joe hinter ihr.

»Ja, meine Sommerpumps.«

Sofie zog eine verstaubte Schachtel heraus. »Aber die da san leider de Falschen!«

»Dann nimm doch die dawei!«

Joe lief in den Flur und kam mit einem Paar hellgrauer Peeptoes zurück.

»Tomaten auf den Augen, Frau Doktor?«

Für ein paar Augenblicke durchrieselte Sofie unglaubliche Erleichterung, die aber unter der Dusche rasch wieder verflog. Charly war zwar offenbar weg, gerade noch rechtzeitig. Aber wo versteckte er sich jetzt? Dass er sich gestellt hatte, glaubte sie keine Sekunde. Dabei hätte sie ihm das mit der Creole und dem Ohrring unbedingt erzählen wollen. Und leider auch, dass man ihn für einen Ehebrecher hielt, der nicht einmal vor der jungen Frau seines eigenen Vaters zurückschreckte …

Sofie trocknete sich ab, schlüpfte in das blaue Kleid und fuhr sich mit der Bürste durch die Haare. Ein paar Spritzer Parfüm – das musste genügen. Lipgloss legte sie im Gehen auf.

»Bin fertig«, sagte sie. »Gemma!«

»Wow!«

Joes Blick tastete sie förmlich von oben bis unten ab.

»Da hab i die heißeste Braut von ganz Giasing – und dann kriag i des nur zum Seng, wenns auf a Beerdigung geht!«

Geschmeichelt tätschelte sie ihm die Wange, dann packte sie ihre Handtasche und machte sich auf den Weg.

Den Zweitschlüssel hatte Charly behalten. Hereinkommen würde er also. Aber Sofie war sich nicht sicher, ob er das überhaupt vorhatte.

Mit Joes Maschine waren sie schnell am Ostfriedhof. Sie verstauten ihre Helme und liefen zur Aussegnungshalle, kamen aber trotz aller Eile definitiv zu spät. Der Zug der dunkel gekleideten Trauergäste hatte die Halle bereits verlassen und machte sich gerade auf den Weg zum Grab.

Sofie und Joe folgten ihnen in einigem Abstand.

»Was machen wir da eigentlich?«, flüsterte sie.

»Die Lage checken«, sagte Joe. »Ich hab mich heut Nacht in Lauras Notizbuch vertieft. Interessante Lektüre! Ausgesprochen wählerisch scheints ned gwesen zu sein, besonders ned in de letzten zwoa Jahr. Des nennt man wohl ›mehrgleisig fahrn‹. Vielleicht lasst sich der eine oder andere Herr da ja blicken.«

»Und wie willst den erkennen? Fotos waren da ja wohl koane dabei, oder?«

Er schüttelte den Kopf.

»Helene von Loessl is zuerst durch Gewalteinwirkung am Hals ohnmächtig geworden«, fuhr Sofie fort. »Des hat d'Obduktion ergeben. Desweng ham mia aa koane Abwehrspuren an ihren Händen gefunden. Erst danach is der tödliche Stich ins Herz kemma. Einseitige Klinge, wie bei Laura von Reinstein. Möglicherweise sogar ein und dieselbe Waffe.«

»Ein Täter, zwei Morde?«

Joe klang angespannt.

»Eine gewagte Theorie!«

»Zu der wir sicherlich mehr sagen können, sobald unser Labor die Auswertungen geliefert hat. In Helenes Magen ham mia a Creole gfundn. Und a Fetzerl Haut, wahrscheinlich menschlich. Vielleicht war des ja ihre Abwehr ...«

»Und zur Strafe hat er sie geköpft?«

»Vielleicht, weil er sei DNA zruckham wollt. Aber die war leider scho vui zu tief gerutscht ...«

Sie schaute Joe an.

»Warum mussten sie überhaupt sterben? I grübel die ganze Zeit nach einem gemeinsamen Motiv: Rache, Eifersucht, Habgier ...«

Inzwischen hatten die beiden das Grab erreicht, hielten sich aber in einigem Abstand von der Trauergemeinde. Ein katholischer Geistlicher sprach die üblichen Worte, zwei Messdiener schwenkten Weihrauchgefäße, ein paar Trauergäste hielten sich Taschentücher an die Augen, bis plötzlich ein lauter Schrei alles zusammenfahren ließ.

»Viel zu jung!«, schluchzte Amalie von Loessl theatralisch auf. Mit ihrem übergroßen schwarzen Strohhut und dem eleganten, schmal geschnittenen Rohseidenkostüm hätte sie um einiges besser nach Ascot als auf den beschaulichen Ostfriedhof gepasst.

Sogar ihr schwarzsilberner Stock war bühnenreif. »Wenn man verlieren muss, was man liebt …«

Zwei jüngere Frauen versuchten, sie zu beruhigen.

»Ihr Gspusi scheints irgendwo zwischengeparkt zu haben«, meinte Joe halblaut. »Der Erwin Stöhr is nämlich, des is ma heit früh klar worn, ned bloß der Mann für Garten und Keller!«

Ein Knacksen. Sofie drehte sich um.

Zuerst erkannte sie nichts, doch dann entdeckte sie ein Stück weiter links einen schlanken Mann mit dunklen Haaren und Sonnenbrille, der die Beerdigung aufmerksam verfolgte.

War das einer der Typen aus Lauras Notizbuch?

Nein, denn als er den Kopf zur Seite wandte, erkannte sie …

»Charly!«, entfuhr es ihr.

»Wo?«, sagte Joe alarmiert.

Jetzt schaute sie angestrengt in die andere Richtung.

»Hab mi teischt! Seit er weg is, moan i oiwei, dass i eahm seh.«

Erst nach einer Weile wagte Sofie, halb über die Schulter zu spähen. Keine Spur mehr von Charly.

Aber das musste aufhören, sonst wurde sie noch halb verrückt!

»Geh weida!«, sagte Joe. »Jetzt schaung ma uns de Großkopferten amoi näher o.«

Langsam gingen sie nach vorn, aber sie kamen nicht sehr weit, denn Amalie nahm sie sofort in Beschlag.

»Das ist ja wie im Fernsehen«, trompetete sie. »Kripo und Rechtsmedizin gemeinschaftlich am Grab! Und – wen von uns haben Sie jetzt im Verdacht?«

Sie stützte sich schwerer auf ihren Stock.

»Wie wäre es zum Beispiel mit diesen jungen Männern dort drüben? Also, von der Familie von Reinstein sind die garantiert nicht!«

Joe grummelte Unverständliches, während Sofie versuchte, ein gelassenes Gesicht zu machen.

»Ihr Bruder ist nicht auch hier?«, fragte sie.

»Zu mitgenommen!«

Es klang abfällig.

»Da reißt man sich eben zusammen, und dann geht das schon, aber unser Theo war ja schon immer sehr nah am Wasser gebaut.«

Sie senkte die Stimme.

»Ich hab ja gedacht, mein ungeratener Neffe würde sich zeigen«, fuhr sie fort. »Sie haben ihn noch immer nicht? Also, im Fernsehen geht das aber meist deutlich flotter!«

Ein tiefer Seufzer.

»Mir ist ohnehin ganz elend zumute, müssen Sie wissen. Würde es der Anstand nicht erfordern, wäre ich gar nicht hier. Von Leichenschmaus kann für mich gar keine Rede sein. Nicht einen Bissen würde ich hinunterbekommen. Mein Hannibal liegt nämlich ganz elend in der Tierklinik, stellen Sie sich das vor! Er braucht mich. So ein krankes kleines Wesen darf man doch nicht seinem Schicksal überlassen!«

»Tierklinik?«, wandte Sofie ein. »Da ist er doch sicherlich gut aufgehoben.«

Ein rabenschwarzer Blick traf sie wie ein Blitz.

»Tiere sind Engel, Menschen Verbrecher«, fauchte Amalie von Loessl höchst indigniert. »Stünden wir sonst hier? Und jetzt fahre ich zu meinem Liebling!« Beherzt humpelte sie auf dem Kiesweg los.

»Das ist aber die falsche Richtung, falls Sie zum Ausgang wollen«, meinte Joe.

»Halten Sie mich etwa für dement, Herr Kommissar?«, fuhr sie zu ihm herum. »Es gibt natürlich Spezialparkplätze. Für Gehbehinderte!«

Sie bog nach links ab. Hinter der Aussegnungshalle für Feuerbestattungen parkte ein dunkelroter Mercedes. Erwin Stöhr stieg aus, um ihr ins Auto zu helfen, Kopf und Nacken von einer grünen Sonnenschutzkappe bedeckt, wie sie in Australien als UV-Schutz getragen wird.

Sie fuhren los.

»Der Familie präsentieren wollte sie ihn offensichtlich nicht«, meinte Sofie.

»Aber jetzt braucht sie ihn«, erwiderte Joe.

Er berührte Sofies Schulter.

»Willst du noch zu deine Eltern? Wennst scho da bist?«

Er kannte sie besser als jeder andere!

»Ja«, antwortete sie. »I war scho vui zlang nimmer am Grab. Danach schau i, was da Murmel macht, und danach …«

Sein Gesicht erhellte sich.

»Dann bin i so umara acht bei dir«, sagte er. »Bis dahin müsst i durch sei mit dera Bagasch!«

28

Neuzugang

Natürlich erkannten sie sofort, dass er von nichts eine Ahnung hatte. Wie neu seine Sachen noch ausschauten, der Schlafsack, die Schuhe, die Hose, sogar die Plastiktüte – als habe er sie erst gestern von Tengelmann geholt. Aber sie enthielt drei Zweiliterflaschen Soave, die er gleich mal großzügig in der Runde kreisen ließ – das machte ihn sympathisch. Nur mit seinem Kopf schien etwas nicht zu stimmen, denn dass er eine Perücke trug, sah ja ein Blinder mit Krückstock. Darauf anreden ließ er sich jedoch nicht gern – da wurde sein Mund ganz schmal.

»Lassts eahm doch sein Frieden, Kruzifünferl!«, rief der Seifen-Beni, der deshalb so genannt wurde, weil er eine geradezu abergläubische Scheu vor Wasser und Seife hatte. »Jeder muss selber wissen, was er sagn mag und was ned! Und wenn er gar nix sagn mag, na is aa recht.«

Beifälliges Brummen. Nur Louis, der sich gern als Franzose ausgab, weil er ein paar Worte in dieser Sprache radebrechen konnte, stänkerte weiter.

»So einfach geht das aber nicht, *mon ami*«, meinte er, von dem die meisten hier wussten, dass er am Auer Mühlbach das Licht der Welt erblickt hatte. »Hierherkommen und annehmen, wir würden ihn gleich aufnehmen.«

Mit schwerer Zunge fügte er hinzu: »Das dauert Jahre bei uns, *Jahre!*«

»Ich nehm euch ja nichts weg«, sagte der Neuankömmling. »Ich brauch nur einen Schlafplatz. Einen, der nicht gerade auffällig ist.«

»Warum? Hast was ausgfressen?«

Gräfin Tamara, die einzige Frau in der Runde, beäugte ihn neugierig.

»Eben nicht. Darum bin ich ja hier.«

»Du, das versteh ich jetzt irgendwie nicht ...«

Blachi, einst als Schreiner in ganz Europa auf der Walz, bevor der Rücken kaputt war und sein Zucker-Bein nicht mehr zuheilen wollte, schüttelte den Kopf. »Aber das macht nix. Weil ich nämlich ohnehin fast nix mehr kapier'.«

Er nahm einen tiefen Schluck und reichte dann die Flasche sichtlich ungern weiter.

»Oder soll ich lieber zur Reichenbachbrücke?«

Der Neue schien noch unentschieden.

»Damit uns de Snobs da den scheena Wein wegsaufen? Nix da!«

Seifen-Beni rückte mit einer Isomatte zur Seite.

»Kannst neba mir schlaffa. I kenn mi aus, des derfst ma glaubm. Wennst was wissen wuist, muaßt nur an Beni fragen!«

Er zwinkerte ihm zu. »Des bin nämli i. Und wer bist du?«

Der Neue zögerte mit der Antwort, dann antwortete er: »Kannst Max zu mir sagen.«

»Max? Ohne ois? Bloß Max?«

»Ja, Max! Aber wieso sind die unter der Reichenbachbrücke denn Snobs?«

Seifen-Beni grinste.

»De denkn, de waarn was Bessers, aber des denkn de bloß.

Vielleicht, weils zerscht da warn. Aber sogar des is a reine Auslegungssach. D'Gräfin sagt …«

»Du bist so blöd, Beni!«, unterbrach sie ihn. »Die *sind* was Bessers, was redest du denn? Bei denen gibt's sogar einen Adeligen!«

»Hör nicht auf die, die spinnt den ganzen Tag rum«, krakeelte Blachi. »Ich sag nur – Weiber!«

»Ich und spinnen? Von wegen!«, fuhr Tamara auf. »Der hat sogar seinen Ausweis gezeigt. Das war ein waschechter Adeliger!«

»Wieso war?«

Max horchte auf.

»Weil der Typ verschwunden ist! Nicht einmal seine Sachen hat er mitgenommen – die haben die anderen natürlich längst untereinander verteilt. Und jetzt ist er wie vom Erdboden verschluckt – futsch und weg!«

»Hatte der Typ auch einen Namen?«

»Warum willst du das denn wissen? Schreibst du dich vielleicht auch ›von‹?«

Blachi bekam einen Lachkrampf.

»Die junge Frau vom Tattooladen am Walchenseeplatz rief ihn *Nomade*«, warf Louis jetzt ein. »Das habe ich ganz genau gehört.«

»Nomade?«

Max schien sich das Wort im Mund zergehen zu lassen.

»Das klingt nach Nordafrika …«

»Was weiß ich? Schwarz ist er jedenfalls nicht. Höchstens ein bisschen zu lang in der Sonne gelegen. Vielleicht fragst du die von der Reichenbachbrücke einfach selbst.«

Gräfin Tamara frachtete ihr beeindruckendes Hinterteil in die Höhe. »Ich muss jetzt dringend eine rauchen. Du hast nicht zufällig was dabei?«

Kopfschütteln.

»Die hat ein Herz für uns«, fuhr sie fort, »die vom Walchenseeplatz. Vielleicht, weil sie selbst ihre Heimat verloren hat. Wer nicht allzu sehr stinkt, der bekommt bei ihr einen Tee, wenn es im Herbst und Winter zu garstig wird. Tee ist ja nicht unbedingt mein Fall, aber wenn es so kalt ist, ist was Warmes schon recht. Eine Wiesenbrezn hat sie mir auch schon mal spendiert. Aber der Nomade ist ihr ganz besonderer Liebling. Vielleicht, weil er ihrem Bruder seinen Hut geschenkt hat? Das ist so ein Schmächtiger mit ganz langen, schwarzen Haaren, der immer ein bisschen krank aussieht. Als wäre er dem Boandlkramer, wie der Seifen-Beni sagen würde, geradewegs von der Schippe gerutscht.«

Sie fasste ihn schärfer ins Auge.

»Aber du weinst ja«, sagte sie. »Hab ich was Verkehrtes gesagt? Das täte mir leid!«

Er schüttelte den Kopf.

»Alles okay«, erwiderte er leise. »Ich hab mich nur gerade an was erinnert …«

29

Mondscheinsonate

Sofie war immer nachdenklich, wenn sie vom Grab ihrer Eltern zurückkam, heute jedoch ganz besonders. Es hatte ihr gutgetan, dort alles mit eigener Hand gründlich zu wässern, auch wenn sie wusste, dass sie sich ganz und gar auf Tante Vroni verlassen konnte, die die Pflege dieser letzten Ruhestätte seit Jahren zuverlässig übernommen hatte, ohne jemals auch nur ein Wort darüber zu verlieren. Zum Schluss hatte sie noch eine Vase mit gelben Rosen daraufgestellt, die Lieblingsblumen ihrer Mutter, deren Gesicht sich in ihrer Erinnerung manchmal schon leicht aufzulösen schien, so lange war sie schon tot. Der Grabstein, den Vroni damals hatte setzen lassen, trug ebenfalls deutliche Zeichen der Zeit. Der einstmals helle Sandton wirkte nun eher gräulich, nicht einmal alle Buchstaben der Bronzeinschrift waren noch gut zu erkennen. Sofie beschloss, ihn reinigen und danach neu setzen zu lassen, denn die rechte Ecke war bereits bedenklich ins Erdreich abgesackt.

Wie wäre ihr Leben verlaufen, wären Alfons und Johanna Rosenhuth nicht 1983 bei einem tragischen, bis heute unaufgeklärten Verkehrsunfall ums Leben gekommen?

Dann wäre sie bei ihren Eltern über der Bäckerei in der Fockensteinstraße aufgewachsen, statt bei Tante Vroni, die sich ihrer seit jenem schrecklichen Tag im April als Ziehmutter angenommen hatte.

Sofie wusste, dass Vroni das gar nicht besser hätte machen können – trotz oder gerade wegen ihrer liebenswürdigen Macken, über die sie einfach nur schmunzeln konnte.

Im Moment befehligte ihre Tante gerade mit energischer Stimme Flo beim Ausfegen des Hinterhofs, den sie bereits mit Biertisch und Bänken bestückt hatte. Dazwischen ertönte Murmels munteres Bellen, der sich offensichtlich wieder so gut fühlte, dass er dem eifrigen Feger ständig in die Quere sprang.

»Ned ganz so schlampig, wenn i bitten dürft! I wui beim Essen scho gern sauber sitzen, gell! Und auf meine Würstl mog i koan Dreck ned, sonst kannst die alle selber verputzen!«

Sofie löste sich vom Fenster.

Wo steckte Charly?

Die ganze Wohnung roch noch nach ihm. Sie konnte heilfroh sein, dass Joes Nase bei Weitem nicht so fein war wie ihre. Dass Charly einfach gegangen war, ohne ihr eine Nachricht zu hinterlassen, wunderte sie. Aber wenigstens konnte sie nun reinen Herzens behaupten, nichts über seinen Aufenthalt zu wissen, statt sich noch länger in Ausreden flüchten zu müssen. Sicherheitshalber filzte sie jede Schublade, jedes Fach in der Wohnung gründlich, um nicht doch ein vielleicht besonders gewitztes Versteck zu übersehen, in dem er eine Botschaft für sie hinterlassen haben könnte. Nachdem sie sogar den Inhalt der Kaffeedose vergeblich ausgeschüttet und wieder neu eingefüllt hatte, gab sie schließlich auf: Charly war weg, daran gab es nichts zu rütteln.

Vermutlich wollte er seine Unschuld beweisen, indem er selbst den wahren Mörder stellte, überlegte Sofie – ein ebenso waghalsiges, wie zutiefst unprofessionelles Verhalten, erst recht für einen erfahrenen Polizeireporter. Aber wahrscheinlich hatte er keinen anderen Ausweg mehr gesehen.

»Sofie!«, rief Vroni ungeduldig nach oben. »Mia san jetzt so weit. Du aa? Na kimm!«

Sofie ging zurück zum Fenster und beugte sich vorsichtig hinaus.

»Bin glei do!«, rief sie zurück.

Vroni hatte sich selbst überboten, so reich war der Biertisch gedeckt. Ihren weltberühmten Schweinsbraten hatte sie gestern schon zubereitet und nun in hauchdünnen Scheiben aufgeschnitten. Zu Brezen und Weißbrot gab es Eiersalat mit Schnittlauch, Nudel-Gemüse-Salat, Mexikanischen Salat mit Mais und Paprika sowie ein aufregendes Gemisch aus Gurken, Melonen und Chili, das Sofie derart mundete, dass sie sich sofort eine zweite Portion davon auftat. Nebendran auf dem Holzkohlengrill wurden die Würstl kross, jeder bekam kühles Bier, und die gelbroten Lampions, die Flo noch eilig in der alten Linde aufgehängt hatte, verbreiteten ein romantisches Flair. Herr Haslreiter blinzelte so sehnsüchtig aus dem zweiten Stock zu ihnen herunter, dass sie ihn spontan dazubaten. Schließlich vervollständigte Joe die Runde, der das erste Bier wie ein Verdurstender im Stehen hinuntergoss, bevor er sich zu den anderen setzte. Murmel, ganz in seinem Element, umkreiste sein Rudel mit erhobener Rute, dabei stets den Grill fest im Blick, von dem solch unwiderstehliche Düfte ausgingen.

»Diese Frau Dr. Ritter is einfach a Schau«, schwärmte Vroni, der all die Komplimente über ihre Kochkünste zartrosa Wangen gezaubert hatten. »Heit fria war der Kloane no wia a Packerl Kunsthonig beianand – und jetzt isser scho wieder topfit! Des macht die nur mit ihre Händ, des sag i euch.«

Sie verdrehte die Augen.

»Ihr werdts es mia ja ned glaubm und sagn, de Vroni, de werd langsam oid und spinnad, aber wos i gseng hob, hob i gseng …«

Sie hielt mitten im Reden inne.

»Und was wollen Sie jetzt da?«

Elke Falk, in einem himbeerroten Nichts von Kleid, stöckelte zögernd näher.

»Nur ganz kurz nach unserem Purzelchen schauen«, meinte sie. »Ja, ich weiß, wir *haben* telefoniert – aber ich musste doch mit eigenen Augen sehen, wie es ihm geht!«

Bellend rannte Murmelchen auf sie zu.

»Ja, mein Herzi, ja, das ist aber fein, dass du wieder so gesund bist!«

Elke Falk hob ihn hoch und drückte ihn fest an sich, doch der kleine Mops strampelte und wollte ganz offenbar wieder nach unten.

Vronis scharfen Augen entging nichts.

»Da is ja no wer!«, rief sie.

»I glaubs ned! San Sie ned der Kerl, der unsern Murmel vergiften wollt?«

Verlegen lächelnd kam Erik näher.

»Ich glaube, da haben Sie etwas gründlich missverstanden, verehrte Frau Ilmberger«, meinte er beschwichtigend. »Ja, ich war zugegebenermaßen ein wenig indigniert über den Hund …«

»Indigniert!«, unterbrach Tante Vroni ihn und stand entrüstet auf. »Für wie blöd hoitn Sie uns? An Schokolad ham S' eahm zum fressn gebm – und ned zu knapp. Obwohl der des do ned vadrogd! Mein scheena Rock hot er vasaut, so schlecht war's eahm. Und wenn der Murmel ned a paar Kilo schwerer waar wia der arme Hannibal vo der Frau von Loessl, nachad waar er jetz vielleicht aa scho in der Tierklinik – und zwar auf der Intensivstation!«

»Er hat sich bei mir entschuldigt«, sagte Elke Falk. »Und Herr Dr. Sander weiß genau, dass es seine allerletzte Chance ist …«

Sofie war am Überlegen, ob sie eingreifen sollte, aber da erwiderte ihre Tante schon spitz: »Des geht uns nix o, mit welche Männer Sie d'Zeit vabringa. Aber der Kloane, der geht uns scho was o. A Tier is koa Spuizeig ned, Frau Doktor. Oamoi 's Herzi, dann wieda der Störenfried, so geht des ned. Und solang Sie des ned wirklich begriffen ham, bleibt der Murmel bei uns.«

Vroni ließ sich zurück auf die Bank sinken, und Flo küsste sie auf ihre Wange.

»Bravo«, flüsterte er. »I bin ja so was von stolz auf di!«

Elke Falk warf Sofie einen seltsamen Blick zu, der zwischen Bitten und Drohen schwankte, dann nahm sie Eriks Arm und stöckelte hinaus.

Wochenende!, dachte Sofie und lehnte sich an Joe. *Zum Glück muss ich die Spinatwachtl erst wieder in 48 Stunden sehen.*

Joe legte die Hand auf ihren Schenkel und wandte sich an Vroni.

»Was war des glei no amoi für a Vergiftung von dem Kater?«, erkundigte er sich. »Du warst mit dem Murmel beim Tierarzt und hast dort eine Frau von Loessl mit ihrem Hannibal getroffen?«

Vroni nickte eifrig. »I hab sie sogar vorgelassen«, erklärte sie. »Weils gar so fertig war. Um den Hannibal steht's nämlich schlecht. Tierklinik!«

So, wie sie das Wort aussprach, klang es fast wie Schlachthof.

»Is die eigentlich mit dem Charly verwandt, weils aa so hoaßt?«

Sofie hielt den Atem an, aber Vroni hielt sich zum Glück zurück. Zwar hatte Sofie ihr nach der Rückkehr vom Friedhof schnell zugezischt, dass der Charly ausgeflogen war – aber wer konnte schon wissen, ob sie sich nicht doch verplappern würde?

»Des is sei Tante«, sagte Joe knapp. »Aber ihr zwoa passts doch eigentlich gar ned zamm. Sie so von oben herab und du …«

»Des is a ganz a Nette!«, widersprach Vroni. »Jemand, der seine Viecherl so liabt, der muaß ja a guater Mensch sei!«

»Na ja, der Hitler hat aa d'Schäferhund mögen«, murmelte Sofie. »Und i kenn da so a paar verrückte Tierfreunde, die ohne Hemmungen auf Menschen losgehen würden …«

In diesem Moment stand Joe auf und zog Sofie mit sich.

»Feierabend, Spatzl!«

Murmel begriff offenbar sofort, worum es ging, und strebte seinerseits zielsicher zur hinteren Haustür.

»Mit dem Hund?«

Joe schien allenfalls mittelmäßig begeistert.

»Des mit dem Spuizeig gilt übrigens aa für euch«, meinte Vroni streng. »Ihr wissts, i huif immer gern aus, wenn I ko, aber da Hund lebt bei dir, Sofie – und ned bei mir!«

Also trabten die drei mehr oder minder einträchtig nach oben in Sofies Wohnung. Murmel lief ins Schlafzimmer, sprang aufs Bett und kringelte sich am Fußende ein.

»Des geht ma jetzt zu weit!«

Joe bugsierte den Mops vom Bett, doch nach wenigen Augenblicken lag er schon wieder oben.

»So verziehst du ihn? Des ko ja ned guatgehn!«

Sofie nahm seinen Kopf in beide Hände, zog ihn zu sich herunter und küsste ihn.

»I hab jetzt grad null Bock auf Hundeschule«, meinte sie. »Wie lang warn mia zwoa eigentlich nimmer richtig zamm?«

»A Ewigkeit!«, stöhnte Joe, als er wieder atmen konnte, die Hände schon unter ihrem Shirt.

»Musst aber ganz vorsichtig sein«, bat Sofie. »De zwoa hab i mia nämlich heit früh beim Bremsen sauber prellt!«

Er öffnete ihren BH und küsste zärtlich erst die eine, dann die andere Brust.

»Besser?«

»Vui besser!«, versicherte sie und öffnete seinen Gürtel. »Aber Steigerungen waarn scho no drin.«

»Wenn ma di amoi aus de Augn lässt!«, sagte Joe grinsend. »I glaub, i muss no vui besser auf di aufpassen, kloana Zwiri!«

So hatte er sie damals auf der Hochzeitsreise getauft, weil man nie genau wissen konnte, was Sofie schon im nächsten Moment anstellen würde. Mehr als zehn Jahre hatte sie das nicht mehr aus seinem Mund gehört. Ihre Augen wurden feucht.

Sofie zog Joe zu sich aufs Bett und umschlang ihn mit Armen und Beinen gleichzeitig, was ihm äußerst gut zu gefallen schien, wie man seinem zustimmenden Brummen entnehmen konnte, während Murmel sich ohne weitere Aufforderung ins Wohnzimmer flüchtete, weil auf seinem gewohnten Ruheplatz plötzlich entschieden zu viel Seegang herrschte.

Und dann sagten die beiden sehr lange gar nichts mehr …

30

Wüstenfuchs III

Jetzt, wo er alles aufgegeben hatte, was ihm einmal gehört hatte, funktionierte sein Hirn plötzlich wieder wie früher. Wären da nicht diese schrecklichen Bilder in seinem Kopf gewesen, die er nicht mehr loswurde, er hätte sich beinahe wieder so gefühlt wie damals, als er die heimatliche Enge hinter sich ließ, um das freie Leben zu schmecken. Seit jenem Abend rührt er keinen Alkohol mehr an, und er staunte darüber, wie leicht ihm das fiel. Es hätte gar nicht die Predigt der jungen blonden Ärztin gebraucht, um trocken zu bleiben. Sein Körper und sein Herz verlangten von selbst danach, mit einer Dringlichkeit, die ihn selbst am meisten verwunderte.

Äußerlich jedoch hatte sich nicht viel geändert, und der Verband, den er nun tragen musste, tat ein Übriges. Wer ihm unterwegs begegnete, hielt ihn nach wie vor für einen obdachlosen Säufer, das merkte er an ihrem Ausweichen und an den Blicken, die sie ganz schnell zu Boden richteten, aus Angst, er könne sie womöglich anbetteln.

Säufer und Penner – ging das nicht ohnehin für die meisten zusammen?

Was wussten sie schon von ihm!

Dass er sein erstes Glas Wein mit fünfundzwanzig getrunken

hatte, weil ihn die glasigen Augen der väterlichen Jagdgesellschaften unendlich aneekelten.

Dass er später in Marokko und den umliegenden Ländern Abstinenz gelernt und gelebt hatte, lediglich unterbrochen von einigen intensiven Reisen in das Herz des heiligen Rauchs.

Er wünschte, er hätte jetzt eine Handvoll davon zur Verfügung – nicht das minderwertige Zeug, das sie hier im Kunstpark, vor dem Ostbahnhof und in einigen baufälligen Unterführungen verhökerten, sondern die starke, kluge Mutterpflanze, die dem Suchenden Gelassenheit und Einsicht schenkt.

Aber dann musste es eben auch so gehen.

Nur dem Mädchen vom Tattooladen, Shirin, war gleich aufgefallen, dass seine Sinne keineswegs benebelt waren. Offenbar gefiel es ihr, dass Aram und Spike sich um ihn kümmerten. Er las die Angst um ihren Bruder noch immer in ihren Augen, und er hätte ihr gern gesagt, dass sie begreifen musste, dass man seine Liebsten nicht immer beschützen kann – nicht einmal vor sich selbst.

Doch wie kam ausgerechnet er dazu, anderen solche Weisheiten aufzudrängen?

Er, der eben erst Zeuge eines brutalen Mordes geworden war, den er nicht verhindern konnte?

In seinem Kopf sah er immer wieder die gleichen Bilder, übertrieben groß und in so grellen Farben, als handle es sich um einen nachkolorierten Hollywoodfilm aus den Fünfzigerjahren.

Die kopflose Leiche.

Der fassungslose Ehemann, selbst dem Tod schon viel näher als dem Leben.

Der Kerl im Blaumann mit dem Teppich und dem Katzenkorb, den er hatte wegfahren sehen, ohne sich wenigstens die Autonummer zu merken.

In den Tiefen seines Gedächtnisses hatte es ausgiebig gegrummelt, und langsam, ganz langsam war etwas daraus emporgestiegen, das es nun zu überprüfen galt.

Deshalb war er hier.

Deshalb drückte er sich nun in den stillen Straßen Harlachings herum, stets in der Angst, von Anwohnern zur Rede gestellt und des Viertels verwiesen oder, noch schlimmer, aufgespürt und erkannt zu werden.

Doch der frühe Samstagmorgen war ihm freundlich gesonnen. Nur wenige verließen ihre Häuser, um Einkäufe zu erledigen, während überall in den gepflegten Gärten das Familienleben bereits erwacht war. Frauen in kurzen Tuniken, Männer in Shorts, Kinder, die kreischend in die kleinen Pools sprangen und sich über den heißen Sommer freuten.

Hinter dem Gartentor, dem jetzt seine besondere Aufmerksamkeit galt, sah er eine schlanke weiße Katze hocken, die ihn eine ganze Weile lang bewegungslos anstarrte, dann gähnte, einen Buckel machte und ins Haus verschwand. Den grauen Kater, der sonst immer in ihrer Nähe war, entdeckte er nirgends. Er hörte das gebieterische Organ der Hausherrin, die eine Reihe kurzer Befehle erteilte, darauf ein angesäuertes Zurückschnappen einer Männerstimme.

Sie stritten.

Und *wie* sie stritten!

Er war noch zu weit entfernt, um alles zu verstehen, aber ein paar einzelne Worte flogen doch bis zu ihm.

Hannibal – Krankenhaus – mein Ein und Alles – werde ich nie vergessen …

Sie musste außer sich sein, sonst hätte sie nicht so schrill geredet, so aufgeregt, so atemlos. Jetzt würde sie wieder die roten Flecken im Gesicht bekommen, die sie aus ganzem Herzen hasste, und die nicht einmal das teuerste Make-up oder der extravaganteste breitkrempige Hut verbergen konnten.

»Idiot!«

»Alte Kuh!«

»Versager!«

»Leck mich …«

»Ich dreh dir den Geldhahn zu …«

»Dass ich nicht lache …«

Für einen Moment wurde es still, als müssten die beiden Kontrahenten erst noch Kraft für die weitere Auseinandersetzung sammeln, doch zu seiner Überraschung folgte nichts mehr nach. Stattdessen öffnete sich das Gatter zur Straße hin. Ihm gelang gerade noch ein beherzter Sprung hinter einen dunkelgrünen SUV, dann schoss der Mann mit der merkwürdigen Mütze, die er bislang nur an australischen Surfern gesehen hatte, an ihm vorbei, öffnete per Fernbedienung den dunkelroten Benz, stieg ein und brauste davon.

Konzentriert sah er ihm nach und fragte sich, warum der Typ die noble Karosse auf der Straße geparkt hatte, statt in der Garage neben dem Haus. Wie in Trance ging er dorthin und versuchte, die Garagentür zu öffnen. Abgeschlossen war sie offenbar nicht, was ihn verblüffte, doch die Tür klemmte. Schweiß stand ihm auf der Stirn. Beinahe hätte er sogar seinen hellen Borsalino abgenommen, um sich Luft zuzufächeln, doch so unvorsichtig wollte er nicht sein. Stattdessen umrundete er die Garage, bis er auf dem schmalen Trampelpfad angelangt war, der sie vom Nachbargrundstück trennte.

Da war ein kleines, schmutziges Fenster!

Er stellte sich auf die Zehenspitzen, lugte hinein – und erstarrte.

Er hatte sich also nicht geirrt! Ganz im Gegenteil, seine schlimmsten Befürchtungen waren wahr geworden.

Der Schock ließ ihn zusammensinken, als habe er einen heftigen Magenschwinger erhalten. Doch nach einer Weile straffte er sich. Er musste sich noch einmal vergewissern, um wirklich sicher zu sein.

Es kostete ihn Mühe, sich genügend zu strecken, doch schließlich gelang es ihm, obwohl seine Wunde am Arm wie flüssiges Feuer brannte. Als er ins Innere der Garage schaute, fuhr ihm der Schreck in alle Glieder: Er erkannte einen dunkelgrauen Lieferwagen, und im Dämmerlicht starrte ihm ein Augenpaar entgegen, kalt und glänzend wie geschliffener Obsidian.

31

In Manus Hand

»Da hat sich aber was getan, Manu, ja spinn i!«

Verblüfft schaute sich Sofie im Frisörsalon am St.-Martins-Platz um. Das einstige »Vokuhila« hieß nun ganz schlicht »Haare« und war kaum wiederzuerkennen. Wo noch vor wenigen Monaten leicht angestaubte Tristesse im Stil der frühen Neunzigerjahre dominiert hatte, war heute alles topmodern: dunkler Holzboden, cremefarbene Friseurstühle aus Kunstleder, der Tresen verkleidet mit sandgestrahlter Glasverkleidung. Fraglich war nur, ob Manus alte Giesinger Stammkunden das auch genügend zu schätzen wissen würden, aber darum ging es im Moment nicht.

Manu jedenfalls strahlte über das ganze Gesicht.

»Die Nichte der Chefin führt jetzt den Laden«, erklärte sie. »Chantale Neuninger aus Tölz. Und die hat zuerst einmal das ganze oide Glump entsorgt. Jetzt hamma brandneue Föns mit Babybliss-Diffusor, diverse Climazon-Wärmehauben, die allerneuesten Glätteisen – und wennst mogst, kann ich dir super schöne Extensions machen. Gar koa Problem ned!«

»Danke, nein«, sagte Sofie und nahm vorsichtig auf einem der neuen Stühle Platz.

»A bissl Fasson schneidn, des glangt. Haar' hab i ja eigentlich gnua, glaubst ned?«

Das Strahlen aus Manus Gesicht verschwand.

»Da siehgt ma amoi, wia lang du scho nimmer da warst«, meinte sie streng, während sie Sofie in einen mattschwarzen Umhang hüllte.

»I gönn meim Bruader und dir des neu erblühte Liebesglück ja – aber muaß ma desweng glei den Rest der Welt ganz vagessn?«

So klang sie damals schon in der Realschule, als sie spitz bekommen hatte, dass zwischen ihrer Schulfreundin Sofie und dem zwei Jahre älteren Joe etwas lief. Manu hasste es, sich wie das fünfte Rad am Wagen zu fühlen. Und tat doch alles, damit es immer wieder dazu kam.

»Ja mei«, sagte Sofie möglichst unverbindlich, weil sie wusste, wie empfindlich Manu reagieren konnte, »woaßt es ja selber: Arbeit, Arbeit und nix wia Arbeit. Da bleibt leider vui auf der Strecke.«

»Und ob!«, schnaubte Manu. Doch ehe sie weiter klagen konnte, unterbrach Sofie beherzt das ihr nur allzu vertraute Lamento: »Aber jetzt bin i ja da. Freiwillig. Und sozusagen ganz und gar Wachs in deine Händ!«

»Hoaßt des, i derf deine Haar machen, wia i mag?«

Manus Hand mit den geradezu verwegen nachtblau lackierten Fingernägeln zog eine Schere aus dem schwarzen Lederbeutel, der um ihre Hüften hing.

»Hast so was scho amoi gseng? Cobaltstahl. Kugellager. Konvexhohlschliff – die Jaguar Blackline Evolution! Vierhundertsechsunddreißig Hühner – gell, jetzt sagst nix mehr!«

»Und fliagn koo des aa no?«, scherzte Sofie.

»Brauchst di gar ned lustig machen! Mit dem konnst Schnitte machen, *Schnitte* – sag i dir. Aber dazu muaß ma scho a bissl mutig sei. Wie zum Beispiel die Danuta …«

Manu tänzelte zwei Stühle weiter, wo unter einem chromblitzenden Ungetüm, das aus der Weltraumforschung zu stammen schien, eine blonde Frau in einer Illustrierten blätterte.

Manu klappte die Seitenteile nach hinten und hob das Climazon an.

»Mit Farbe hab ich natürlich zusätzlich gearbeitet!«, trompetete sie. »Schau, wia schee so was werden kann! Blond bist ja scho selber, von Natur aus, aber a leichts Venezianischrot bei dir, Sofie, nur a Hauch – und du tatst ausschaun wia die Venus von Kilo!«

»Frau Dobes?«, fragte Sofie stirnrunzelnd, weil die Veränderung in der Tat so immens war, dass sie Lauras Zugehfrau beinahe nicht mehr erkannt hätte.

»Frau Kommissarin?«

»Zu viel der Ehre«, erwiderte Sofie. »Ich bin nur die von der Rechtsmedizin. Eigentlich hatte ich schon gestern mit Ihnen gerechnet. Bei Laura von Reinsteins Bestattung. Aber vielleicht waren Sie ja da und ich hab Sie einfach nicht erkannt.«

Danuta Dobes' Augen wurden feucht.

»Wie gern ich da gewesen wäre! Aber ich konnte leider nicht kommen. Kristof hat den ganzen Tag gespuckt, und meine Tochter bekam nicht frei. Einer musste ja bei dem kranken Kleinen bleiben. Aber ich geh gleich nachher zu ihr rüber. Ist ja nur über die Straße.«

Sie biss sich auf die Lippen.

»Ich wollte ohnehin schon die ganze Zeit den netten Kommissar anrufen. Ich glaub nämlich, ich hab etwas Wichtiges vergessen. Allerdings hat mich auch keiner der Herren danach gefragt.«

»Wovon sprechen Sie, Frau Dobes?«

Sofie spürte ein leises Kribbeln im rechten Nasenflügel.

»Na, von dem Mann im Monteuranzug! Der, der in der Wohnung vom Herrn von Loessl war.«

»Moment mal, bloß ned hudln«, sagte Sofie. »Wieso wissen Sie Bescheid über die Wohnung vom Herrn Loessl? Ich dachte, Sie haben bei seiner Exfrau geputzt!«

»Hab ich ja auch. Jahrelang.«

Der exakt geschnittene Bob begann zu wippen.

»Aber eines Tages hat er mich angerufen und gefragt, ob ich nicht auch bei ihm sauber machen könnte. Natürlich hab ich sofort zugesagt – so ein netter Herr! Und viel zu tun war ja auch nicht – also leicht verdientes Geld. Findet man selten. Da muss man gleich zugreifen! Er hat mir seinen Schlüssel gegeben, damit ich arbeite, wenn er nicht da ist. Ich glaube, so ist es ihm am liebsten.«

»Und dieser Mann?«, hakte Sofie nach. »Was war mit dem?«

»Ganz in Blau. Der kam von der Verwaltung, sofern ich mich richtig erinnere. Musste Heizungen kontrollieren. In allen Zimmern.«

»Wann genau, Frau Dobes?«

Sie zuckte die Achseln. »Weiß nicht mehr ganz genau. Vielleicht acht, zehn Tage vor dem Tod der Frau von Reinstein?«

»Soll i da vielleicht Wurzeln schlagen?«, mischte sich jetzt Manu ein. »Du bist fei ned mei einzige Kundin, Sofie!«

»Nur no ganz kurz!«

Sofie fasste Danuta Dobes fest ins Auge.

»Kannten Sie den Mann?«

»Nein, woher? Ich habe ihn an jenem Tag zum ersten Mal gesehen.«

»Könnten Sie ihn beschreiben?«

»Nicht jung, nicht alt, ganz unauffällig. Mittelgroß. Schlank, aber nicht dünn. Er trug ein blaues Käppi und diesen einteiligen Anzug, ebenfalls in Blau. Wie Monteure es eben tun.«

»Waren Sie dabei, als dieser – Monteur die Heizungen in den Zimmern kontrollierte?«

»Ja.«

Frau Dobes wich Sofies prüfendem Blick aus. Dann gestand sie: »Ehrlich gesagt, nicht die ganze Zeit. Ich mochte ihn nicht. Deshalb war ich froh, als ich rauskonnte.«

»Weshalb mochten Sie ihn nicht?«

»Weil er mich überrumpelt hat. Ich wollte ihn ja gar nicht reinlassen, weil der Herr von Loessl mir nichts von seinem Besuch gesagt hatte, aber er war so penetrant. Und außerdem …«

Sie stockte.

»Ja?«, fragte Sofie. »Denken Sie bitte ganz in Ruhe nach. Was hat Sie noch an ihm gestört?«

»Er hatte durchstochene Ohrlöcher. Das mag ich nicht bei Männern.«

Sofie blieb einen Moment ruhig.

»Haben Sie Herrn Loessl von dem Monteur erzählt?«, fragte sie.

»Nein. Hab ich vergessen.«

Die Scham stand ihr ins Gesicht geschrieben.

»Was ist eigentlich mit den Wohnungsschlüsseln?«, wollte Sofie weiter wissen. »Die sind dann noch bei Ihnen, oder?«

Jetzt sah Danuta Dobes aus, als würde sie am liebsten klaftertief im Erdboden versinken.

»Ich hab ihm gleich gesagt, dass ich nicht lügen kann«, presste sie dann heraus. »Aber er wollte es mir ja nicht glauben!«

»Reden Sie von Herrn Loessl?«, fragte Sofie.

Ein zutiefst unglückliches Nicken.

»Er war gestern früh bei mir und hat sich ein Paar der Schlüssel geholt. Das andere sollte ich noch behalten, hat er gesagt. Für den Fall der Fälle. Ich weiß, er ist in Not, weil die Polizei ihn für einen Mörder hält. Aber er hätte so etwas niemals tun können – doch nicht *er!* Ich bete jetzt für ihn. Viele Male am Tag. Er hat es verdient!«

Charly, dachte Sofie wehmütig – *ach, Charly! Welchen Scheiß wirst du wohl als Nächstes anstellen?*

32

Schließfach 546

Heather und Pamela, enge Freundinnen aus Albuquerque, hatten in München die letzte Station ihrer mit einem Interrail-Pass ausgestatteten Europareise erreicht, was beide zutiefst bedauerten, denn ausgerechnet während der Stadtrundfahrt im roten Doppeldecker waren ihnen die süßesten *boys – ever!* – begegnet. Roberto und Massimo, beide aus Milano, hatten mit ihnen in gebrochenem Englisch geflirtet, was das Zeug hielt, und versprochen, sie am Abend ins Hofbräuhaus zu führen, das ganz oben auf ihrer Besichtigungsliste stand. Das Hostel in der Elisabethstraße nahm Schlafgäste erst nach 17 Uhr auf, zudem war augenblicklich alles bis zum letzten Bett belegt. Also hatten sie ihre Rucksäcke in je einem Schließfach in der Bahnhofshalle deponiert. Geplant war, sich die letzten frischen Klamotten herauszuklauben, im zwar unverschämt teuren, dafür aber erfreulich *cleanen* Sanitärbereich des Bahnhofs eine kurze Dusche zu genehmigen und sich danach frisch gereinigt und geschminkt auf den Weg zum heiß ersehnten Date zu machen.

Pinki – schon seit Kindertagen Pamelas Spitzname, weil sie eine unübersehbare Vorliebe für Rosa und Fuchsiatöne besaß – war eine Spur schneller als die Freundin, die sich in den ausgelatschten Sneakers eine dicke Blase an der Ferse gelaufen hatte.

Kaum war sie in den kleinen Gang vor dem asiatischen Imbiss eingebogen, hob sie ihre Stupsnase und schnüffelte.

»Do you smell that, Heather? Disgusting!«

Heather hatte inzwischen aufgeholt.

»Worse than old socks«, bestätigte sie. *»Like – rotten carcass!«* Sie öffnete ihr Schließfach. *»Let's hurry, sweetheart! I want to get away rather quickly …«*

Doch Pinki bewegte sich nicht und deutete stattdessen auf das Schließfach, das neben ihrem lag.

»You see that?«

Eine dünne, rotbraune Flüssigkeit lief heraus und bildete auf dem alles andere als sauberen Fliesenboden bereits eine kleine Lache.

Heathers Blick gefror.

»A nightmare«, flüsterte sie, die als eifrige Stephan-King-Leserin in Horrorszenarien bestens erfahren war.

»May be ›Pet Sematary‹ at Munich station! Let's go, baby!«

Doch Pinki hatte eine Grandma, die aus Frankfurt stammte, und sprach leidlich Deutsch. Entschlossen ging sie zu der Scheibe, hinter der ein lesender Mann saß, und klopfte.

»Sorry, Mister«, sagte sie. »Aus dem Fach es stinkt.«

Ihr dünner Arm wies anklagend in Richtung Schließfach.

Wenn Franz Xaver Loibl eines hasste, dann Aufregungen, denn die trieben seinen ohnehin schon zu hohen Blutdruck noch weiter nach oben. Allerdings war die widerliche Pfütze, auf die das spindeldürre Mädchen zeigte, nicht zu übersehen. Auch er selbst hatte schon den ganzen Vormittag einen üblen Geruch bemerkt, den er nicht richtig zuordnen konnte. Folglich griff er zum Hörer und benachrichtigte die Polizeiinspektion 16, die auf dem Bahnhofsgelände ihre Dienststelle hatte. Binnen Kurzem waren die Beamten da, zwei junge Männer, mit denen er vor das

Schließfach trat. Pinki und ihre Freundin warteten neugierig, aber in sicherer Entfernung ab.

»Abgelaufen wär's erst in ein paar Stunden«, stellte Loibl mit einem fachmännischen Blick auf das Schließfach fest. »Das wurde am Donnerstag zugesperrt, da hat übrigens der Wastl Dienst ghabt, nicht ich. Und das da, das wäre dann der Ersatzschlüssel.«

Beherzt sperrte der kleinere Polizist auf.

Ein Schwarm von Fliegen schwirrte heraus, es stank bestialisch. Franz Xaver Loibl starrte auf den fleckig grünen Frauenkopf mit den langen, dunklen Haaren, an dem die Verwesung bereits tatkräftig eingesetzt hatte, und spuckte sein Frühstück in einem hohen Schwall auf den Boden.

33

Vor dem Zwölfuhrläuten

So hatte Sofie sich den Samstag eigentlich gedacht: Nach dem Friseur Murmel und Joe abholen, danach zu dritt zum Obergiesinger Wirtshaus spazieren und dort unter schattigen Baumkronen gepflegt ein Weißwurstfrühstück einnehmen … Doch der Anruf, der sie ereilte, als sie Manu gerade das Geld über den Tresen schob, machte all diese schönen Pläne schlagartig zunichte.

»Im Bahnhof?«, fragte Sofie gedehnt. »Und Hauptkommissar Lederer weiß es schon? Klar, dann bin ich gleich da!«

»Was Unangenehmes?«, fragte Manu.

»Ja«, erwiderte Sofie knapp, »und deshalb muss ich jetzt auch los.«

Sie schwang sich auf ihr vor dem Salon geparktes Rad und düste in die Zugspitzstraße, wo sie Tante Vroni bereits vor der Haustür mit Murmelchen empfing.

»Tuat ma leid«, meinte Sofie. »I woaß, des is mei Hund, aber …«

»In solchenen Situationen immer, du dumms Deandl du«, sagte Vroni entschieden. »Der Kloane is doch grad erst wieder fit. Soi der vielleicht an ganzen Dog drinn hockn? Nia im Leben! Der Joe is scho losgfahrn. Der kimmt nachad aa in d'Nußbaumstrass, soll i dir ausrichtn.«

Schließlich siegte doch ihre Neugierde.

Sie kam Sofie ganz nah. »Und der Charly?«

»Weg«, sagte Sofie. »Von jetzt auf gleich.«

»Dann war's gestern auf d'Nacht no recht schee mitm Joe und dir?«, flüsterte sie verschwörerisch.

Sofie nickte kurz und legte den Finger auf die Lippen.

Vroni schüttelte den Kopf.

»Und jetzt muaßt wieder zu deine Toten. Des is vielleicht a Kontrastprogramm! Wo die anderen jungen Leit ganz entspannt in der Isar baden. Aber du hast es ja ned anders gwoit ...«

»Ganz genau!« Sofie küsste ihre Tante auf die Wange, strich Murmel kurz über das Fell und radelte los.

Zu ihrer Überraschung traf sie vor der Tür des Instituts auf Elke Falk.

»Sie?«, wunderte sie sich. »Ich dachte, Sie hätten heute Besseres zu tun!«

»Als ob ich mir den interessantesten Fall seit Monaten entgehen ließe«, erwiderte Dr. Falk kühl. »Aber Sie haben ja gar nicht unseren Kleinen dabei!«

»Der entspannt sich bei Tante Vroni«, erklärte Sofie. »Und wo genau haben Sie Dr. Sander angeleint, damit er keinen weiteren Unsinn anstellt?«

Unwilliges Schnauben war die Antwort – kein gutes Zeichen, wie Sofie fand, die hinter Elke die Treppe hinaufging und widerwillig zugeben musste, dass Dr. Iglu beneidenswert makellose Beine hatte. Trotzdem schien es mit Erik irgendwie nicht hinzuhauen, so sehr die spröde Kollegin sich auch ins Zeug gelegt haben mochte. *Verlass dich doch auf Murmel,* riet Sofie ihr in Gedanken. *Wer diesen süßen Kerl nicht mag, der ist auch nichts für dich ...*

Drinnen empfing sie ein gut gelaunter Spike, dem der Dienst außer der Reihe nicht das Geringste auszumachen schien.

»I bin ohnehin ned der klassische Sonnenbadetyp«, meinte

er – kein wirklich überraschendes Bekenntnis angesichts seiner milchweißen Haut, so sie denn nicht von bunten Tattoos verziert war. »Und Shirin sowieso nicht. Des is scho kulturell bedingt und wird sich auch nimmer ändern. I müsst Sie dann überhaupt no amoi sprechen, Frau Dr. Rosenhuth! Dauert ned lang.«

Sofie nickte ihm zu und verschwand in der Umkleidekabine, um wenig später mit reichlich gemischten Gefühlen den Sektionssaal zu betreten, in dem Elke Falk bereits auf sie wartete.

Als der Kopf auf einem Wagen hereingerollt wurde, warfen die beiden Rechtsmedizinerinnen sich über dem Mundschutz einen kurzen Blick zu.

»Ihr erster Kopf?«, fragte Dr. Iglu knapp.

»Wie man's nimmt«, erwiderte Sofie. »In der Charité hatte ich schon mal einen Geköpften. Aber da lag der Körper gleich nebendran.«

Elke Falk besichtigte als Erstes die Absetzungsränder.

»Avital«, lautete ihr Kommentar, ehe sie gleich danach die Anzahl der Halswirbelknorpel prüfte. »Kurz unterhalb der Schädelbasis abgesetzt. Das würde ja auch passen«, meinte sie, nachdem sie sich im Obduktionsprotokoll des Leichnams von Helene von Loessl vergewissert hatte.

»Sehen Sie die aufgeplatzte Lippe?«, fragte Sofie.

»Selbstredend! Ich bin doch nicht blind. Möglicherweise hat er sie geschlagen, als sie sich wehrte.«

Elke Falk streckte sich.

»Ansonsten sehe ich außen am Kopf keine weiteren Verletzungen«, fuhr sie fort.

Sofie nickte.

»Ich ebenso wenig, Frau Kollegin«, sagte sie.

»Gut – dann fahren Sie doch bitte mit der Öffnung des Kopfes fort.«

Routine, zahllose Male durchgeführt und in diesem Fall doch etwas ganz Besonderes. Der Kopf ohne Körper gab der Szenerie eine Dramatik, die das übliche Maß weit überstieg. Dennoch zog Sofie wie gewohnt die Kopfschwarte ab, öffnete die Schädeldecke und entnahm das Gehirn.

Bei der Präparation ergaben sich keine weiteren inneren Verletzungen.

»Es stimmt mit unseren bisherigen Ergebnissen überein«, meinte Sofie. »Stumpfe Gewalt gegen den Hals, die sie ohnmächtig werden ließ. Danach die Stiche in Herz und Lunge.«

»Um den Zahnstatus hatte ich mich ja bereits gekümmert«, ergänzte Elke Falk, die in der rein auf das Berufliche ausgerichteten Situation sichtlich aufzublühen schien.« Der Zahnarzt der Familie von Loessl hat uns die entsprechenden Unterlagen bereits geschickt. Und Dr. Balthasar müsste zum Abgleich jeden Moment hier sein.«

Ein jugendlicher Schlaks wurde von Spike hereingeführt, dem man erst beim genaueren Hinsehen die circa fünfzig ansah, so sportlich bewegte er sich.

»Einen wunderschönen Tag, die Damen«, rief er. »Dr. Balthasar, Ihnen ja bestens bekannt, ist heute leider verhindert – die Hexe hat ihn fieserweise krank geschossen. Nun müssen Sie ausnahmsweise mit mir vorliebnehmen. Wenn ich mich kurz vorstellen darf: Dr. Bernd Hirschfeld.«

Sandblondes Haar, das die grauen Fäden gnädig verschluckte. Ein wacher, hellblauer Blick, der besonders wohlgefällig auf den schlanken Formen der Falk ruhte, wie Sofie sofort spitzbekam.

Oh, Herr, lass es Wunder regnen, betete sie stumm, *und schick ihr endlich den Kerl, der sie in jeder Hinsicht glücklich macht – Amen! Wir alle hätten so unendlich viel davon ...*

Er neigte sich über das, was vom Kopf noch übrig geblieben

war, und verglich die Zähne mit seinen Unterlagen. Danach nickte er kurz, erst in Richtung Elke Falk, danach zu Sofie, die diese Reihenfolge sehr wohl registrierte.

»Kein Zweifel«, meinte er. »Nach dem Zahnstatus ist sie es eindeutig: Helene von Loessl.«

Sofie war es mehr als recht, dass Elke Falk ihn zwitschernd hinausbrachte, während sie die Arbeit in aller Ruhe abschließen konnte. Draußen würde Joe auf sie warten, dem sie dringend von dem geheimnisvollen Monteur im Blaumann in Charlys Wohnung erzählen musste, der, wenn Danuta Dobes recht hatte, weitgehend ungehinderten Zugang zu Gläsern, Krawatten, Schals und anderem gehabt hatte, das er dann später gezielt an zwei Tatorten hinterlassen konnte.

Aber wer war dieser Mann?

Was trieb ihn an?

»Frau Dr. Rosenhuth?« Spike klang vorsichtig. »Passt es jetzt?«

Sie nickte, während sie gewissenhaft das letzte Asservat verschloss.

»Probleme?«, fragte sie.

Er zog die Schultern hoch.

»Nicht direkt«, antwortete er. »Aber vielleicht doch.«

Sofie nahm den Mundschutz ab. »Du musst schon etwas deutlicher werden.«

»Es geht um den Nomaden …«

Er hielt inne.

»Geht es ihm schlechter?«, sagte Sofie. »Dann soll er sich dringend bei mir sehen lassen!«

»Das würde ich ihm ja gerne selbst sagen …«

Spike verstummte erneut.

»Aber?«

»Er ist spurlos verschwunden. »Und keiner weiß, wohin.«

34
Musketiere

»Daran werde ich mich niemals gewöhnen«, meinte Joe, als sie bereits auf der Grünwalder Straße angelangt waren. »Den Angehörigen Hiobsbotschaften zu überbringen. Ich bin so froh, dass du dabei bist, Sofie!«

Sie legte ihre Hand auf seinen Unterarm.

»Vielleicht ist der Theodor von Loessl ja sogar erleichtert, dass der Kopf von seiner Helene gefunden wurde«, überlegte sie. »Wer möchte schon eine Geköpfte bestattet wissen? Aber natürlich wird jetzt alles wieder aufgerührt. Und besonders stabil scheint mir der alte Herr ohnehin nicht zu sein.«

»Der macht das mit Format und Würde«, sagte Joe. »Trotz aller Trauer. Sie dagegen, diese Amalie …« Er verstummte und bog in die Autharistraße ein.

»Die liegt dir nicht, gell?«, fragte Sofie, während er ein Stück entfernt vom Haus parkte.

»Dir?«

Sie zuckte die Achseln.

»Die ist schon ein ganz eigener Typ. Eigentlich mag ich das ja. Aber ein bisschen mehr Herz dürfte sie für meinen Geschmack schon haben!«

Kurz vor der Villa blieb Joe plötzlich stehen.

»Und wenn Charly sich hier versteckt?«, überlegte er. »Wenn dieses ganze ›Ich mag-meinen-Neffen-nicht‹ nur ein scheinheiliges Getue ist, um uns abzulenken?«

»Hat er sich dann vielleicht auch im Blaumann in seine Wohnung geschlichen, um sein eigenes Graffel zu klauen, das er dann später als offensichtliche Trophäe für die Fahnder am Tatort hinterließ?«, entgegnete Sofie. »Ich hab dir doch gerade erzählt, was ich von Frau Dobes erfuhr! Sie weiß natürlich auch, dass sie diese Aussage noch ganz offiziell bei euch machen muss. Sag bloß, Charly ist noch immer euer Hauptverdächtiger?«

»Seine Fingerabdrücke waren …«

»Wir sprechen uns am Montag«, sagte Sofie. »Wenn die DNA-Ergebnisse vorliegen.«

»Wenn man dich so reden hört, könnte man fast glauben, du schwärmst noch immer für ihn. Hört das denn niemals auf?«

»Logo tu ich das!« Sofie boxte ihn kräftig in die Rippen. »Und deshalb verbring ich meine heißen Nächte ja auch mit einem gewissen Joe Lederer. Nur zur Ablenkung …«

Die Hausherrin schien sie bereits vom Garten aus erspäht zu haben, denn sie nun kam sie ihnen, auf ihren Stock gestützt, entgegen.

»Sie beide?«, sagte Amalie von Loessl statt einer Begrüßung. »Das sieht mir aber nicht nach guten Nachrichten aus! Sie wollen zu Theo? Kommen Sie!«

Offensichtlich hatte sie sich gerade auf der Terrasse entspannt. Teekanne, Gebäck – diesmal aber nur eine Tasse, wie Joe sofort auffiel. Entweder waren inzwischen schlechtere Zeiten für Erwin Stöhr angebrochen, oder sie hatte ihren Fehler von neulich bemerkt und war zu schlau, um ihn zu wiederholen. Und noch etwas lag auf dem Tisch, das seinen Blick anzog, ein längliches türkises Lederetui, das aufgeschlagen war.

»Mein Reader«, erklärte Amalie, der heute offenbar nichts entging. »Wie oft hab ich mir früher die Augen an den unverschämt kleinen Schriften dieser Taschenbücher wund gestarrt! Aber heute – pah! – ein Klick, und schon sind die Buchstaben so groß, wie ich möchte. Mehr als vierhundert Romane habe ich mittlerweile auf diesem kleinen praktischen Ding schon gespeichert. Lesen Sie auch so gern, Herr Kommissar? Also, was mich betrifft, ich bin geradezu verrückt nach Krimis!«

In diesem Moment drang aus dem hinteren Teil des Gartens ein kräftiger Fluch. Erwin, in Ripphemd, Jogginghose und UV-Kopfschutz, kämpfte offenbar nicht ganz erfolgreich mit der Bewässerungsanlage, die ihn von oben bis unten nassgespritzt hatte.

»Er ist nicht immer der Geschickteste, leider.«

Amalie von Loessl klang mitleidlos.

»Aber es ist ja so schwer, gutes Personal zu bekommen.«

Sofie und Joe folgten ihr ins Wohnzimmer, wo auf der größeren der beiden Couchen ein gemütliches Nest aus hellen, weichen Decken bereitet war. Mitten darauf schlief eingekringelt ein grauer Kater.

»Hannibal«, sagte Amalie. »Mein armer Herzensbub! Sollte ich ihn vielleicht noch länger in dieser grässlichen Tierklinik lassen, wo er in eine winzige Plastikbox gesperrt war? Das hätten Sie mal sehen sollen! Sogar für einen Wellensittich wäre das unzumutbar gewesen.«

Jetzt grinste sie.

»Aber er hat dem jungen Doktor, der ihn da eingepfercht hatte, noch eine hübsche Erinnerung hinterlassen – einen tiefen Kratzer mitten auf der Hand. Geschieht ihm ganz recht!«

»Wenn Sie dann freundlicherweise Ihren Bruder rufen würden …«

Joe hatte jetzt von ihren Katzengeschichten ganz offensichtlich genug.

»Ganz, wie Sie wünschen«, erwiderte sie und schrie: »Theo! Die Polizei ist da und will dich sprechen!«

Erstaunlich schnell stand der alte Herr in der Türe.

»Sie haben den Mörder meiner Frau gefunden?«, erkundigte er sich atemlos.

»Nein, aber ihren Kopf«, erwiderte Joe ohne große Umschweife. »Die Obduktion ist abgeschlossen. Wenn auch noch die weiteren Untersuchungen in der Rechtsmedizin erfolgt sind, können wir die Leiche zur Bestattung freigeben.«

Theodor von Loessl griff sich ans Herz.

»Wo?«, stammelte er.

Sofie und Joe tauschten einen raschen Blick.

»Herr von Loessl«, sagte sie dann in beruhigendem Tonfall. »Manchmal ist es vielleicht besser, wenn man nicht ...«

»Wo?«

Es klang wie ein Schrei.

Joe schluckte.

»Im Bahnhof«, erwiderte er wahrheitsgemäß. »In einem Schließfach.«

Theodor von Loessl wankte zur Couch, auf die er sich fallen ließ, ohne nach unten zu schauen. Ein schriller Schrei, dann schoss der graue Kater davon und verkroch sich unter dem Tisch.

»Jetzt hast du meinen Hannibal vertrieben!«, rief Amalie anklagend. »Wo er sich doch erholen soll ...«

»Du musst mich ohnehin nicht mehr lange ertragen«, keuchte ihr Bruder. »Ich geh zurück nach Grünwald. Hier bleibe ich keine Stunde länger!«

»In dein Haus?« Jetzt klang sie ehrlich verwundert. »Aber darfst du das denn überhaupt schon?«

Hilfesuchend schaute sie zu Joe.

»Ach, wo«, winkte Theodor ab. »Ins Schlosshotel. Dort haben wir immer unsere Gäste untergebracht, wenn es bei großen Feiern mal mehr Leute waren. Helene wollte das so.«

Er begann zu weinen.

»Sehen Sie, so war er schon immer – Tränen, Tränen und nichts als Tränen!«

Amalie deutete auf das Foto, das Sofie gerade interessiert betrachtete. Drei Kinder, Junge und Mädchen nahezu gleich groß, während der Dritte, der ein Stück abseits stand, noch ein rundliches Kleinkind war.

»Ja, das waren wir einmal! Sehen Sie die Zeitungshelme auf unseren Köpfen und die billigen Plastikschwerter? ›Meine drei Musketiere‹, so hat unser Vater uns gern genannt. Klingt schön, nicht wahr? Aber die Einzige, die Mumm in den Knochen hatte, war immer ich. Theo? Eine Heulsuse. Damals wie heute. Und der Kleine? Mäxchen hier, Mäxchen da, Mäxchen oben, Mäxchen unten. Alles konnte sich der erlauben, was ihm aber, ganz unter uns, kein Glück im weiteren Leben brachte. Aber was sollten wir machen? Nach seiner Geburt waren wir zwei anderen für unsere Mutter quasi unsichtbar geworden, besonders ich …«

Sie hielt inne.

»Was riecht denn da auf einmal so verbrannt? Sagen Sie jetzt bloß nicht, meine schöne Marmelade …«

Amalie von Loessl humpelte hinaus.

»Brauchen Sie jemanden, der nach Ihnen sieht?«

Sofie beugte sich über Theodor, der dem Lamento seiner Schwester kopfschüttelnd zugehört hatte.

»In Ihrer Situation, so ganz allein im Hotel …«

»Die kennen mich dort. Aber danke für Ihre Anteilnahme.«

Theodor von Loessl schaute zu ihr auf und war auf einmal Charly so ähnlich wie nie zuvor.

»Eines quält mich noch. Aber ich bitte Sie trotzdem um eine ehrliche Antwort: Hat man sie wirklich erst ...« Ihm stockte die Stimme.

»Ihre Frau war bereits tot«, sagte Sofie bestimmt.

»Darauf können Sie sich verlassen, Herr von Loessl!«

35

Wüstenfuchs IV

Was war das für eine Nacht! Der Himmel tiefblau, die Sterne funkelnd, überall entlang der Isar kleine Feuerstellen, um die herum die Münchner saßen, redeten und tranken, als ob es niemals mehr Montag werden würde. Die halbe Stadt schien auf den Beinen, ausgerüstet mit Grills, Würsten, Koteletts, Brot und Gemüse sowie Weinflaschen und Bierkästen, damit ja niemand unterwegs verdursten oder Hungers sterben musste. Ab und zu zog eine Sternschnuppe vorbei, dann stupsten sich die Menschen gegenseitig an, schlossen kurz die Augen oder legten, wenn sie verliebt waren, den Kopf an die Brust oder die Schultern desjenigen, der neben ihnen saß – und wünschten sich etwas.

Der Mann auf der Brücke konnte sich diesem Zauber ebenfalls nicht entziehen, auch wenn er schon lange mit dem Wünschen aufgehört hatte. Inzwischen war er so müde, dass ihm die Augen im Stehen zufallen wollten. Doch wo wohin sollte er? Der Schock von Harlaching saß ihm noch tief in den Knochen. Nur noch weg, hatte er gedacht – *weg,* solange die Füße ihn trugen, solange seine Lungen und das Herz noch mitmachten und ihn nicht zwangen, keuchend aufzugeben.

Wurde er verfolgt?

Die blanke Angst saß ihm im Nacken – wie früher, wenn er

ein Stöhnen und Schnauben hinter sich hörte, das unbarmherzige Geräusch schneller Füße, vor denen es kein Entkommen gab.

Irgendwann, da war er schon wieder in Untergiesing angekommen, hatten seine Kräfte versagt. Er hatte sich in eine Hofeinfahrt geflüchtet und war dort erschöpft zusammengebrochen. Danach hatte er sich lange nicht mehr vom Fleck gerührt. Da stand die Sonne schon tief, er hatte bohrenden Hunger verspürt und war so durstig gewesen, dass er sogar aus einer Pfütze getrunken hätte. Das Schyrenbad war wieder einmal seine Rettung gewesen. Eine junge Familie auf dem Nachhauseweg hatte ihm ihre Box mit dem halb aufgegessenem Kartoffelsalat geschenkt und ein Stück paniertes Schweineschnitzel gleich mit dazu. Ein Mann, kaum jünger als er selbst, hatte ihm zwei Flaschen warmes Radler spendiert, die er in wenigen Zügen leerte. Danach war es ihm deutlich besser gegangen, sodass er einen weiten Bogen um seine einstigen Kumpane machen konnte, und nun Stunden später auf jener anderen Brücke stand, unter der er noch nie genächtigt hatte.

Was sollte er tun?

Natürlich war ihm das Wort POLIZEI in den Sinn gekommen. Aber würden sie ihm auch nur zuhören, geschweige denn glauben? Einem Penner in einem alten Trench, der einen viel zu noblen Hut trug und eine Geschichte parat hatte, die so unwahrscheinlich klang, dass sie ihm wohl auch dann kaum abgenommen worden wäre, hätte er Anzug und Krawatte getragen?

Nicht einmal seinen Ausweis besaß er noch. Den hatten ihm die anderen Obdachlosen eines Nachts gestohlen, um sich danach auch noch über ihn lustig zu machen.

Er war ein Nichts, ein Niemand. Ein Wüstenfuchs ohne Identität.

Plötzlich fröstelte er, zog den Mantel enger um sich.

Er brauchte jetzt Alkohol. Je hochprozentiger, desto besser. Damit würde er das Loch in seiner Seele erträglicher machen und den entsetzlichen Schmerz, den er verspürte, seit er die Tote ohne Kopf gesehen hatte.

Der Kiosk unten an der Brücke konnte noch aufhaben. Vielleicht würden ihn heute Nacht zwei Flachmänner vor dem großen heulenden Elend retten.

Er kramte in seiner Manteltasche nach den letzten Münzen. Dabei fiel die Tablettenschachtel heraus, die ihm die blonde Ärztin gegeben hatte. Er bückte sich, um sie aufzuheben, als er von hinten einen festen Stoß erhielt.

»He!«, rief er und wollte sich umdrehen, doch sein Kopf war auf einmal in einer Armbeuge gefangen, die ihn wie in einer eisernen Zwinge hielt.

»Spring!«, glaubte er zu hören. »Spring – oder ich drück für immer zu.«

Schon jetzt konnte er kaum noch atmen, und er zweifelte keinen Augenblick, dass sein Angreifer es bitterernst meinte.

Er bekam einen weiteren harten Tritt, der seine Knie einsacken ließ. Verzweifelt klammerte er sich an die Brüstung, dann lockerte sich der Würgegriff, doch gleich darauf wurden seine Füße nach oben gerissen, und er stürzte kopfüber ins Wasser.

Die Isar schloss sich über ihm.

Nur ein heller Strohhut trieb fröhlich auf den dunklen Wellen.

36

Fata Morgana

Sie sitzt in einem riesigen Ruderboot, das auf einem grünen Fluss treibt. Die Holzbank unter ihr ist alt und rissig. Zu ihren Füßen liegt Murmel, der sich zu einer Fellbrezel zusammengerollt hat. Sofie weiß, dass irgendwo auch die Ruder sein müssen, die sie vorwärtsbringen sollen, aber ihre Arme sind viel zu kurz, um sie zu erreichen. Sie späht zum Himmel. Da, wo es gerade noch emailleblau strahlte, jagen sich nun graue Wolken. Und auf einmal ist Murmel auch kein Mops mehr, sondern ein kleiner Affe mit hellem Fell, der keckernd durchs Boot jagt. Sie will aufstehen, um ihn wieder einzufangen, gerät dabei aber ins Schwanken, denn die Wellen sind hoch und schnell. Sie fällt hart auf den Schiffsboden und schreit erschrocken, dann reißt der Boden plötzlich in der Mitte auf, und ein müdes Gesicht, das sie bittend, ja geradezu flehend ansieht, schiebt sich von unten durch den Spalt. Immer weiter sprengt das Gesicht den Spalt auf. Der Nomade!

Überall ist nun Wasser. Muss sie ertrinken? Sogar ihre Wange ist auf einmal pitschnass …

Unschuldige nussbraune Augen dicht über ihr. Dazu eine rosafarbene Hundezunge, die sie sorgfältig von oben nach unten ableckte.

»Murmelchen, du Ferkel!«

Erleichtert schob Sofie den Mops beiseite, der sie nun vom Bettrand aus noch kummervoller beäugte. »Das war vielleicht ein komischer Traum, sag ich dir!«

War dem Nomaden, den sie am Arm verarztet hatte, etwas zugestoßen? Schwebte er in Gefahr? Sofie kannte ihn kaum, wusste gerade mal, dass er eigentlich Mecki hieß – und doch hatte sie gerade intensiv von ihm geträumt.

Für ein paar Momente blieb sie noch liegen, ohne zu einer brauchbaren Erklärung zu kommen.

Menschen verschwanden in der Regel nicht einfach so …

Und wenn doch?

Die durchs Fenster strahlende Sonne kitzelte ihre Nase. Es war Sonntag, Joe hatte sich mit ein paar Spezeln ihres früheren Reviers zu einer Spritztour nach Österreich verabredet, auf die sie nur liebend gern verzichtete, weil ihr die testosterongesteuerte Raserei auf sonntäglichen Landstraßen und Autobahnen so gar nicht lag, und plötzlich wusste Sofie, was sie mit diesem freien Tag anfangen würde.

»Nix Hausarbeit, nix Bügelkorb«, erklärte sie, während Murmels Schwänzchen freudig wedelte. »Und du musst auch nicht zur Tante Vroni, während ich mich im Schyrenbad von schwimmwütigen Horden halb erdrücken lasse. Nein, mein Lieber, das läuft heute ganz anders: Wir zwei radeln jetzt nach Hellabrunn. Und wenn du schön brav bist, gibt's nachher eine Kugel Eis!«

Wie lange war sie nicht mehr da gewesen?

Zwanzig Jahre und mehr, aber die steinernen Widder am offiziellen Eingang begrüßten die Besucher nach wie vor majestätisch. Sofie entließ Murmel aber noch nicht aus dem kleinen Frontkorb, der sich bei gemeinsamen Radlpartien schon bestens bewährt hatte, sondern fuhr weiter zum sogenannten Flamingo-Eingang.

»Tuat ma leid«, murmelte Sofie entschuldigend, während sie den Eintritt bezahlte. »Hier geht's leider nur angeleint weiter. Aber später lass i di dann frei flitzen – großes Ehrenwort!«

Erstaunt stellte sie fest, dass sich offenbar längst nicht alle Münchner am heimischen Pool aalten oder in den Freibädern stapelten – ein durchaus beeindruckender Teil der inzwischen rund eineinhalb Millionen Bürger hatte sich trotz sommerlicher Hitze für einen Zoobesuch entschieden.

Zwischen den Menschenscharen kam Sofie mit dem kleinen Mops nicht wirklich zügig voran, weshalb sie sich erst einmal ins Affenhaus flüchtete, wo aber das Grunzen und Flöten der Primaten Murmel eher zu erschrecken schien.

»Das warst du doch auch in meinem Traum«, redete sie ihm beschwichtigend zu. »Ein kleiner Affe! Erinnerst du dich nicht daran?«

Murmel gab ein klägliches Winseln von sich.

»Schon kapiert«, räumte Sofie ein. »Das ist nicht so dein Ding. Aber weißt, mir war heute einfach nach Tierpark!«

Wieder draußen vor dem Affenhaus angekommen, schien sich die Zahl der Besucher in der Zwischenzeit auf geradezu magische Weise verdoppelt zu haben. Offenbar waren ausschließlich Familien unterwegs – zwischen all den Babys in ihren Buggys, den watschelnden Kleinkindern sowie den Mädchen und Jungen im Vorschulalter fühlte sich Sofie auf einmal uralt. Sogar die Eltern, die ihren Nachwuchs schoben, trugen, aufhoben und trösteten, kamen ihr erstaunlich jung vor.

Sofies gute Laune verfinsterte sich.

Eine eigene Familie zu gründen – war dieser Zug endgültig für sie abgefahren?

Joe hatte in letzter Zeit ein paar Anspielungen in diese Richtung gemacht, auf die sie nicht näher eingegangen war. Doch hier und heute traf sie die lange vermiedene Gefühlsbombe Vater-Mutter-Kind ungeschützt und in vollem Ausmaß.

Wo auf der Welt konnte man sich garantiert topeinsam fühlen?

Im Tierpark Hellabrunn an einem heißen Sommersonntag!

Plötzlich hatte Sofie kaum noch Interesse an all den Elefanten, Kängurus und Zebras. Braun- wie Eisbären ließen sie ziemlich kalt, sogar die einst so niedlichen Zwillinge Nele und Nobbie, inzwischen nicht mehr flockig weiße Fellknäuel, sondern und zu gelblich gestromten, rüpelhaften Teenagern herangewachsen, die sich um geeiste Wassermelonen balgten, fesselten Sofies Aufmerksamkeit nur kurz.

Sie hatte Durst, und der längst in den Verwinkelungen ihres Verdauungstraktes verschwundene Naturjoghurt war auch kein üppiges Frühstück gewesen. Murmelchen brauchte seinerseits dringend Wasser. Die Zunge hing ihm heraus, sein Gang wirkte wackelig – schon deshalb blieb Sofie nichts anderes übrig, als den Biergarten anzusteuern und dort erst einmal Schutz unter einem Sonnenschirm zu suchen, bevor sie ihre Kräfte bündelte, um sich in die lange Schlange einzureihen, die sich vor der Getränke- und Speiseausgabe wand.

Es roch nicht gerade verführerisch, das fiel ihr auf. Aber Wasser für den Mops, etwas Kühles für ihre strohtrockene Kehle und irgendetwas Essbares, um das bohrende Loch in ihrem Magen zu füllen, das müsste sich hier mit einigem guten Willen doch finden lassen!

Als sie endlich ihre Bestellung aufgegeben hatte und zumindest schon mal ein Plastikschüsselchen mit Wasser für den Mops in den Händen hielt, stutzte sie plötzlich: Diesen Typ dort drüben mit der schlecht sitzenden dunklen Perücke, der plötzlich

Reißaus nahm, als er sie erblickte – den kannte sie doch! Und der andere neben ihm – war das nicht der Nomade?

Gut, er trug weder seinen Hut noch den gewohnten Mantel, aber von Größe und Statur her konnte es durchaus hinkommen …

»Charly?«, sagte sie leise, ließ die Schüssel Schüssel sein und begann loszulaufen.

»Mecki? Charly? Seids ihr des? Zefix – so wartet doch!«

Espadrilles mit fünf Zentimeter hohen Plateauabsätzen auf grobem Kiesgrund zu tragen erwies sich als keine allzu gute Idee. Schon nach ein paar Schritten stolperte Sofie über ihren Zipfelrock, den sie schon die ganze Zeit zum Kürzen in die Änderungsschneiderei bringen wollte, es aber natürlich bislang nicht geschafft hatte, verhedderte sich und fiel hart auf beide Knie. Die Haut riss, Blut trat aus, ordentlich Blut sogar, und als sie wieder nach oben kam, stand zwar Murmel wedelnd vor ihr, aber der Typ mit der dunklen Perücke und sein Begleiter waren wie vom Erdboden verschwunden.

37

Vor dem Morgengrauen

Seit Hannibal so elend und nach Fremdem stinkend zurückgekehrt war, verhielt Semiramis sich noch bedächtiger. Dabei war sie ohnehin stets ausgesprochen vorsichtig gewesen. Sie bevorzugte die Zeit kurz vor der Dämmerung – jene halbe Stunde, in der die Nacht sich zurückzog und der Tag langsam wieder die Kontrolle übernahm. Dann lag das Haus ganz still – so war es ihr am liebsten. Dann musste sie sich auch nicht vor lauten Schritten fürchten, vor aufdringlichen Armen, die sie plötzlich nach oben rissen, an etwas Weiches pressten und sie dann ebenso ruckartig wieder fallen ließen. Immerhin wusste Semiramis, dass ihr diese Arme noch nie ein Leid zugefügt hatten – ganz im Gegensatz zu jenen großen Füßen, um die sie einen weiten Bogen schlug, sobald sie sich ihr näherten. Semiramis hatte überall ihre Schlupfwinkel und Verstecke und war in der Lage, sich platt gegen den Boden pressen, um selbst in kleinste Ritzen zu passen. Sogar unsichtbar machen konnte sie sich, wenn es darauf ankam. Tagelang hatte sie in diesem Zustand bereits ohne Essen ausgeharrt, es ein anderes Mal sogar geschafft, eine Zeit lang nichts zu trinken. Obwohl ihr Körper nach außen weich aussah, war sie im Herzen eine Kriegerin, furchtlos, mutig, zum Äußersten entschlossen.

Nur einem konnte sie kaum widerstehen: süßer Dosenmilch. Kaum erreichte jener unwiderstehliche Duft Semiramis Geruchszentrum, war es um sie geschehen – sie musste trinken, bis alles leer war.

Das war auch jetzt nicht anders, als sie – seltsamerweise nicht im Haus, sondern mitten im Garten, dicht am Holunderstrauch – ein unscheinbares Schälchen entdeckte.

Semiramis war schon halb über den Rasen gelaufen, als sie merkte, dass ihre Pfoten seltsam klebten.

Es war, als sprösse aus der Erde ein scharfes Pulver, das alles bedeckte, mit dem es Kontakt kam.

Semiramis hielt inne, das Schälchen mit der verlockend riechenden Dosenmilch fest im Blick, und begann, sich erst einmal ausgiebig zu putzen. Doch als ihre Zunge wie gewohnt über die samtigen Ballen und zwischen die Krallen fuhr, begann sie wie Feuer zu brennen. Semiramis leckte weiter, schneller, und je mehr sie leckte, desto übler wurde ihr. Ihre Muskeln begannen zu zittern, ein Krampf zog den ganzen Körper zusammen. Ihre Beine wollten sie nicht mehr tragen, und eine unsichtbare Hand schien die ersehnte Beute weiter und weiter fortzuziehen, bis sie schließlich unerreichbar für sie war. Gleichzeitig schien das Fell zu schrumpfen, das ihren zierlichen Körper umhüllte, und plötzlich war sie kaum mehr halb so groß.

Wie ein Häuflein Elend lag sie nun seitlich im Gras, während Speichel aus ihrem Maul floss und die aufgehende Sonne Bäume, Büsche und Blumen in ihr warmes Licht hüllte. Mit allerletzter Kraft brachte sie gerade noch ein gebrochenes Maunzen hervor.

Im Haus öffnete sich ein Fenster.

»Semiramis?«, rief eine aufgeregte Frauenstimme. »Bist du das?«

Noch einmal, nur noch ein einziges Mal! Doch als Semiramis zu Maunzen versuchte, klang es nur noch wie das Echo eines fernen Echos.

»Wo steckst du, Mirimäuschen, mein kleiner Liebling? Gütiger Gott im Himmel, heilige Maria, Mutter Gottes, steh mir bei! Jetzt sehe ich dich! Warte – ich bin sofort bei dir!«

Semiramis atmete flach. Sie brachte die Augen schon nicht mehr ganz auf. Doch sie spürte die Hände, die sie nun aufnahmen, zart und unendlich behutsam.

»Was ist nur mit dir geschehen, meine süße, wunderschöne Prinzessin?«

Amalie von Loessls Stimme wurde schrill, überschlug sich beinahe.

»Wer dir das angetan hat, wird dafür büßen!«

38

»Gibt es da vielleicht etwas, das ich wissen sollte?«

Sofie blieb keine Minute für ihre montägliche Morgenbesprechung mit dem beinernen George, denn ihr Kabuff war noch von einem anderen männlichen Wesen belegt – Erik.

»Morgen, Sofie«, sagte er. »Und so knusprig von der Sonne geküsst! Da darf ich mir ja gar nicht lang vorstellen, wie's unter deinem Kleidchen aussieht, sonst werd ich gleich wieder schwach.«

»Was willst du?«, erwiderte sie nicht übertrieben freundlich. »Mit deinem Gesülze erwischst du mich heute garantiert auf dem falschen Fuß.«

»Schade!«, meinte er und erhob sich von ihrem Stuhl, der seit Langem dringend einen neuen Bezug brauchte, aber wegen der rigiden Sparmaßnahmen in der Rechtsmedizin immer noch nicht ausgetauscht worden war.

»Ich hätte da nämlich etwas, das dich interessieren könnte ...« Er wedelte mit einer Handvoll Blättern.

»Die Ergebnisse im Mordfall Helene von Loessl aus dem DNA-Labor ...«

»Gib sofort her!«

Sofie stürzte sich auf ihn.

»Und was krieg ich dafür – einen Kuss?«

Geschickt wich Erik aus, während Sofie bei dem Versuch, ihm

die Blätter zu entreißen, mit dem Ellenbogen gegen die Wand knallte.

»Aua!«, rief sie empört. »Du spinnst wohl! Reicht das vielleicht nicht, dass schon meine Knie total im Eimer sind …?«

Sein Blick glitt zu den Pflastern, die sie heute nach dem Duschen auf die Schürfwunden vom gestrigen Tierparkbesuch geklebt hatte.

»Wie hast du das denn wieder hingekriegt?«

Jetzt klang er ehrlich bestürzt.

»Mensch, Mädchen, du brauchst wirklich jemanden, der auf dich aufpasst!«

»Aber garantiert nicht dich, das kannst du dir hinter die Ohren schreiben!« Sofie nutzte seine kurze Anteilnahme, um in den Besitz der Unterlagen zu gelangen. »Und jetzt schleich dich endlich. Ich muss nämlich arbeiten.«

Erik ging tatsächlich zur Tür, blieb dort aber noch einmal stehen und sagte nachdenklich: »Dass ein einziger Fehler so verdammt wehtun kann. Wäre ich nicht so blöd gewesen, auf Sabrina abzufahren, könnten wir jetzt beide …«

»Erik«, sagte Sofie mit warnendem Unterton. »Nicht immer die gleiche Platte – das nervt! Du hast damals haargenau gewusst, warum du das machst. Ein weniger nettes Wort für dein Verhalten gegenüber der Tochter vom Chef wäre: Berechnung …«

Sein Mund wurde schmal.

»Dacht ich mir doch, dass dir das nicht gefällt!«, fügte Sofie hinzu. »Und noch etwas, weil wir gerade dabei sind: Was du da aktuell mit meiner Kollegin abziehst, ist einfach nur unterirdisch. Elke Falk mag durchaus ihre Macken haben, aber das berechtigt dich noch lange nicht, auf ihren Gefühlen herumzutrampeln. Wenn dir nichts an ihr liegt, dann mach ihr auch keine Hoffnungen, die du ja doch niemals erfüllen wirst.«

»Findest du nicht, dass du jetzt entschieden zu weit gehst?«, fragte Erik säuerlich. »Gut, du kannst mich zurückweisen, das ist dein gutes Recht. Aber mein Privatleben …«

»Lass sie einfach in Ruhe, kapiert?«, unterbrach Sofie ihn. »Wir sind hier ein kleiner Laden, in dem alles mit allem zusammenhängt. Halt dich gefälligst zurück, Erik. Das macht die Arbeit für uns alle wesentlich einfacher!«

Kaum war er endlich draußen, öffnete sie das schmale Fenster und ließ frische Sommerluft herein.

»Hoffen wir, dass es hilft!«, sagte sie zu George, der sich wie gewohnt jeden Kommentars enthielt. »Aber sicher sein kann man sich bei dem Striezi niemals. Und jetzt schauen wir uns endlich an, was da herausgekommen ist.«

Mit gerunzelter Stirn vertiefte sich Sofie in die Ergebnisse. Obwohl sie an diese Thematik gewohnt war, erforderte es jedes Mal ganz besondere Konzentration.

»Schau an!«, murmelte sie halblaut vor sich hin. »Hab ich es mir doch gedacht! Die DNA an dem Schal stammt also wieder von dem Herrn Karl Maria von Loessl. Bin gespannt, was der Kerl im Blaumann noch so alles aus seiner Wohnung geschleppt hat, um es irgendwo wirkungsvoll auszulegen: Charly, du Depp, warum stellst du dich nicht endlich oder redest wenigstens mit mir? Warum du diese unsägliche dunkle Perücke trägst, kann ich mir ja denken. Aber was hattest du am Sonntag im Hellabrunn verloren? Und war der andere neben dir tatsächlich Mecki, der Nomade?

Eigentlich sollte der Obdachlose mit dem entzündeten Tattoo, den sie verarztet hatte, ja heute noch einmal zur Untersuchung erscheinen – aber Sofie zweifelte daran und zwang sich zurück zu ihrer Lektüre.

Natürlich fand man reichlich DNA-Spuren aus dem Blut der

Toten. Aber hier: Der Einsatz des Luminols hatte sich wieder einmal gelohnt. Es gab eine weitere männliche DNA aus den kleinen Tropfen, die etwas unregelmäßig neben der großen Blutspur der Toten gefunden worden und somit höchstwahrscheinlich dem Täter zuzuordnen waren. Helene hatte ihn gebissen, als er sie strangulierte, und zwar ordentlich, daher die Blutungen …

Auf der nächsten Seite fand Sofie die Analyse des Mageninhalts vor: Also doch kein gepierctes Gulasch, wie Spike anfänglich vermutet hatte, sondern menschliches Gewebe, dessen DNA identisch war mit jener aus den kleinen Blutspuren. Eine makroskopische Analyse ergab Teile von *Lobus auriculae,* gemeinhin als Ohrläppchen bekannt.

Jetzt fehlt nur noch der Abgleich mit dem DNA-Zentralregister, dachte sie, als das Telefon läutete.

Joe war dran.

»Servus, Spatzl«, grüßte er sie. »Hast du auch schon die Ergebnisse gelesen?«

»Gerade eben. Und? Habt ihr ihn registriert?«

Sein Schnaufen verriet ihr die Antwort, noch bevor er sie ihr gegeben hatte.

»Leider nicht. Aber dein Freund Charly ist wieder einmal dabei …«

»Der Schal«, unterbrach ihn Sofie. »Ich weiß schon. War Frau Dobes immer noch nicht bei euch?«

»Doch, war sie. Und sie hat auch alles brav zu Protokoll gegeben. Das Dumme daran ist nur: So richtig beschreiben konnte sie den Kerl nicht. Blaumann, mittelgroß, mittlere Statur, Mitte vierzig, das trifft leider auf sehr viele Männer in München zu. Nicht einmal bei der Haarfarbe war sie sich sicher, denn er hatte ein dunkles Käppi auf. Ob es ein Münchner war, konnte sie auch nicht sagen.«

»Aber sie hat doch mit ihm gesprochen?«, meinte Sofie.

»Nur ein paar Worte«, erwiderte Joe. »Und vergiss nicht, die Frau kommt aus Polen. Da wird sie nicht jede Sprachfärbung gleich richtig zuordnen können.«

»Auch wieder wahr.« Sofie verstummte.

»Bist du noch dran?«, erkundigte sich Joe.

»Ja. Wart mal ganz kurz!«

Sofie dachte an das breite Gesicht der Putzfrau mit dem neuen blonden Bob. Die kantige Nase. Die festen, schmalen Lippen. Die hellen, sehr lebendigen Augen. Dann sagte sie zu Joe: »Ruf sie bitte noch einmal an, und frag sie, ob ihr nicht doch noch etwas anderes aufgefallen ist. Ich glaub, diese Danuta Dobes schaut ziemlich genau hin!«

»Du würdest wohl alles tun, um deinen Charly rauszuboxen, gell?«, meinte Joe mit seltsamem Unterton. »Gibt es da vielleicht etwas, das ich wissen sollte?«

»Alles nicht«, erwiderte Sofie schnell, ließ den zweiten Teil seiner Frage aber lieber unbeantwortet und verbot sich gleichzeitig, weiter an das Restaurant im Tierpark und den Mann mit der dunklen Perücke zu denken.

»Aber viel schon!«

39

Haarscharf vorbei

»Hilfe, Hilfe – Sie müssen sie retten!«

Die Tür zur Tierarztpraxis sprang auf, und eine aschgraue Amalie von Loessl kam hereingetorkelt, auf ihren Armen eine flauschige hellblaue Decke, aus der lediglich ein Paar weiße Öhrchen herausspitzten. Ohne den anderen Wartenden auch nur einen Blick zu gönnen, strebte sie auf die Treppe zu, die hinauf zum Behandlungsraum führte.

Murmel, eben noch seelenruhig neben Vronis Stuhl, sprang auf und begann zu knurren. Auch die anderen Patienten maunzten, bellten oder fiepten plötzlich angstvoll im Chor.

»Sie, so geht des fei ned«, rief eine resolute Hundemama, deren rehbrauner Pinscher sich schutzsuchend an ihr strammes Wadl schmiegte. »Wo kemma da hi? I bin die Erste. Sie san erst nach dem Herrn mit dem Goldhamster dro. Und überhaupt hat die Sprechstund doch no gar ned ogfangt!«

»Aber sehen Sie denn nicht, was hier los ist?«

Amalies Stimme setzte zum Crescendo an.

»Sie stirbt mir noch, meine schöne, meine einzige Semiramis. Dr. Ritter muss sie sofort behandeln!«

Vroni stand auf.

»I kenn die Dame«, sagte sie begütigend. »Und die hat's zurzeit wirklich schwer. Erst ihr Hannibal« – Amalie nickte eifrig –, »und jetzt aa no de zwoate Katz.«

Vroni spähte unter die Decke.

»Mei, ganz elend schaut die aus!« Danach fasste sie das Pinscherfrauli streng ins Auge. »Da muaß ma a echte Tierliebe beweisen und ausnahmsweise mal zurücktreten, oder vielleicht ned?«

Peinlich berührt starrten alle auf ihre Füße.

»Gengas ruhig zua«, sagte Vroni. »Die Frau Doktor kennt soichane Fälle. Die hilft Eahna scho.«

Amalie von Loessl erklomm die nächste Stufe.

»Könnten Sie nicht mitkommen?«, fragte sie plötzlich. »Ich weiß nicht warum, aber Sie beruhigen mich irgendwie.«

»Und unser Murmel?«, überlegte Vroni verdutzt. »Mia san zwar nur zum Nachschaun da, weil – erholt hat sich der schon wieder pfenningguat, aber …«

»Kein Problem! Auf den Mops kann ja einstweilen ich aufpassen.«

Eine junge Frau griff bereitwillig nach Murmels Leine.

»Ich bin die Lisa und ausnahmsweise ohne Hund da, weil ich nur auf die Spezialspritzen für unseren Benno warte.«

»Aber keine Leckerli«, sagte Vroni warnend, während sie Amalie folgte. »Ned, dass des ganze Theater wieder von vorn ofangt!«

Sie liefen den kleinen Gang entlang, als ihnen plötzlich Aida-Elvira entgegenkam.

»Ein Notfall«, rief Vroni schnell, weil sie sah, wie sich Aidas faltenlose Stirn schon unwillig zu furchen begann. »Es geht um Leben und Tod!«

»Dann kommen Sie bitte herein, die Damen!« Frau Dr. Rosalie Ritter schien die Ruhe selbst. »Gehören Sie jetzt zusammen?«

»Gewissermaßen«, erwiderte Vroni würdevoll. »Frau von Loessl kann a bissl an Beistand gut gebrauchen.«

»Was ist passiert?« Dr. Ritter befreite die weiße Katze behutsam aus der flauschigen Umhüllung.

»Im Morgengrauen hab ich sie im Garten wie ein Kind schreien hören«, stieß Amalie hervor. »Sie hat gezuckt, gekrampft, fast geweint. Zuerst hat sie sich noch ständig geleckt, aber irgendwann war sie wohl selbst dafür zu schwach.«

»Warum haben Sie sie nicht gleich in die Tierklinik gebracht?«

Dr. Ritter senkte ihren rotblonden Schopf über Semiramis und begann an ihr zu schnuppern.

»So haben wir möglicherweise wertvolle Zeit verloren.«

»Zu diesen Schlächtern?«, fuhr Amalie auf. »Einmal und nie wieder! Keinem von denen vertraue ich. Hannibal hab ich auch ganz schnell wieder nach Hause geholt. Da ist er am besten aufgehoben.«

»Na ja, offenbar nicht ganz!«

Dr. Ritter winkte ihre Assistentin herein.

»Schnupper doch mal an der Katze, Elvira! Riechst du das, was ich auch rieche?«

Der blauschwarze Dutt drohte sich aufzulösen, so eifrig fiel das Nicken aus.

»Ameisenpulver«, meinte sie fachmännisch. »Und ich weiß sogar, welches. Das dürften die im Handel eigentlich schon lang nicht mehr verkaufen, weil es ein Nervengift enthält, das für Katzen gefährlich ist. Aber sie tun es trotzdem!«

»Nervengift?«, schrie Amalie von Loessl auf. »Das darf nicht wahr sein! Miri ist doch so schlau und immer ganz vorsichtig. Ich kann mir nicht vorstellen, dass sie so etwas freiwillig fressen würde!«

»Alle Katzen lassen sich locken, man muss nur wissen, womit«, erklärte Frau Dr. Ritter. »Und ich denke nicht, dass sie es gefressen hat. Es war auf dem Gras oder an Blättern, an denen sie sich gerieben hat, und so ist es an ihr Fell und an die Pfötchen gekommen. Dann wollte sie es unbedingt wieder loswerden, hat sich vermutlich wie verrückt geputzt, und nun ist es in ihr drin.«

Sie beugte sich tief über die Katze.

»Aber das werden wir nicht so belassen, meine Schöne«, meinte sie leise. »Wir befreien dich jetzt von diesem widerlichen Zeug – äußerlich wie innerlich.«

Aida-Elvira war schon an der Tür.

»Das komplette Programm?«

»Ganz genau«, bestätigte Dr. Rosalie Ritter. »Und sag bitte unseren Hunde- und Katzeneltern da draußen, dass es ausnahmsweise länger dauern wird. Falls ihnen langweilig wird, sollen sie einstweilen für Semiramis beten. Das hilft immer.«

»Was machen Sie jetzt mit ihr?«

Amalie sah plötzlich um Jahrzehnte gealtert aus. »Sie werden Ihr doch nicht wehtun? Das halte ich nicht aus …«

»Müssen Sie auch nicht!«, versicherte die Tierärztin. »Sie waren ja schon klug genug, sich eine Begleiterin zu wählen. Elvira, die Damen warten dann im Ruheraum!«

»Sie glauben doch nicht ernsthaft, dass ich Ihnen mein Tier hier überlasse, während ich …«

»Doch, genau das glaube ich.«

Dr. Ritter glich auf einmal einer rotblonden Löwin kurz vor dem ersten Prankenhieb.

»Und jetzt lassen Sie mich bitte meine Arbeit tun!«

Vroni stützte Frau von Loessl, während die Assistentin voranschritt, bis sie am Ende des Gangs vor einem winzigen Zimmer angelangt waren.

»Bitte sehr. Hier können Sie sich entspannen!« Damit ließ Elvira sie allein.

Verblichenes Blau an den Wänden war das einzige Zugeständnis an die Bezeichnung »Ruheraum«. Sonst fanden sich dort ein zusammengeklappter Wäscheständer, eine uralte Kaffeemaschine, Unmengen gestapelter Papierwindeln und einige Illustrierte, die vermutlich noch aus den Neunzigern stammten. Die Stühle waren aus Plastik, von Ikea, und hatten ihre besten Jahre schon lange hinter sich.

»Sie müssen sich beruhigen«, meinte Vroni und tätschelte die kostbar beringten, aber deutlich gichtverkrümmten Finger, die sich plötzlich wie eine Kralle um ihre Hand schlossen und sie nicht mehr losließen. »Sie zittern ja am ganzen Leib! Der Katz is doch ned ghoifa, wenn Sie jetzt aa no zusammenklappen. Außerdem is die Frau Dr. Ritter a Engel …«

»Sie haben ja recht.«

Amalie zog mit der Linken ein besticktes Taschentuch heraus und tupfte sich die Augen trocken.

»Aber es gibt keine Engel in Menschengestalt. Das weiß ich gewiss. Dafür sind reichlich Teufel unterwegs.«

»San S' doch ned so arg verbittert«, sagte Vroni. »Oiso, i kenn da scho a paar ganz pfundige Leit!«

»Wissen Sie, wie sich das anfühlt, wenn man aufs falsche Pferd gesetzt hat?«

»Von Pferdewetten versteh i nix«, erwiderte Vroni trocken. »Aber falls Sie damit auf die Männerwelt anspielen, so kann ich nur sagen: und ob! Aber des is zum Glück Vergangenheit …«

Der Gedanke an Flo ließ sie lächeln.

»Als ob Frauen weniger wert wären!« Amalie schien sie gar nicht gehört zu haben. »Ich habe zwei Brüder, verstehen Sie, einer älter, der andere um einiges jünger. Da lernst du als kleines Mädchen in einem traditionellen Elternhaus sehr schnell, wo dein Platz ist. Dabei konnten sie nix – gar nix! Der eine ist in seinen

Konventionen ertrunken, der andere hat nichts zu Ende gebracht und haute dann einfach ab. Aber standzuhalten und für seine Sache zu kämpfen – das habe nur ich in mir.«

Sie schnäuzte sich ausgiebig.

»Und dann noch diese idiotische Erbfolge! Nur der erste männliche Nachkomme kommt zum Zug. Ihm steht der Titel zu, der Besitz, der Ring, das Wappen – einfach alles. Was er wiederum an seinen ältesten Sohn vererbt, egal, was für ein Versager der auch sein mag. Egal auch, ob der dann alles an irgendwelche liederlichen Weiber verschwendet, wie übrigens auch der Herr Papa. Für die anderen Geschwister bleiben nur Brosamen übrig, mit denen man nicht leben und nicht sterben kann. Über kurz oder lang machen sich dann in so einem Fall auch alle betuchteren Verehrer rar – da kann man noch so apart sein.«

Amalies Gesicht wurde noch ein bisschen finsterer.

»Was hätte man in all den Jahren mit dem Reichtum anfangen können! Ein Zuhause für Katzen schaffen, verstehen Sie – kein Heim, wo man sie in viel zu kleine Käfige pfercht, sondern ein Ort, wo sie glücklich leben können. Ein solches Zuhause für Katzen zu schaffen, das war und ist mein Herzenswunsch. Nur allein geht das halt nicht so einfach, zumal, wenn man ein bestimmtes Alter erreicht hat …«

Jetzt spuckte sie sogar beim Reden, so sehr war sie in Fahrt gekommen.

»Und dann eines Tages ein Zufall, der zur Fügung werden sollte. Ich dachte, ich hätte endlich meine Zwillingsseele gefunden, die mich dabei unterstützt – und jetzt das! Hannibal so elend, meine weiße Schönheit nahezu tot … *Alle Katzen kann man locken.*«

Jetzt klang sie beinahe wie eine bösartige Kopie von Dr. Ritter.

»Menschen sind Verbrecher. Daran ändert sich nichts. Nur Tiere haben reine Seelen!«

Vroni zog ihre Hand weg.

»I mog die Viecherl aa«, sagte sie. »Immer scho. Und von ganzem Herzen. Aber die Menschen, die mog i aa, jedenfalls die meisten. Und wia Sie über die reden, des stört mi gewaltig. Wissen S' was, Sie warten jetzt lieber weiter ohne mi auf Eahna Katz. Und der Murmel und i, mia genga jetzt a Runde spazieren!«

40

Wuid

Und Sie meinen, wir sind hier richtig, Herr Dr. Hirschfeld?«

Unruhig rutschte Elke Falk auf ihrem Stuhl herum.

»Wissen Sie, dieses Giesing liegt mir eigentlich nicht besonders – gleich aus mehreren Gründen.«

»Bernd«, sagte er, und der Schalk leuchtete aus seinen wasserblauen Augen. »Sag doch bitte Bernd zu mir. Und jetzt bin ich aber gespannt, liebe Elke!«

»Nun, zum einen verstehe ich diese gamsbartartige Mentalität, die hier herrscht, bis heute nicht, und dann ist da ausgerechnet meine Kollegin …«

Sein übermütiges Lachen ließ sie innehalten.

»Habe ich etwas Falsches gesagt?«, fragte sie verdutzt.

»Nein, ich finde dich einfach nur köstlich! Siehst du hier vielleicht einen einzigen Gamsbart?« Seine weit ausholende Geste lenkte ihren Blick auf die anderen Gäste, die ringsherum an den Tischen aßen und tranken.

Elke schüttelte den Kopf.

»Und jung sind sie alle, verdammt jung sogar. Wir beide treiben den Altersdurchschnitt ganz schön nach oben«, fuhr er fort. »Ist dir das auch schon aufgefallen? Aber macht uns das etwas aus? Also, mir jedenfalls nicht!«

»Mir auch nicht«, erwiderte sie schnell. »Und *so* alt sind wir auch wieder nicht!«

»Du nicht, du Rose in ihrer allerschönsten Blüte! Ich dagegen bin durchaus ein bereits in die Jahre gekommener Knochen, aber ein Knochen mit viel Spaß am Leben, das kann ich dir sagen. Außerdem liebe ich dieses Viertel – ich bin nämlich von hier.«

Wortlos starrte Elke Falk ihn an.

»Jetzt staunst du, gell?«

Er schien sich immer mehr zu amüsieren.

»Ja, vor dir sitzt a waschechter Giasinger – und zwar aus der Simseestrass. Und i könnt aa pfeilgrad Bairisch mit dir redn – genauso gut können wir uns aber auch weiterhin auf Hochdeutsch verständigen, wenn dir das lieber ist.«

»Und du bist tatsächlich ein echter Zahnarzt?«

Vor Lachen fiel er halb vom Stuhl.

»Weil die Giesinger Urbevölkerung deiner Meinung nach in der Regel nicht über die vierklassige Volksschule hinauskommt? Elke, Elke – wie kann man nur so hübsch und gleichzeitig so borniert sein!«

Auf ihren leicht gebräunten Wangenknochen erschien eine Spur Rosé, die perfekt mit ihrem eisblauen Trägerkleid harmonierte. Silberne Sandaletten, eine Clutch im gleichen Farbton – trotz des schwülen Sommerabends, der die meisten anderen im Lokal leicht aufgelöst aussehen ließ, hätte man glauben können, Elke Falk sei soeben erst ihrer persönlichen Frischhaltekammer entstiegen.

»Deshalb essen wir zwei heute auch in der Barwirtschaft WUID, wo's das beste Fingerfood von ganz München gibt!«

Eine blutjunge Bedienung in knackigen Lederhotpants und einer gefährlich offenherzigen Bluse wartete schon auf die Bestellung.

»Was derf i Eahna bringa?«

»Elke?«

Bernd Hirschfeld tat so, als habe er für die Bedienung gar keinen Blick.

»Such du doch etwas Schönes für uns aus!«, erwiderte sie tapfer.

»Aber gerne! Du bist keine Vegetarierin, oder doch?«

»Nein, ich weiß Fleisch durchaus zu schätzen«, erwiderte sie gestelzt.

Sein Lächeln wurde noch eine Spur breiter.

»Umso besser! Dann bitte einmal den bayerischen Burger, ›Da Kini‹, für mich und für die Dame das ›Burschnbaguette‹. Und, ja, vielleicht noch ›A Aufdrahde‹ dazu, damit wir auch richtig satt werden.«

»Bernd, es ist mitten im Hochsommer, und …«

»… du hast heute garantiert noch nichts intus außer ordentlich Mineralwasser und maximal zwei Magerjoghurts, richtig? Deshalb knurrt dein Magen ja auch schon die ganze Zeit wie verrückt. Dem können wir rasch abhelfen. Ich mag nämlich Frauen, die so richtig zugreifen.«

Jetzt fiel ihr Nicken eher kläglich aus.

»Und zum Trinken?«, erkundigte sich die Bedienung.

»Einen trockenen Wein vielleicht …«, murmelte Elke.

»Aber doch nicht hier, meine Liebe! Ich schlage vor, wir starten mit einem ordentlichen Caipi und steigen danach auf Weißbier um. Einverstanden?«

»Machst du das immer so mit den Frauen?«, fragte Elke, nachdem sie ihre Sprache wiedergefunden hatte.

»Klare Ansagen, meinst du das?«

Bernd wurde plötzlich ganz ernst. »Hab ich mir erst im Lauf der Jahre angewöhnt. Keine leichte Übung, kann ich dir sagen!

Und, ja, ich fahr deutlich besser damit, falls du das meinst. Früher musste ich noch heiße Maschinen fahren, surfen, Drachenfliegen, tauchen und in den Alpen herumkraxeln, um beim anderen Geschlecht zu landen. Heute dagegen hab ich andere, viel subtilere Methoden, um das zu bekommen, was ich will.«

Sie zupfte am silbernen Omegareif um ihren Hals.

»Und jetzt will ich endlich wissen, weshalb so eine Granate von Frau wie du allein ist«, legte er nach. »Denn das bist du doch, oder?«

»Sozusagen …«

»Was soll das nun wieder heißen? Bist du verwitwet? Geschieden? Im Alltag ganz und gar unerträglich? Heraus damit, Elke! Jetzt ist die Stunde der Wahrheit angebrochen.«

»Nun, so ganz allein bin ich dann auch wieder …«

In diesem Moment schoss ein Mops wie eine blonde Rakete durch den Gastraum, kläffte freudig und sprang wedelnd an ihr hoch.

»Ja, mein Herzi«, rief Elke begeistert. »Und wieder so gesund! Wo kommst du denn her, mein Murmelchen …«

Sofie räusperte sich, während Joe neben ihr frech zu grinsen begann.

»Er muss Sie von draußen erspäht haben«, sagte sie. »Durch die hohen, offenen Fenster – und war plötzlich nicht mehr zu halten. Jetzt stören wir aber grad ganz gewaltig, gell?«

»Aber nein doch …«, versicherte Elke Falk.

»Ehrlich gesagt, schon«, korrigierte ihr Begleiter. »Jetzt, wo es gerade spannend wird. Ist das dein Mops, Elke?«

»Ja. Nicht ganz. Magst du etwa keine Hunde?« Sie klang angespannt.

»Ganz im Gegenteil! Ich liebe sie – und so einen süßen, munteren Kerl natürlich erst recht. Aber wieso hat ihn dann deine Kollegin …«

»Das erzählt sie Ihnen sicher gern in aller Ruhe«, sagte Sofie, packte Murmels Leine und stieß Joe leicht in die Rippen. »Auf Sie beide wartet jetzt ein leckeres Essen, auf uns drei die nächtlichen Isarauen, denn dieser temperamentvolle junge Mann hier ist noch nicht richtig auslastet. Also, guten Appetit!«

Sie spürte Elkes Blick im Rücken, als sie zur Tür gingen.

»Netter Typ«, kommentierte Joe, nachdem sie ein Stück weiter waren. »Wo Sie den wohl aufgerissen hat?«

»Bei uns im Institut. Und zwar vorgestern.«

»Wow!«

Joe stieß einen Pfiff aus und ließ Murmel von der Leine. »Dr. Iglu lässt wohl nichts anbrennen ... Des tät mi scho amoi interessieren, wia die so is, wenn des ganze Packeis gschmoizen is!«

»Tu dir koan Zwang o!«, sagte Sofie bissig. »Aber kumm nachad bitte ned zu mir, wenn du dir an heiklen Stellen einen Gefrierbrand zugezogen hast ...«

Sie begann loszulaufen.

»Zefix, wo is er denn nun schon wieder, dieser ungezogene Hund? Murmel! Murmelchen!«

Sie pfiff.

»Bei Fuß! Komm sofort her.«

Keinerlei Reaktion.

Sie waren auf der Wittelsbacherbrücke angelangt und starrten nach unten.

»In d'Isar werd er scho ned einigfoin sei«, meinte Joe. »Und falls doch: Alle Hund kenna schwimma. Oiso beruhig di, Spatzl!«

»Des is doch jetzt ned dei Ernst«, widersprach Sofie aufgebracht. »Der kloane Kerl und so a wiuda Fluss! Und des, wo er erst so krank war. D'Vroni reißt ma an Kopf ab, wenns des erfährt. Kimm, mia genga owi! Vielleicht stromert er ja irgendwo im Unterholz umanand!«

»Bei dene Penner? I woaß ned …«

»Des san aa bloß Menschen.«

Sofie begann bereits die Uferböschung hinunterzuklettern.

»Pass auf deine Knia auf!«, rief er ihr hinterher.

»Na kimm gfälligst und huif ma, statt Volksreden zu halten.«

Sofie war nicht zu stoppen. »Murmel!«, schrie sie. »Murmelchen – wo steckst du?«

Vier Männer hatten um ein Feuer gesessen, von denen einer offenbar eine Perücke trug. Als er sie sah, war er schnell aufgestanden und hatte sich ins Dunkel verdrückt.

Aber nicht schnell genug.

»Charly?«, rief Sofie. »Charly, bist du des? Jetz wart hoit!«

»Charly?«, fragte Joe ungläubig. »Charly Loessl – i glaubs ned! Und i hob natürlich koa Dienstwaffe dabei!«

»Wozu denn a Dienstwaffe?«, sagte Sofie, der erst jetzt klar wurde, was ihr da herausgerutscht war.

Joe war nicht mehr zu halten.

»Treten Sie sofort aus dem Gebüsch«, verlangte er, automatisch in seinen förmlichen Ermittlerton umschaltend. »Ergeben Sie sich, Karl Maria von Loessl! Wir wissen ganz genau, dass Sie da sind.«

Nichts passierte.

Dann aber jagte eine dunkle Gestalt an den beiden vorbei, lief und lief – und warf sich auf einmal in die Isar.

»Das hast du jetzt davon!«, schrie Sofie aufgelöst. »Und wenn er nun ertrinkt?«

»Kommen Sie zurück, Loessl!«, schrie Joe. »Mit Ihrem Fluchtversuch machen Sie alles nur noch schlimmer …«

»Bist jetz ganz deppert worn?«

Blitzgrüne Wut leuchtete aus Sofies Augen.

»Wie soi er des denn ofanga – gegen die Strömung schwimmen,

oder was? Man sieht ihn schon gar nicht mehr. Mei, wenn dem Charly was passiert …«

Joe zückte bereits sein Handy.

»An alle Einsatzstellen: Flüchtiger Karl Maria von Loessl unter der Wittelsbacherbrücke gesichtet. Hat sich der Festnahme durch einen Sprung in die Isar entzogen … Bitte das Ufer gründlich absuchen …«

»Und des soi dann a ›entspannter Abend‹ sei«, murmelte Sofie. »Dr. Iglu unabsichtlich beim Balzen aufgestört. Hund spurlos verschwunden. Und ein alter Freund in Lebensgefahr …«

Etwas Warmes berührte ihre Wade, dann ertönte ein zartes »Wuff«. Murmel blickte zu ihr auf, im Maul eine riesige Bratwurst, die er Sofie wie ein Geschenk präsentierte.

41

Extrawurst

Sobald die Dunkelheit sich über den großen Platz senkte, war er am liebsten ganz nah bei ihr. David Karisimbi betrat die Gnadenkapelle von der Sakristei aus und wollte sich schon vor die Marienstatue mit dem Kind knien, als er noch einmal innehielt, um danach das eiserne Tor aufzusperren, das die Kapelle für gewöhnlich zum Kirchenraum hin abschloss.

»Ich weiß, du magst keine Gitter und verschlossenen Türen«, sagte er. »Und mir geht es nicht anders. Aber sie würden dich stürmen, hörten wir auf, dich auf diese Weise zu schützen. Die einen aus Liebe und Anbetung, die anderen aus Neugierde, und ein paar dreiste Sprayer oder sogar Langfinger wären früher oder später sicherlich auch mit dabei. Doch jetzt, wo wir zwei ganz unter uns sind, lass ich dich frei atmen.«

Er zündete noch ein paar weitere Lichter an.

»Spürst du den Sommer?«, fuhr er fort. »Da werden sie immer weniger, daran habe ich mich hier in Deutschland schon gewöhnt, denn gegen Biergärten und Grillfeste kommen wir leider nicht an. Dafür ist das späte Licht auf deiner Kirche dann ganz besonders schön. Sie scheint zu glühen, als ob ein Herz aus Feuer in ihr wohnen würde – und genauso ist es ja schließlich auch.«

David Karisimbi kniete sich nieder, faltete die Hände und wartete, bis es ganz still in ihm wurde. Nach und nach erschienen vor ihm die Bilder seiner Familie – Kisi, die kleine Schwester, die so lange gebraucht hatte, bis sie endlich einen anständigen Mann fand, Samir, der ältere Bruder, der nicht treu sein konnte oder wollte und aktuell das sechste Kind von der vierten Frau erwartete, ohne jemals eine von ihnen geheiratet zu haben. Abia, seine Mutter, die schon lange keine wilde Rose mehr war, wie ihr Name ursprünglich bedeutete, sondern am ganzen Körper zitterte, nur noch winzige Schrittchen machen konnte und trotzdem nicht regelmäßig die teuren Medikamente nahm, die er ihr schickte, weil sie mehr auf die ihr vertraute Medizin ihrer »Zauberdoktoren« schwor. All die Onkel, Tanten, Cousins und Cousinen ersten, zweiten und er-wusste-nicht-einmal-genau-welchen Grades, die ihn zum einen darum beneideten, dass er als katholischer Geistlicher ein sicheres, wohlhabendes Leben in Europa führen konnte, ihn zum anderen aber auch bedauerten, weil er das allein und in Keuschheit tun musste …

Letzteres fiel ihm nicht immer leicht, das musste er zugeben. Und seit Tonis kleine Füße im Pfarrhaus umhertapsten, kam es ihn gelegentlich noch schwerer an. Seit jeher hatte er Kinder geliebt, und der Verzicht auf eigene Nachkommen war eines der schwersten Opfer gewesen, das er für seine Berufung bringen musste.

»In deine Hände, heilige Mutter Maria, lege ich mein Herz«, betete er. »Reinige es von allen bösen Gedanken. Lass es groß und weit sein. Mach mich stark für die Schwachen, die meine Hilfe brauchen …«

Wieso waren da auf einmal Schritte hinter ihm?

Dann durchzuckte es ihn wie ein Schlag. Er hatte vergessen, sein Gotteshaus abzusperren – leider nicht zum ersten Mal!

David stand auf und erstarrte, als er den Mann sah, der auf ihn zuhumpelte, schäbig gekleidet, tropfnass, mit nur einem Schuh, an der Stirn blutend.

Aber das war doch …

»Sorry für die späte Störung, Hochwürden«, sagte Charly mit einem schiefen Lächeln. »Aber besondere Umstände erfordern eben manchmal auch besondere Maßnahmen.«

»Wie sehen Sie denn aus? Haben Sie Schmerzen? Brauchen Sie einen Arzt?«

Charly winkte ab.

»Alles halb so wild. Das bisschen Blut ist kein Problem. Viel blöder ist, dass ich kurz vor dem Ziel aufgeben musste und mir bei dieser Aktion auch noch meine Perücke abhandengekommen ist, die ich dringend brauche. Ich war in der Isar baden, wie Sie sehen – nicht ganz freiwillig.«

»Ein Überfall?«

»Nein, es war ein kühner Sprung und sozusagen meine letzte Rettung. Die Kripo ist hinter mir her, weil sie mich für einen Doppelmörder hält. Zwei Frauen in meiner Familie mussten sterben, und ich habe Angst, dass das Töten weitergehen wird. Aber ich bin unschuldig, das schwöre ich bei allem, was mir heilig ist, und dem Bösen dicht auf der Spur. Zu Fall bringen aber kann ich es nur, wenn ich frei bleibe.«

Er sank in die Knie. »Und deshalb bitte ich Sie hiermit ganz offiziell um Kirchenasyl.«

In dem klugen dunklen Gesicht stritten sich Verstand und Gefühl um die Vorherrschaft, das war unübersehbar.

»Das ist ganz schön viel, worum Sie mich da bitten«, erwiderte der Pfarrer schließlich. »Und das müsste erst, wenn überhaupt, mit dem Gemeinderat abgestimmt werden. So lauten unsere Vorschriften.«

»Aber das ist ausgeschlossen!«

Charly blieb auf den Knien.

»Niemand darf von mir erfahren. Ich muss geheim bei Ihnen sein dürfen. Sozusagen inkognito. Es wird nicht allzu lange dauern. Das zumindest kann ich Ihnen versprechen.«

Der Stadtpfarrer zögerte noch immer.

»Es gibt da noch den Sonderfall des ›geheimen Kirchenasyls‹«, sagte er schließlich. »Das wird allerdings nur noch selten praktiziert …«

»Wunderbar!«, unterbrach ihn Charly. »Extrawürste habe ich immer schon geliebt. Bitte überzeugen Sie doch Ihre verehrte Chefin« – er zwinkerte in Richtung der Marienstatue –, »dass Sie mich aufnehmen soll.«

»Unter zwei Bedingungen.«

»Ja? Bitte sprechen Sie!«

»Sie beten ihr zu Ehren einen Rosenkranz und ein Ave Maria – Sie sind doch katholisch?«

»Gewesen, Hochwürden, gewesen!«

»Das ist wie Fahrrad fahren oder schwimmen, das verlernt man nicht.«

David klang jetzt sehr streng.

»Meinetwegen. Und was wäre die zweite Bedingung?«, fragte Charly.

»Sie erzählen mir die ganze Geschichte. Von Anfang an. Ohne Beschönigungen oder Ausflüchte.« Der Pfarrer hob seinen Zeigefinger, als er sagte: »Und ich merke immer, wenn jemand zu lügen beginnt!«

»Einverstanden! Aber sagen Sie: Könnte ich dabei vielleicht stehen oder noch besser sitzen?« Leicht ächzend erhob er sich. »Ausdauerndes Knien hat mir nämlich schon als Ministrant nicht allzu sehr gelegen.«

Jetzt lächelte der Pfarrer.

»Sehen Sie, genauso hab ich das mit der Wahrheit gemeint! Ich bring Sie jetzt hinüber ins Pfarrhaus. Dort können Sie sich abtrocknen, etwas essen – und dann mit Ihrer Geschichte loslegen.«

42

Detektiv Vroni

Von allen Messen mochte Vroni die in der Früh am meisten, weil die Welt dann noch wie frisch gewaschen wirkte und der Tag als blitzblanke Verheißung vor ihr lag. Flo, der gern länger ausschlief, seitdem er nicht mehr Tag für Tag in der Schreinerei stehen musste, hatte nur anfangs leicht gemurrt, wenn sie so bald aufstand, weil das gemütliche Frühstück zu zweit dann ausfiel. Mittlerweile hatte er sich aber schon daran gewöhnt. Heute hätte sich Vroni gern auf ihr altes Rad geschwungen, um hinunter in die Au zu düsen, doch das stand ja leider immer noch vor dem Institut, weil Sofie noch nicht dazu gekommen war, es ihr wieder zurückzubringen.

Mei, des Deandl und sei Chaos!

Immer, wenn Vroni gerade dabei war, ganz fest an ein ungetrübtes Liebesglück für ihre Nichte zu glauben, kam irgendetwas dazwischen, das neue schwarze Wolken über Sofies und Joes rosaroten Himmel trieb. So zum Beispiel gestern Abend, als sie so auffällig schnell mit Murmel im Hinterhof verschwinden wollte – ohne Joe wohlgemerkt! –, dass sie Vroni, die gerade noch einmal am Fegen der Einfahrt war, doch glatt fast umgerannt hätte.

Aber nicht mit ihr!

Vroni lief ihr natürlich flugs hinterher, und auf einmal war es aus Sofie nur so herausgesprudelt. Die Tante hatte ein paar Augenblicke gebraucht, um alles zu kapieren, so durcheinander und wirr hatte die Nichte geredet, doch schließlich war alles klar: Charly Loessl war Joe durch einen Sprung in die Isar entwischt – und der war nun sauer auf Charly, auf Sofie, sich selbst und den ganzen Rest der Welt!

»I woaß, dass er unschuldig is!«

Ganz blass und elend war Sofie auf einmal gewesen. »Aber warum macht er denn so an Schmarrn?«

Wenigstens versteckte er sich nicht länger in Sofies Wohnung, das fand Vroni schon mal deutlich erleichternd. Aber sie spürte, wie sehr – vielleicht zu sehr? – Sofie an ihrem Freund hing, und eigentlich mochte Vroni den charmanten Polizeireporter mit den blendenden Umgangsformen ja auch. Sie konnte sich beim besten Willen nicht vorstellen, dass Charly Loessl jemanden umbringen würde. Aber warum entzog er sich dann so hartnäckig der Polizei? Ausgerechnet ein schlauer Kerl wie er, der noch dazu jahrelange berufliche Erfahrung auf diesem Gebiet besaß!

All das ging ihr durch den Kopf, als sie am nächsten Morgen den weitläufigen Vorplatz der Maria-Hilf-Kirche erreichte. Dort stutzte sie auf einmal: Den schlanken Mann im blauen Trainingsanzug, der direkt zum Pfarrhaus strebte, den kannte sie doch! Normalerweise war er anders gekleidet, aber der Gang, die rotblonden Haare und die Art, wie er die Schultern bewegte, ließen keinen Zweifel zu.

Vroni war froh, dass sie ihre Birkenstocksandalen anhatte und deshalb schneller als sonst gehen konnte. Sie spurtete los und bekam ihn gerade noch am Ärmel zu fassen. Als er sich zu ihr umdrehte und erkannte, wer da von ihm stand, wich alle Farbe aus seinem Gesicht.

»Frau Ilmberger – um Himmels willen!«, entfuhr es ihm. »Was machen Sie denn da!«

»Und Sie?«, erwiderte Vroni prompt. »Erwartet Hochwürden Sie etwa?«

»Ja. Nein. So etwas in der Art …«

Vroni stemmte die Arme in die Hüfte. »Sie san doch so a feiner Mann, Herr Loessl«, meinte sie mütterlich. »Finden Sie ned, dass des unwürdige Versteckspiel jetzt amoi aufhörn soit?«

»Das würde ich ja gern«, antwortete Charly mit belegter Stimme. »Aber ich kann …«

»Würde, könnte, hätte«, ahmte sie ihn nach. »Des passt doch gar ned zu Eahna! Wieso machen S' denn so an Aufstand, statt die Karten endlich aufn Tisch zu legen? Mei Sofie is scho ganz krank, falls Sie des interessiert, weils Eahna de ganze Zeit helfen will und ned recht woaß, wia. Und wia soi sie des überhaupt dem Joe verkaufen? Ham S' da dran aa scho amoi denkt? Wenn diese komische Geschichte die beiden wieder auseinandertreibt, na zoag i Eahna fei, wo da Bartl an Most hoit, da drauf können S' Eahna aber verlassen!«

Ihr Ausbruch hatte sie leicht geschwächt. Vroni holte ein Taschentuch aus der Rocktasche und tupfte sich ab.

»Und des ois auf nüchternen Mong, zwengs dera Kommunion«, schimpfte sie leise weiter. »I glaub, dafür werd i langsam zu oid!«

Charly berührte mit bittender Miene ihre Schulter.

»Sie zu bekümmern oder aufzuregen, ist so ziemlich das Letzte, was ich will«, erklärte er. »Bitte glauben Sie mir das. Aber man hat mich da in eine hässliche Lage gebracht, aus der ich mich nur befreien kann, wenn ich wie ein Hase meine Haken schlage. Hochwürden glaubt mir übrigens, sonst hätte er mich nicht aufgenommen.«

»Was hat er?«, fragte Vroni verdutzt.

»Kirchenasyl. Geheim. Damit ich meine Unschuld beweisen kann«, antwortete Charly. »Wird nicht mehr allzu lange dauern, so, wie die Dinge liegen. Aber dafür müsste ich Sie noch um einen allerletzten Liebesdienst bitten, Frau Ilmberger!«

»Mi?«

»Ja, Sie: Bitte verraten Sie Sofie nicht, dass Sie mich hier gesehen haben.«

Vroni wich zurück und wäre dabei fast an einen Laternenmast gestoßen.

»I find, jetzt reichts allmählich mit derer Lügerei«, sagte sie energisch. »Glauben Sie vielleicht, I geh zuerst zur heiligen Mutter Maria zum Beten, und gleich danach lüg ich meinen liebsten Menschen auf der Welt frech ins Gesicht? Ned mit mir, Herr Loessl – ned mit mir!«

»Sie sollen ja nicht lügen«, erwiderte er. »Nur Sofie die Wahrheit ein bisschen später sagen. Bei allen Heiligen – ich bitte Sie so herzlich darum!«

Vroni starrte auf ihre Sandalen.

»Wia vui später?«, fragte sie schließlich. »Und warum?«

»Weil ich – noch jemanden suche. Der vielleicht in höchster Gefahr schwebt. Sobald ich ihn gefunden habe, können Sie Sofie alles sagen. Bitte, Frau Ilmberger, machen Sie mich nicht noch unglücklicher, als ich ohnehin schon bin! Sofie wird mich verstehen, sobald sie alles erfährt, das weiß ich. An meiner Stelle würde sie es bestimmt nicht anders machen. Also bitte nur noch diesen kurzen Aufschub!«

Vroni kämpfte sichtlich mit sich, aber schließlich siegte ihr Mitgefühl.

»Wia vui später?«, wiederholte sie.

»Geben Sie mir zwei Tage!«, bat Charly.

»Zwoa Dog? Des is fei ganz schee lang.«

»Vielleicht geht es ja auch schneller.«

»Und dann?«

»Dann rufe ich Sie sofort an, und Sie können Sofie alles erzählen«

»Bis morgen Abend. Maximal!«, sagte Vroni drohend. »Und gar ned gern.«

»Einverstanden! Aber dazu bräuchte ich natürlich Ihre Telefonnummer.«

Er zog ein Uralthandy aus seiner Hosentasche, in das sie ihm die Zahlen diktierte.

»Und jetzt umgekehrt! Sie haben doch bestimmt auch ein Handy!«

Sie zog es aus der Handtasche und gab es ihm.

»Also, ausgemacht?« Charly hielt ihr die Hand hin.

»I muaß do an Vogel ham«, meinte Vroni kopfschüttelnd und schlug ein. Danach hob sie den Blick zum wolkenlosen Himmel. »Heilige Maria, Mutter Gottes, bitte schaug ned hi! I ko nur hoffa, dass du grad anderswo schwer beschäftigt bist!«

43

Black Lady

Die zierliche Dame, die da vor der Gnadenkapelle kniete, musste in tiefer Trauer sein. Sie war ganz in Schwarz gekleidet und hatte sogar ihren Kopf mit einem dichten schwarzen Spitzenschleier verhüllt, wie ihn Frauen sonst nur bei einer Audienz beim Heiligen Vater trugen. Der einzige Farbklecks war das pinkfarbene Ungetüm aus Leder und Kunststoff, das neben ihr stand. Die Standlfrauen kamen öfters mit ihren Körben zum Beten herein, daran war der Stadtpfarrer von Maria Hilf gewöhnt, auch Touristinnen schleppten dicke Backpacks in seine Kirche, aber dieses Gepäckstück war ihm bislang gänzlich unbekannt. Von der Sakristei aus, wo er gerade an seiner nächsten Sonntagspredigt feilte, konnte er nicht erkennen, was es wirklich war. Also kam er heraus, öffnete zum zweiten Mal innerhalb von vierundzwanzig Stunden das Gitter und trat zu ihr.

Aus dem Ungetüm drang ein klägliches Miau.

»Sie haben doch nicht etwa eine Katze in die Kirche gebracht?«, fragte David Karsimbi streng.

»Doch«, erwiderte die Frau und schlug den Schleier zurück wie eine Braut nach der Trauung, bevor der Bräutigam sie zum ersten Mal offiziell küssen darf. »Ich *musste* es einfach tun!«

Sie war um einiges älter, als er zunächst gedacht hatte. Er

blickte in ein viereckiges Gesicht mit vielen Falten, einem schmalen, rosa bepinselten Mund und fast so schwarzen Augen wie die Menschen in seiner Heimat.

»Und weshalb?«

»Miri wollte sich höchstpersönlich bei der Gottesmutter bedanken. Die hat sie nämlich gerettet. Deshalb sind wir beide hier.«

Diese Haustiervernarrtheit der Deutschen in allen Ehren – aber das hier ging ihm als Afrikaner doch deutlich zu weit.

»Die Heilige Mutter Maria liebt und beschützt alle Geschöpfe dieser Erde«, sagte er. »Das ist richtig. Aber es gibt doch gewisse Unterschiede. Ein Sakralraum ist ausschließlich Menschen vorbehalten, Frau …«

»Amalie von Loessl«, sagte sie. »Und das hier ist meine Semiramis, eine wunderschöne Siamkatze, wie Sie sehen, vor Kurzem sogar noch gewissermaßen die Königin der Katzen, so prachtvoll war sie.«

Sie zog den Reißverschluss auf, damit er hineinschauen konnte. Die weiße Katze kam ihm unendlich dünn vor und wirkte zerrupft, als ob sie Schweres hinter sich habe.

»Eigentlich müsste sie tot sein, denn man wollte ihr auf perfide Weise den Garaus machen – aber meine Miri lebt. Und sie wird wieder ganz gesund. Das hat mir Frau Dr. Ritter versprochen.«

Der Name war ihm ein Begriff und die attraktive Frau mit den rotblonden Haaren und den schönen Beinen erst recht – sie war keine wöchentliche Kirchenbesucherin, was ihm noch lieber gewesen wäre, aber doch eine halbwegs regelmäßige, die oft in Begleitung einer Dunkelhaarigen mit ägyptisch wirkenden Zügen erschien.

»Das freut mich für Sie«, sagte David. »Denn Sie scheinen ja sehr an dem Tier zu hängen …«

»Hängen?«, unterbrach sie ihn. »Semiramis ist mein Leben und ihr Brüderchen Hannibal dazu! Wenn ich könnte, wie ich wollte, würde ich für alle Samtpfoten dieser Welt das Paradies auf Erden erschaffen – und ich wüsste auch schon genau, wie.«

Die Katze maunzte lauter, als wolle sie Amalie von Loessl beipflichten.

»Klingt durchaus interessant«, meinte David unverbindlich, der wenig Lust verspürte, sich in nutzlose Diskussionen über Paradiese verschiedenster Art verwickeln zu lassen. »Aber jetzt muss ich Sie leider bitten zu gehen. Das Katzenparadies ist Ihre Herzensangelegenheit – dieses Gotteshaus meine.«

»Ganz, wie Sie wünschen, Hochwürden.«

Amalie griff nach ihrer schwarzen Krokotasche und zog einen Scheck heraus.

»Wenn ich Ihnen noch diese kleine Spende für den Klingelbeutel als Zeichen unserer tiefen Dankbarkeit überreichen dürfte? Ich weiß doch, wie viele Renovierungsarbeiten in dieser Kirche noch anstehen!«

Zehntausend Euro.

Im ersten Moment glaubte er, sich verschaut zu haben und zählte blitzschnell die Nullen nach. Aber es stimmte. Es waren tatsächlich vier. Er hatte sich nicht getäuscht.

»Das ist äußerst großzügig von Ihnen«, meinte er verdutzt. »Und natürlich erhalten Sie eine Quittung für die Steuer …«

»… die Sie bitte an diese Adresse schicken.«

Amalie gab ihm eine Visitenkarte in Cremeweiß mit Sepiaschrift und sagte: »Es ist doch immer sehr schön, wenn man Gutes tun kann, nicht wahr, Herr Pfarrer?«

Damit griff sie nach dem überdimensionalen Katzenkorb und stöckelte mit ihm hinaus.

44

Auf frischer Tat

Sektion einer mindestens sechs Wochen alten Wasserleiche, gefolgt von langweiligem Gutachtenkram, um den sie sich noch nie gerissen hatte, danach bei circa dreiunddreißig Grad im Schatten drei grantelnde Busfahrer als potenzielle Wiederholungstäter beim Alkoholtest, dazu ein ungewöhnlich maulfauler Spike und Elke Falk, die zwar einerseits offenbar kurz vorm Jodeln stand, so aufgekratzt war sie, aber andererseits noch biestiger als sonst reagierte, als Sofie eine winzige Bemerkung über den charmanten Kollegen Hirschfeld entfuhr … An Tagen wie diesen war Sofie einfach nur froh, wenn sie Murmel wieder in den Korb packen und nach getaner Arbeit in Richtung Giesing radeln konnte.

Allerdings mit einigermaßen schlechtem Gewissen. Denn in der Mittagspause hatte sie Danuta Dobes ins Institut bestellt und sich dort von ihr Charlys zweiten Wohnungsschlüssel aushändigen lassen. Es war verrückt, was sie vorhatte, und verboten noch dazu – Sofie rechnete damit, dass die Polizei nach wie vor Wohnung und Umgebung observierte –, aber sie war trotzdem fest entschlossen.

Charly konnte sich schließlich nicht in Luft aufgelöst haben. Dass er noch immer in München war, hatte sie gestern mit eigenen Augen gesehen. Was nichts anderes hieß, als dass er irgendwo stecken musste. Weshalb also nicht da, wo keiner ihn vermutete, weil es allzu dreist gewesen wäre?

Sofie überquerte die Reichenbachbrücke und verbot sich, abzusteigen, um zu den Obdachlosen hinabzuklettern. Charly würde garantiert nicht den gleichen Fehler zweimal begehen, und ob sie Mecki dort finden würde, erschien ihr mehr als fraglich. Mittlerweile war sie gar nicht mehr so sicher, ob es wirklich der Nomade gewesen war, den sie zusammen mit Charly in Hellabrunn gesehen hatte. Ein heller Mantel, ein Hut – das Gesicht war nicht zu erkennen gewesen, sie konnte sich auch getäuscht haben.

Am Maria-Hilf-Platz bog sie links ab zum Auer Mühlbach und war nach wenigen kräftigen Pedaltritten am Ziel. Klüger wäre es sicherlich gewesen, Murmel erst daheim abzuliefern, doch Vronis mahnende Worte über die Verantwortung einer echten Hundemama klangen ihr noch im Ohr, außerdem war es dafür jetzt zu spät.

Zusammen mit dem Mops, der erst an einem Baum das Bein heben musste, konnte sie das Wort Deckung komplett vergessen. Sofie in ihrem leuchtend apfelgrünen Sommerkleid und der kontaktfreudige Murmel, der zu jedem rannte, um ihn überschwänglich zu begrüßen, hätten auffälliger kaum sein können. Dennoch schaute sie sich nach allen Seiten um. Die Straße war leer, bis auf einen alten Herrn, der am Stock ging und ihr zu klapprig erschien, um als Hilfspolizist zu fungieren. In den geparkten Autos entdeckte sie keinerlei auffallend unauffällige Gesichter, die das Haus observierten, also nahm sie sich ein Herz, packte Murmels Leine – und schloss die Haustür auf.

Blitzschnell waren sie im ersten Stock angelangt, und jetzt klopfte ihr Herz deutlich schneller. Ja, es war eine Grenzüberschreitung, in Charlys Wohnung einzudringen, aber sie musste endlich wissen, was wirklich los war.

Mit unsicherer Hand drehte sie den Schlüssel im Schloss, und zu ihrer Überraschung ging die Tür auf.

Nicht abgeschlossen? War Charly auch manchmal so konfus, wie es ihr – vollkommen zu Unrecht, versteht sich – nachgesagt wurde? Dann dachte sie an die Putzfrau Danuta: Die nahm ihren Job viel zu ernst, um sich eine solche Nachlässigkeit zu erlauben. Wäre sie die Letzte gewesen, die die Wohnung verlassen hatte, hätte sie garantiert nicht nur die Tür ins Schloss gezogen, sondern ordentlich abgesperrt.

Was bedeuten konnte, dass sie mit ihrer Vermutung richtig lag. Sofie spürte, wie ihr noch heißer wurde.

»Charly?«, fragte sie leise und hielt Murmel, der unaufhaltsam in Richtung Wohnzimmer strebte, nur mühsam zurück.

»Charly? Bist du da?«

Um den vehement nach vorn drängenden Mops nicht aus Versehen zu erwürgen, löste Sofie die Leine. Da war ein Luftzug – ein Fenster in der Wohnung stand also offen oder war zumindest angelehnt. Aber wer war dafür verantwortlich?

Als sie auf der Schwelle zum Wohnzimmer stand, wusste sie die Antwort. Der Mann, der sich ihr als Mecki vorgestellt hatte, saß seelenruhig in einem der beiden schwarzen Corbusiersessel, als würde er sie schon erwarten. Im ersten Moment hätte sie ihn fast nicht erkannt. Denn jetzt erinnerte nicht mehr viel an den Obdachlosen, dem sie immer wieder mal begegnet war und den sie erst kürzlich verarztet hatte. Er trug sandfarbene Hosen und ein weißes Hemd. Keine Spur von Stoppeln mehr, seine Haare waren frisch gestutzt und glänzten vor Sauberkeit. Murmel hatte die schwarze Schnauze zwischen seine schlanken Beine geschoben und schien definitiv einen neuen Freund gefunden zu haben.

»Ich bin Ihnen eine Erklärung schuldig, Frau Dr. Rosenhuth«, sagte er.

»Eine? Dutzende! Wie zum Teufel sind Sie überhaupt hier hereingekommen?«

»Das wollen Sie gar nicht so genau wissen«, meinte er. »Als Obdachloser lernt man irgendwann, wie man ins Trockene kommt, oder man überlebt nicht lange, das dürfen Sie mir glauben. Aber Einbrecher bin ich keiner. Und ein Dieb erst recht nicht.«

»Wer sind Sie dann?«

Sofie zog sich den zweiten Sessel heran.

»Charlys Onkel«, sagte er leise. »Ich suche meinen Neffen. Deshalb bin ich hier.«

Er sagte die Wahrheit, das verrieten nicht nur seine gelassenen Gesten, sondern vor allem sein Gesicht. Es war älter und um einiges verwitterter, aber Sofie erkannte sofort die Ähnlichkeit – die Nase, die Augen, die Lippen. Sie musste blind gewesen sein, das nicht schon früher entdeckt zu haben! Auch wenn seine Tarnung nahezu perfekt gewesen war.

»Maximilian von Loessl«, sagte sie und schaute auf das Gemälde an der Wand. Was hatte Charly damals auf ihre Frage hin gesagt? *Ein entfernter Verwandter* – das war sein Vater!

»Sie sind also der verlorene Bruder Theo von Loessls. Ich glaub es nicht!«

»Bleiben Sie doch bitte bei Mecki«, bat er. »Alles andere habe ich schon vor langer Zeit abgelegt. Ich kann mich kaum noch daran erinnern.«

»Kann man das so einfach?«, fragte Sofie. »Die Wurzeln bleiben doch bestehen, auch wenn man sie absäbelt.«

»Das weiß ich jetzt auch. Aber ich musste weit weglaufen und sehr lange fortbleiben, um es zu begreifen.«

Sein Blick wurde weicher.

»Sie sind mit meinem Neffen zusammen?«

»Wie kommen Sie denn darauf?«

»Nun, Sie haben einen Schlüssel zu seiner Wohnung und spazieren hier herein, als wäre es für Sie das Normalste von der Welt …«

Sofie schüttelte den Kopf und spürte dabei, wie sie errötete. Ein Abend im letzten Frühherbst, Baguette, Garnelen, Oliven, Muscheln, Zucchiniblüten, leise Jazzmusik in diesem geschmackvollen, nobel eingerichteten Ambiente und Tage später dann ein leidenschaftlicher Kuss – ja, es hatte durchaus Momente gegeben, wo sie sich das sehr wohl hätte vorstellen können. Aber …

»Charly und ich sind Freunde«, erklärte sie. »Ziemlich beste Freunde sogar, wie man heute so gerne sagt.«

»Das tut mir leid«, erwiderte Mecki.

»Warum?«

»Genau so eine Frau wie Sie würde ich ihm wünschen. Charly braucht weder eine hysterische Adelige noch ein alterndes Modell. Das hätte ich ihm sagen sollen. Aber ich war ja lange nicht da.«

Sofies Gesicht musste ihm verraten haben, was sie gerade dachte, denn er stand jetzt so plötzlich auf, dass Murmel einen Satz zur Seite machte und erschrocken zu fiepen begann.

»Ach, diesen Bären hat Ihnen meine Schwester Amy also auch aufgebunden? Das Märchen von der bösen, geilen Stiefmutter, mit der mein Neffe etwas gehabt haben soll? Vermutlich ist sie in der ganzen Stadt damit hausieren gegangen. Amy schreckt wirklich vor nichts zurück!«

»Dann war also gar nichts zwischen Charly und Helene?«, vergewisserte sich Sofie, selbst darüber verwundert, wie erleichtert sie auf einmal war.

»Natürlich nicht! Helene mag als Mädchen und junge Frau ein wenig wild gewesen sein, wie man das damals eben so war, aber das war lange vor ihrer Heirat. Sie hat immer gern geflirtet und ihre Schönheit in den Augen verliebter Männer gespiegelt, aber das war auch schon alles. Sie hat ihren Theo geliebt und war ihm eine treue, gute Frau. Niemals hätte sie sich mit Charly eingelassen. Dazu hatte sie viel zu viel Stil.«

»Warum behauptet Amalie das dann – so eine gebildete, distinguierte Dame?«

Mecki stieß ein trockenes Lachen aus.

»Amy – eine Dame? Das ist gut. Sogar sehr gut! Da hat sie Sie aber ordentlich reingelegt.«

»Wie meinen Sie das?«

»Amy kennt nur den Schein. Schein kann sie erzeugen – nahezu perfekt. Dafür hat sie jahrzehntelang geübt. Sie hat versucht, unsere Mutter zu imitieren, nach der sie ganz verrückt war, aber von der sie sich niemals geliebt fühlte. Angeblich, weil Mama uns Buben, den Theo und mich, bevorzugt haben soll, was nichts als eine gemeine Lüge ist. Unsere Mutter war großzügig und herzlich, voller Liebe zu allem, was auf dieser Welt kreucht und fleucht, vor allem aber zu ihren Kindern. Leider ist sie viel zu früh gestorben. Ich war noch sehr klein, gerade mal vier – ein Nachzügler –, und dennoch kann ich mich bis heute genau an sie erinnern. Ich wäre so gern wie sie gewesen! Leider konnte ich es nicht. Deshalb bin ich wahrscheinlich auch so weit geflohen.«

Er zuckte die Achseln.

»Aber was hat es geholfen? Nichts! Zwei Menschen sind tot – und ich konnte es nicht verhindern.«

»Was wollen Sie damit sagen?«, fragte Sofie.

»Dass ich sie beobachtet – und viel zu lange nicht begriffen – habe, verstehen Sie? Ich war da, aber immer zu spät. Das werde ich mir nie verzeihen!« Er machte eine heftige Armbewegung und verzog plötzlich schmerzerfüllt das Gesicht.

»Ihr Tattoo!«, sagte Sofie. »Sie sollten …«

»Das spielt jetzt keine Rolle«, erwiderte er scharf. »Es darf nicht noch mehr Tote geben. Allein darum geht es. Verstehen Sie?«

»Leider noch nicht ganz. Bitte sprechen Sie ganz offen, Mecki! Was oder wen haben Sie beobachtet? Reden Sie von den Morden an Laura von Reinstein und Helene von Loessl? Wir müssen den Täter fassen. Helfen Sie uns, bitte!«

Er schien sie gar nicht mehr zu hören.

»Diese kalten Augen in der Garage mit dem dunkelgrauen Lieferwagen«, murmelte er. »Wie geschliffener Obsidian. Sie hat mich angestarrt, als ob sie mich in Stein verwandeln wollte, und ich bin weggerannt … durch die halbe Stadt – wie früher …«

Wen meinte er damit? Die einzige Person, die Sofie dazu einfiel, war Amalie von Loessl.

»Sie mögen Ihre Schwester nicht, Mecki?«

Jetzt hatte sie wieder seine ganze Aufmerksamkeit.

Er schüttelte den Kopf.

»Ich *fürchte* sie, Frau Dr. Rosenhuth«, sagte er. »Das ist etwas ganz anderes. Ich muss Charly finden. Ich will ihn nicht auch noch verlieren …«

All you need is love ertönte. Sofies Handy vibrierte zusätzlich.

Es war Joe.

»Ein Toter in der Autharistraße. Erwin Stöhr. Wo bist du denn gerade?«

»Oh«, sagte Sofie. »Gleich daheim.«

»Wir brauchen dich dringend hier! Soll ich dich abholen lassen?«

»Nicht nötig«, meinte Sofie. »Ich bring nur noch schnell den Murmel zur Vroni, pack meine Tatorttasche zusammen und ruf mir dann ein Taxi!«

45

Tod im Garten

Der Tote mit der grünen UV-Kappe trug ein weißes Ripp-Unterhemd und grellbunte Bermudashorts. Er lag auf den Terrassenfliesen, unter ihm die zusammengebrochene Liege, die seinem letzten Kampf wohl nicht mehr standgehalten hatte. Amalies Haushälterin Friederike Kempff weinte bitterlich, während Amalie selbst wie erstarrt in einem ihrer gepolsterten Teakstühle saß.

»Genau so hab ich Erwin vorgefunden«, wiederholte Friederike gerade schluchzend. »Ich bin ja so erschrocken! Dann hab ich auch gleich bei der Polizei angerufen. Ein gesunder junger Mann wie er – und dann plötzlich tot, das ist doch nicht normal!«

Sofie kniete sich neben die Leiche und begann mit ihrer Untersuchung.

»Erwin Stöhr, 45 Jahre, männlich, Augen geschlossen, Mund leicht geöffnet. Eingetrockneter Speichelfluss im rechten Mundwinkel. Noch keine vollständig ausbildeten Leichenflecken. An den Oberarmen ältere Impfnarben. Keine Tätowierungen …«

»Wie lange ist er schon tot?«, unterbrach sie Joe.

»Nach den frühen Leichenzeichen und der Rektaltemperatur zu urteilen, keine drei Stunden«, erwiderte Sofie.«

»Also, beim Mittagessen war er noch ganz fit«, versicherte

Friederike unter Tränen. »Das habe ich heute ja ausnahmsweise früher serviert, weil die Gnädige Frau mit der Miri noch einmal zur Tierärztin musste.«

»Wann genau?«, fragte Mick Lorenz.

»Wir haben gegen halb eins gegessen. Es gab Hühnerfilet mit Ingwer, Zuckererbsen und Kartoffelbrei«, schaltete sich jetzt Amalie ein. »Frische, gesunde, sommerliche Kost. Daran stirbt nun wirklich keiner!«

»Ist von dem Essen noch etwas übrig?«, wollte Joe wissen. »Das würden wir dann gern asservieren.«

Friederike nickte.

»Jede Menge. Keiner von uns hatte heute besonders großen Hunger.«

Joe gab Mick ein Zeichen, worauf der mit der Haushälterin in der Küche verschwand.

»Wieso hat Herr Stöhr Sie nicht gefahren?«, fragte Joe Amalie. »Das ist doch ungewöhnlich, oder?«

»Im Benz sitzt es sich so unkommod mit dem unhandlichen Katzenkorb«, antwortete sie. »Außerdem fährt er nicht sanft genug für ein krankes Tier. Deshalb hab ich lieber ein Großraumtaxi genommen.«

»Hatte Herr Stöhr irgendwelche Krankheiten, von denen Sie wussten?«, erkundigte sich Sofie, der es nicht leichtfiel, ihre professionelle Freundlichkeit beizubehalten, nach dem, was sie von Mecki alles erfahren hatte.

»Ganz so gesund, wie Friederike behauptet, war er nicht«, erwiderte Amalie. »Er hatte mehrmals Nierenkoliken, litt an Heuschnupfen und Sonnenallergie und kämpfte mit erhöhten Blutzuckerwerten. Eigentlich hätte er regelmäßig Tabletten dagegen einnehmen und natürlich beim Essen und Trinken ganz genau aufpassen müssen, aber dazu war er offenbar nicht imstande.«

»Was wollen Sie damit andeuten?«, fragte Joe.

»Dass er gesoffen hat, um es ganz deutlich zu sagen. Und zwar nicht zu knapp. Ich musste ihm mehrmals mit Entlassung drohen, aber er konnte oder wollte von diesem Laster offenbar nicht lassen.«

»Angestellt war er bei Ihnen als …«

»… so eine Art Mädchen für alles«, erwiderte Amalie. »Gärtner, Chauffeur, Housekeeper …«

» … und als Ihr Liebhaber«, vervollständigte Joe. »Das wollten Sie doch sicher noch hinzufügen. Erwin Stöhr war trotz des erheblichen Altersunterschieds auch Ihr Geliebter, oder nicht?«

Amalie von Loessl begann sich zu winden.

»Und wenn schon«, meinte sie schließlich. »Ja. Früher einmal. Aber jetzt nicht mehr.«

»Weshalb? Was ist passiert?«, bohrte Joe nach, während Mick und die Haushälterin wieder aus der Küche kamen.

»Nichts. Gar nichts! Wir haben uns eben im Lauf der Zeit auseinandergelebt …«

»Gar nichts?«, fragte Sofie und zog dem Toten langsam die Mütze ab. Auf dem linken Ohr klebte ein großes Pflaster, das sie behutsam löste. Die Wunde war hässlich verschorft, das Ohrläppchen wie abgeschnitten. Das hatte kein Arzt zu sehen bekommen, so viel stand fest.

»Geweberest einschließlich silberner Creole haben wir im Magen von Helene von Loessl sichergestellt«, fuhr sie fort. »Vielleicht hat sie das ja den Kopf gekostet. Und ich wette, dass die DNA mit der des Toten zu hundert Prozent übereinstimmt.«

Amalies schwarze Augen verschleierten sich.

»Wem gehört eigentlich der dunkelgraue Lieferwagen, der in der Garage steht?«, erkundigte sich Sofie weiter.

»Woher wissen Sie das? Sie haben doch noch gar nicht …«

»Ich weiß es eben. Wem gehört er?«

»Na, Erwin natürlich. Der Wagen war ständig defekt. Eigentlich wollte er ihn längst verschrotten lassen.«

»Aber nicht defekt genug, um mit ihm am vergangenen Donnerstag nach Grünwald in die Zeillerstraße zu fahren und dort einen grauenvollen Mord plus Totenschändung zu begehen.«

Sofies Stimme glich jetzt blankem Eis.

»Mit der gleichen Tatwaffe übrigens, mit der auch Laura von Reinstein ermordet wurde.« Sie bluffte, aber was machte das schon? »Zudem hat er sich unter falschen Angaben als Heizungsmonteur Eintritt in die Wohnung Ihres Neffen Charly verschafft und dort gezielt persönliche Gegenstände aus dessen Besitz an sich genommen, um sie später an den beiden Tatorten zu hinterlassen. Damit wollte er die Spur auf Charly Loessl führen. Es gibt übrigens eine Augenzeugin, die Putzfrau Ihres Neffen. Ich bin sicher, dass sie ihn identifizieren wird.«

»Aber ich …«

»Ich bin noch nicht fertig«, sagte Sofie mit schneidender Stimme. »Einiges spricht dafür, dass Erwin Stöhr in der Nacht auf den Sonntag Ihren jüngeren Bruder Maximilian, genannt Mecki, von einer Brücke in die Isar geworfen hat, in der Hoffnung, er würde im Fluss ertrinken, weil der ihm nämlich auf die Schliche gekommen war. Er war nach dem Mord am zweiten Tatort in Grünwald, und er hat den Wagen in der Garage einwandfrei wiedererkannt. Wollen Sie ernsthaft behaupten, Sie hätten von alledem nichts gewusst?«

Amalie von Loessl griff sich theatralisch ans Herz. Für einen Moment war es sehr still in dem üppig blühenden Garten. Kein Blätterrauschen, kein Vogelzwitschern. Unterbrochen wurde die Stille erst durch das fast an einen schrägen Rap erinnernde Maunzen zweier Katzen.

»Wasser«, flüsterte Amalie, worauf Friederike ihr ein Glas brachte, das die zierliche alte Dame in einem Zug leerte. Dann legte sie ihre beiden Hände mit den funkelnden Ringen auf den Tisch, als ob sie Halt bräuchte, und sagte mit zitternder Stimme: »Dann habe ich also mit einem Monster unter einem Dach gelebt.«

Sie wirkte zutiefst erschüttert.

»Ich habe den Tisch mit ihm geteilt und, ja, zeitweise sogar das Bett. Das muss ich jetzt erst einmal verkraften!«

Sie nahm den Fächer, der neben ihr lag und fächelte sich Luft zu.

»Ist Ihnen nichts aufgefallen?«, fragte Joe.

»Natürlich ist er mir bisweilen ein wenig seltsam vorgekommen, und dass Erwin weit unter meinem Niveau war, wusste ich schon auch, aber was sollte ich denn tun – eine alte Frau ohne Nachkommen oder liebende Verwandte, die sich ihrer annehmen, einsam, gehbehindert, ganz und gar auf fremde Hilfe angewiesen? Und da gab es etwas, so glaubte ich zumindest, das uns verband, weit über das Geschlechtliche hinaus. Wir hatten einen Plan, ein gemeinsames Ziel: das Katzenparadies. Mein Lebenswerk. Leider sehr aufwendig und äußerst kostspielig. Allein dafür atme ich. Und er? Ich habe keine Ahnung! Er hat manchmal etwas von ›levitiertem Wasser‹ gemurmelt, das die Menschheit retten könne, aber sehr teuer in der Herstellung sei. Vielleicht hat Erwin den Menschen aus meiner Familie gegrollt, weil sie uns so wenig finanziell unterstützt haben – was weiß ich, was in so kranken Hirnen vor sich geht!« Sie fächelte stärker.

Sofie wollte etwas entgegnen, aber Joe legte den Finger auf seine Lippen, um Amalie von Loessl weiterreden zu lassen.

»Er *muss* krank gewesen sein – sehr krank sogar! Wissen Sie, dass er nicht einmal vor meinen Lieblingen zurückschreckte?

Zuerst Hannibal, den die Schokolade fast getötet hätte, die nur Erwin ihm verabreicht haben kann. Und dann auch noch Semiramis, mein weißer Engel – Ameisenpulver, das Nervengift enthält, an dem Katzen elend sterben können. Und wie perfide er dabei vorging! Mit Kondensmilch hat er sie über den Rasen gelockt. Ich hab das leere Schüsselchen später hinter einem Busch gefunden.«

Gramzerfurcht sah Amalie von Loessl zu Sofie und Joe auf.

»Wahrscheinlich wäre ich als Nächste an der Reihe gewesen! Wer kommt denn auf so etwas?«

Joe griff nach dem Lesegerät, das auf dem Tisch lag, und schaltete es ein.

»Zum Beispiel jemand, der wie Sie Tag und Nacht Krimis verschlingt«, meinte er. »Und das seit Jahren. Wow! Mehr als vierhundert Stück und alle gelesen, das nenne ich mehr als beachtlich. Da lernt man doch so einiges, verehrte Frau von Loessl!«

»Glauben Sie vielleicht, ich vergifte meine Lieblinge?«, fuhr sie auf. »Dann müssen Sie total den Verstand verloren haben! Diese zwei herrlichen Geschöpfe sind für mich wie Kinder. Mein Herzblut würde ich für sie geben – auf der Stelle, falls Sie es von mir verlangen.«

Jetzt klang sie wirklich verzweifelt.

»Wo waren Sie heute Nachmittag zwischen vierzehn und sechzehn Uhr, Frau von Loessl?«, stellte Mick Lorenz nun die Frage aller Fragen.

»Da muss ich gar nicht lange überlegen.«

Amalies Obsidianaugen bekamen ihr altes Blitzen zurück.

»Zuerst in der Praxis von Frau Dr. Ritter in der Fischbachauerstraße. Das Wartezimmer war wie immer bis zum letzten Platz gefüllt, was einem leider viel Geduld abverlangt. Abgesehen von der Tierärztin und ihrer Assistentin können das mindestens zwölf weitere Personen bezeugen. Danach hab ich mich mit einem Taxi zur Maria-Hilf-Kirche bringen lassen und den Fahrer gebeten, vor der Kirche auf uns zu warten, weil wir der Gottesmutter Dankeschön sagen wollten.«

»Hat Sie in der Kirche jemand gesehen?«, fragte Joe.

»Aber ja«, erwiderte sie mit einem leisen Lächeln. »Der schwarze Stadtpfarrer, übrigens ein ganz reizender Mann. Und so freundlich – besonders, als ich ihm unsere Spende überreicht hatte. Schon seltsam, gell? Früher sind wir den weiten Weg zu ihnen nach Afrika gefahren, um sie zu missionieren. Und heute haben sie ihren Kontinent längst verlassen, haben studiert und stehen unseren leeren Gotteshäusern vor. Aber so ändern sich nun mal die Zeiten!«

Sie wollte aufstehen, sank aber gleich wieder in den Stuhl zurück.

»Ich fürchte, ich muss mich kurz hinlegen«, murmelte sie. »Das alles war einfach zu viel für mich!«

»Die Spurensicherung ist noch nicht fertig«, sagte Joe. »Wir müssen den oberen Stock und natürlich Stöhrs Einliegerwohnung im Keller noch gründlich unter die Lupe nehmen. Das kann dauern.«

»Ja, soll ich vielleicht auf meinem eigenen Grundstück strammstehen, bis Sie endlich Ihre Arbeit erledigt haben?«, fauchte sie zurück. »Ich bin fast neunundsiebzig, junger Mann, und alles andere als gesund! Reicht Ihnen der eine Tote für heute noch nicht?«

»Legen Sie sich doch im Wohnzimmer hin«, schlug Mick vor. »Da sind unsere Leute schon durch.«

»Meinetwegen.«

Sie suchte nach ihrem Stock, als würde sie sich gerade erst wieder an ihn erinnern, stützte sich schwer darauf und ging schleppend zur Tür.

»Eines noch«, sagte sie. »Mein Bruder Maximilian – wo hält der sich derzeit eigentlich auf?«

»Es genügt vollkommen, wenn wir das wissen, Frau von Loessl«, sagte Sofie.

»Warum?«

»Ihr Bruder möchte Sie weder sehen noch sprechen.«

»Das haben Sie doch bloß erfunden!«

Ihr Gesicht zerfiel.

»Ich spüre genau, dass Sie etwas gegen mich haben. Das war schon von Anfang an so!«

»Nein, das weiß ich aus seinem eigenen Mund«, sagte Sofie. »Und jetzt entschuldigen Sie mich bitte. Ich möchte meine Arbeit abschließen.«

46

Fix und fertig

Sie hatte es schon im Hausdurchgang mit großem Vergnügen erschnuppert, und wie in Kindertagen waren ihre Füße wie von selbst in Tante Vronis Wohnung gelaufen: Zwetschgenknödel!

»Wuist mi fertigmacha?«

Sofie konnte sich nur mühsam Murmelchens stürmischen Schleckattacken entziehen.

»So was Gehaltvolles – und das an einem heißen Sommerabend!«

»Ja, wann sollen wir denn sonst Zwetschgenknödel essen«, erwiderte Vroni, »wenn ned zur Zwetschgenzeit? I hab gleich die ersten kaaft, weil der Flo hat sich scho lang welche gwunschn. Und dir wird a gscheits Abendessen aa ned schaden, so miad, wie du ausschaust. Das war heut wohl wieder recht stressig bei eucht, gell?«

Ja, dachte Sofie und dankte dem Himmel noch einmal stumm dafür, dass er sie mit dieser wunderbaren Tante beschenkt hatte. Nach den aufreibenden Stunden in der Autharistraße empfand sie die freundliche Gemütlichkeit in Vronis Wohnung als besonders wohltuend. Hier gab es kein aufgeblasenes Vornehmgetue, kein Vortäuschen von Gefühlen. Hier war alles einfach, echt und gut. Hunde blieben Hunde und erhielten einen Rüffel, wenn sie frech die Fensterbank besteigen wollten, wie soeben Murmel.

»I war eh so lang mit eahm draußen«, sagte Vroni. »Aber i glaub fast, du muaßt no amoi a Runde mit ihm drehen. Mia ham sogar an King troffa, stell dir vor! Die beiden Hunde waren ganz narrisch, so sehr haben sich die gefreut. Und die Frau Groedinger hat so guat ausgschaut wia no nie, ganz braun wars, und geredet hats wia a Wasserfall: Ferienwohnung auf Teneriffa – da schaust, Sofie, gell? Und a Gspusi hats dort unten aa!«

»Du willst ja nia verreisen«, schaltete sich nun Flo ein, während Vroni die Knödel zum letzten Mal in der Pfanne wendete.

Es duftete nach brauner Butter, nach Zimt und Zucker – nach Liebe.

»I taat von jetz auf glei überall mit dir hifahrn. Des hab i dir bestimmt scho hundert Mal gsagt!«

»Stell lieber no an Teller für unser Deandl hi«, kommandierte Vroni resolut. »Jetzt wird gessen – und sonst nix!«

Sofie versuchte sich zumindest gegen den sechsten Knödel zu wehren, aber Vroni ließ sich nicht abbringen. »So winzig, wia die san«, meinte sie. »Da schwimmst morgen eben a Rundn mehr, nachad is des ois ganz schnell wieder weg!«

Ach, das heißgeliebte Schyrenbad!

Ihr aufreibender Beruf hatte Sofie in den letzten Tagen dort keinen weiteren Besuch mehr gestattet. Morgen stand die Obduktion von Erwin Stöhr an, da würde sie auch nicht dazu kommen. Aber übermorgen …

Belüg dich ruhig weiter, meldete sich gerade mal wieder ihre fiese innere Stimme zu Wort. *Aber komm mir dann bloß nicht damit, dass der Bikini weiterhin im Schrank bleiben muss und du schon sauer wirst, wenn der Joe den schlanken Mädels nur hinterherschaut …*

Mit einem Mal war ihr Appetit auf diese abendliche Kalorienbombe wie verflogen. Dann aber dachte sie: Nur noch drei Knödelchen, und keinen Bissen mehr! Das steht mir nach diesem verrückten Tag wirklich zu …

Sofie trank einen großen Schluck Wasser, dann noch einen und noch einen. Danach einen Campari orange gleich hinterher. Und plötzlich war es, als würde sich ihre Zunge lösen. Vroni und Flo waren ja ihre Verbündeten gewesen, als sie Charly Unterschlupf gewährt hatte, deshalb durften sie jetzt auch erfahren, dass es so aussah, als wäre der tote Erwin Stöhr ein Doppelmörder. Sein dunkelgrauer Lieferwagen würde bis in jede Ritze untersucht werden. Auch in seiner Kellerwohnung und im Schlafzimmer der Frau von Loessl hatten die Beamten von der SpuSi alles ganz genau durchforstet und zahlreiche Asservate mitgenommen.

»I mog die ned«, sagte Sofie voller Inbrunst. »Und des woaß die aa, aber des is mir egal. An eignen Neffen so schlechtmachen – des tuat ma einfach ned. Obwohl: Du warst ja recht begeistert von ihr!«

»Scho lang nimmer.«

Vroni hielt mitten im Kauen inne.

»Die is ma zu fanatisch mit ihre Katzn. I mog de Viecherl, des hab i ihr gsagt, aber manche Menschen mog i no vui liaber!«

Sofie und Flo nickten zufrieden.

»I aa«, sagte Sofie. »Und heit hab i an ganz besonderen Menschen näher kennenlernen dürfen: dem Charly sein Onkel Maximilian. Der hat scho die ganze Welt gseng, war aa als Penner unterwegs war und is jetzt in Charlys Wohnung unterkommen. Jetz woit er unbedingt no seinen Neffen finden. I glaab, der hat a Riesenangst ghabt, dass da Stöhr den aa no koidmacha kannt!«

»Dann fahndet der Joe jetz nimmer nachm Charly, oder?«

Vroni stand langsam auf.

»Des waar scho guat, wenn ma den bald mal sprechen könnt, denn da gibt's scho no a paar Fragen. Aber die polizeiliche Fahndung is scho amoi aufgehoben«, sagte Sofie.

»Falsche Spur«, kommentierte Flo fachmännisch. »Genauso wia im Fernsehen. Wo wuistn du jetzt hi, Vroni?«

»I muaß no schnell was Wichtigs erledigen. Bin glei wieder da.«

Mit dem Handy ging sie ins Schlafzimmer und wählte Charlys Nummer.

»Vroni Ilmberger«, sprach sie nach kurzem Zögern auf seine Mailbox. »Die ham jetz an Mörder – einen gewissen ›Stöhr‹. Sagt Eahna des wos? Tot isser. Der kann koa Unheil mehr anrichten. Damit san Sie definitiv aus der Schusslinie. Sofie sagt, Sie sollen sich melden, bei ihr oder beim Joe, zwengs weiterer Fragen. Und, ja, hoit, no was Wichtigs vielleicht: Ihr Onkel wartet in Eahna Wohnung.«

Damit legte sie auf und ging zurück in die Küche.

47

Zwei vom selben Stern

Als sich die Wohnungstür öffnete und Charly ihn leibhaftig vor sich stehen sah, versagte ihm für ein paar Augenblicke die Stimme. Er musste sich mehrmals räuspern, bevor er sprechen konnte.

»Mecki!«, brachte er schließlich krächzend heraus. »Ach, Mecki, gerade fallen mir die ganzen Alpen auf einmal vom Herzen!«

Sein Onkel breitete die Arme aus.

»Den Namen verdanke ich dir«, sagte er. »Erinnerst du dich noch? Du warst ein Dreikäsehoch und konntest noch nicht ›Maximilian‹ sagen. Aber ›Mecki‹, das ging. Und jetzt komm endlich her, Neffe!«

Sie hielten sich fest umschlungen. Mecki war so dünn geworden, das Charly seinen Herzschlag überlaut hören konnte. Dann lösten sie sich voreinander und schauten sich an.

»Fesch schaust du aus«, meinte Mecki. »Da müssten die Frauen dir ja die Bude stürmen!«

»Ist durchaus übersichtlich«, erwiderte Charly. »Und eigentlich leider noch immer so wie eh und je. Ein paar, an denen mir nichts liegt, rennen mir nach. Aber die eine, für die ich jede Menge Verrücktheiten begehen könnte, ist leider schon vergeben.«

Sein Gesicht wurde ernst.

»Bist du krank? Du bist ja so mager wie ein marokkanischer Straßenköter!«

»Daran ist die Wüste schuld. Die brennt alles weg, was überflüssig ist, und bringt das Wesentliche zum Vorschein. Ich hab gern gelebt in den Ländern des Atlas, auch, wenn es dort alles andere als behaglich war. Aber irgendwann war selbst diese Periode vorbei, und ich kam zurück. Wenn man älter wird, wird man auch sentimentaler. Das wirst du eines Tages auch noch zu spüren bekommen.«

Er trat zur Seite.

»Und jetzt komm endlich weiter! Ich hab uns nämlich was gekocht.«

»Du?«

»Na klar, ich! Glaubst du etwa, ich hätte all die Jahre nur aus der Aschentonne gelebt? Als Nomade musst du wissen, wie man ein Feuer macht und was darauf gar wird. Es gibt Nudeln mit Soße, nichts Großartiges, aber ich hab mich ausgiebig an deinem formidablen Gewürzregal bedient, und man kann es durchaus essen.«

Sie gingen zum Tisch, der mit Tellern, Gläsern und zwei Stoffservietten gedeckt war. An Charlys Platz stand ein Rotweinglas, bei Mecki eines für Wasser.

»Ich hab damit aufgehört«, erklärte er, während er seinem Neffen einschenkte. »Noch gar nicht sehr lange. Das Wegsaufen hat die Dinge auch nicht besser gemacht, sondern nur noch schlechter. Ist mir erfreulich leichtgefallen.«

Dann ging er die Nudeln holen und kam mit einer dampfenden Schüssel zurück.

»Hühnchen fehlt«, sagte Mecki. »Aber zum Einkaufen hatte ich keine Zeit …«

»Seit wann weißt du es?«, fragte Charly.

»Sofie Rosenhuth hat mir Bescheid gesagt. Eigentlich wollte sie ja, dass ich sie in die Autharistraße begleite, aber dazu war ich zu feige.«

Er gab einen Klacks auf beide Teller.

»Spektakulär«, meinte Charly nach dem ersten Bissen. »Ganz ehrlich! Ich kann dein Nomadenfeuer richtig schmecken.«

Er hob sein Glas.

»Auf uns! Und ich hoffe, dass wir nie wieder jahrelang voneinander getrennt werden.«

»Da trink ich mit.«

Mecki stieß mit seinem Wasser an.

»Dieser Stöhr!«, sagte Charly. »Ich hab ihn ja nur ein paar Mal gesehen, weil mein Kontakt zu Tante Amalie nicht gerade innig ist, wie du weißt. Mir ist er immer eher wie ein Würstchen vorgekommen – prollig, patzig, mit einer unangenehmen Riesenklappe.«

»Er scheint sich hochgeschlafen zu haben«, meinte Mecki. »Und das im buchstäblichen Sinn. Von der Hausmeisterwohnung im Keller bis zu Amys Bettchen in der Bel Etage.«

»Geschenkt«, sagte Charly. »Wenn sie es auf ihre alten Tage noch einmal nett haben wollte – warum nicht? Immer nur Katzen ist vielleicht auch nicht das Wahre. Aber was hat ihn nur dazu gebracht, Laura und Helene umzubringen? Er kannte die beiden doch kaum!«

»Mich hat er in die Isar befördert. Und mich kannte er gar nicht. Offenbar dachte er, dass Penner nicht schwimmen können. Da hätte er mal besser im Familienalbum blättern sollen, wo die ganzen alten Segelfotos kleben!«

Charly starrte ihn an.

»Warum nur, Mecki? Warum?«

Ein Schulterzucken.

»Das kann er uns leider nicht mehr sagen. Und Amy wird es auch nicht tun, wie ich sie kenne. Mir schon gar nicht!«

»Warum mag sie dich eigentlich nicht? Du bist doch ihr kleines Brüderchen!«

»Genau deshalb! Als ich geboren wurde, sei ihr alle Aufmerksamkeit entzogen worden, hat sie mir immer wieder an den Kopf geworfen. So ein Schwachsinn! Mama hat uns alle drei geliebt. Sie konnte gar nicht anders!«

Sie schwiegen, tief in Gedanken.

»Wir haben beide zu früh unsere Mütter verloren und gegen die Väter rebelliert«, sagte Charly schließlich.

»Du vielleicht. Ich bin nur weggelaufen, weil ich das Adelsgetue nicht mehr aushalten konnte. Von wegen blaues Blut! Wir sind doch auch keinen Deut besser als all die Müllers und Schulzes. Und wenn du das einmal kapiert hast, kommst du dir selten dämlich vor.«

Mecki krempelte den Hemdsärmel nach oben.

»Aber das wird mir jetzt nicht mehr passieren. Die Eidechse passt nämlich auf mich auf und hält das Böse von mir fern.«

»Shirin?«, fragte Charly mit einem Blick auf das Tattoo. »Warum ist das denn so rot ringsherum?«

»Weil ich ein alter Depp bin, der alle Regeln und Vorschriften missachtet. Du kennst Shirin?«

»Und die anderen auch.«

Charly nickte.

»Spike, ihren Freund, der bei Sofie arbeitet, Aram, den Bruder. Mittlerweile sogar die Mama. Es gab da eine blöde Drogengeschichte im letzten Herbst, die Aram fast umgebracht hätte. Aber ich denke, jetzt ist er über den Berg. Alle haben sie mitgeholfen, dass er wieder auf die Beine kommt. Um solche Familienbande kann man ihn nur beneiden!«

»Ich hab ihm meinen Borsalino geschenkt«, sagte Mecki, dann goss er sich und Charly nach.

»Wie steht es denn aktuell zwischen Theo und dir?«.

»Absolute Funkstille«, erwiderte Charly. »Vor ein paar Jahren hat mein Vater mich bei einem Besuch zum letzten Mal blöd angeredet. Seitdem bin ich nicht mehr nach Grünwald gekommen. Ich konnte ihm nicht einmal zum Tod Helenes kondolieren. Da musste ich mich nämlich bei Sofie verstecken, weil die Kripo mich für den Hauptverdächtigen hielt. Erwin, dieser Mistkerl, war hier in die Wohnung eingedrungen, hatte ein paar meiner Sachen geklaut und sie danach fein säuberlich an den Tatorten ausgelegt. Hat eine ganze Weile gedauert, bis ich dahintergekommen bin. War gar nicht so blöd eingefädelt. Hätte durchaus klappen können. Er muss jede Menge kriminelle Energie gehabt haben!«

Mecki spielte mit seinem Glas.

»Sofie, das ist die, für die du gern die ganzen Verrücktheiten veranstalten würdest, oder?«

Charly nickte.

»Eine Weile sah es fast so aus, als würde ihr das durchaus gefallen. Aber dann hab ich es leider irgendwie verpatzt. Jetzt ist sie wieder mit ihrem Ex zusammen, einem Kriminaler, und ich fürchte, das hält ...«

»Ach«, sagte Mecki, »lass das doch einfach auf dich zukommen. Alles ist im Wandel, lieber Neffe, alles bewegt sich – das ist das ganz große Geheimnis des Lebens. Schade, dass man erst so alt werden muss, um das zu kapieren!«

Er gähnte herzhaft.

»Ich bin auch hundemüde«, sagte Charly. »Und, um ehrlich zu sein, ziemlich scharf auf mein eigenes Bett. Ist das Sofa für dich okay?«

»Hab schon lange nirgendwo mehr so gut gepennt …«, antwortete Mecki.

»Gut! Morgen früh melde ich mich in der Redaktion zurück, danach ruf ich gleich Sofie an, geh zur Kripo, entschuldige mich in aller Form bei Joe Lederer und dann …«

»… fahren wir zu Theo«, sagte Mecki. »Und zwar zusammen. Das sind wir ihm schuldig.«

48

Gefährlich süß

Die Plätzchen waren abgekühlt und dufteten köstlich. Sie hatte etwas mehr Zimt als sonst genommen, das änderte den Geschmack leicht ab und würde wunderbar mit der Kirschmarmelade harmonieren, die sie extra für ihn in ein Gläschen abgefüllt hatte. Hannibal kam in die Küche gelaufen und schnupperte, den Schwanz hoch erhoben, was sie mehr als alles andere freute, weil es ihr bewies, wie gut es ihm wieder ging. Geschmeidig sprang er auf einen der Stühle und streckte sein Schnäuzchen in Richtung Teller.

»Nein, du Schlingel!«

Amalie von Loessl schob ihn sanft, aber entschieden weg.

»Ich weiß genau, wie gern du naschst, aber das hier ist ganz und gar nichts für meinen süßen Prinzen!«

Sie verschloss die Blechdose mit dem Rosenmotiv, stellte den Teller in die Spülmaschine und schaltete sie an.

»Aber das kann ich doch machen, gnädige Frau!«, sagte Friederike. »Und überhaupt: Wollen Sie sich heute nicht lieber schonen nach der ganzen Aufregung gestern?«

»Schauen Sie lieber nach meiner Prinzessin und geben Miri in einer Stunde die Spezialtropfen von Dr. Ritter. Hannibal bekommt gegen 11 Uhr sein Tuna-Leckerli, aber das wissen Sie ja. Zum Mittagessen bin ich wieder zurück.«

Die Autoschlüssel in ihrer Rechten klapperten.

»Aber Sie wollen doch nicht etwa mit dem Benz fahren«, rief Friederike. »Allein!«

»Warum nicht? Tun Sie doch nicht so, als sei ich schon tot und begraben. Da müssen Sie sich wohl leider noch ein Weilchen gedulden!«

»Und wohin fahren Sie?«

»Das ist privat, meine Liebe. Ganz und gar privat!«

Die Obsidianaugen glitzerten.

»Kann ich Sie unterwegs wenigstens telefonisch erreichen? Ich meine ja nur, falls etwas mit den Katzen ist.«

»In diesem Fall immer. Meine Mobilbox ist aktiviert.«

»Gut geschlafen?«

Mecki streckte und reckte sich.

»Wie ein Baby! Und es riecht schon so verführerisch nach Kaffee und …«

»… Kardamom«, sagte Charly. »Das hab ich im Libanon gelernt. Neben vielem anderen. Nicht nur du magst ferne Welten. Da haben wir sicherlich noch gemeinsame Themen für viele Abende.«

Der Kaffee war schwarz, süß und aromatisch.

»Und fleißig war ich auch schon«, fuhr Charly fort. »Der Chefredakteur hat mich zunächst gefühlte drei Minuten am Stück angebrüllt und wollte mich auf der Stelle feuern. Als er zwischendurch Luft holen musste, hab ich ihm in Stichworten meine Geschichte erzählt. Jetzt träumt er von einer aufregenden Serie in seinem Blatt. Mal sehen, wie schnell ich ihn möglichst diplomatisch davon abbringen kann.«

»Und Sofie?«, fragte Mecki.

»Auf dem Handy antwortet nur die Mailbox. Sie scheint

schon bei ihren Leichen zu sein. Ich versuche es später noch mal.«

»Gut. Dann sollten wir jetzt deinen Vater anrufen.«

»Du willst ihn vorwarnen? Wozu?«

»Damit Theo keinen Herzinfarkt bekommt, wenn wir urplötzlich im Doppelpack bei ihm auftauchen, du, sein verlorener Sohn und ich, sein tot geglaubter Bruder. Das könnte sogar einen Elefantenbullen zur Strecke bringen, meinst du nicht?«

Charly kratzte sich am Kinn.

»Aber du rufst an«, meinte er schließlich. »Mich wimmelt er vielleicht schon am Telefon ab. Einem Wiederauferstanden kann man ja kaum etwas abschlagen!«

»Gern.«

Mecki wog das Handy nachdenklich in seiner Hand.

»Worauf wartest du?«, fragte Charly und goss ihm die zweite Tasse Kaffee ein. »Lieber doch erst frühstücken?«

»Das hat Zeit!« Mecki winkte ab. »Etwas von dem, was du gestern über diesen Stöhr gesagt hast, geht mir noch immer nach. Ich glaub, ich hab sogar davon geträumt.«

»Und was?«

»›War gar nicht so blöd eingefädelt‹ – so ähnlich hast du dich doch ausgedrückt, oder?«

»Ja, etwa in der Richtung. Aber ich verstehe nicht ganz …«

»Hör zu: Der Plan mit den Fundstücken aus deiner Wohnung war klug ausgedacht. Traust du das diesem Proll Erwin Stöhr wirklich zu?«

»Willst du damit sagen …«

»Dahinter muss doch ein findiger, perfider Kopf stecken. Jemand, der alles über Verbrechen weiß, weil er seit Jahrzehnten solche Fälle gesammelt hat …«

»Du redest von Tante Amalies Krimisucht?«

»Schon als Jugendliche hat Amy nichts anderes gelesen. Unser Vater war außer sich, weil er es für Schund gehalten hat, aber sie ließ sich nicht davon abbringen. Für keinen für uns hegt sie auch nur einen Funken Zuneigung. Warum also all das wissbegierig Aufgesogene nicht eines Tages auch in die Tat umsetzen? Aber dazu war sie körperlich nicht in der Lage. Deshalb brauchte sie einen Verbündeten.«

»Erwin? Du meinst, er war ihr Handlanger? The brain and the body? Aber warum, Mecki …«

»Denk doch mal weiter: Wenn alle aus der Familie Loessl tot sind und du im Knast sitzt, wie geplant – an wen fällt dann das ganze Erbe?«

»An Tante Amalie«, antwortete Charly. »Deshalb sollte Erwin auch dich beseitigen!«

»Richtig. Hat leider nicht ganz geklappt. Aber es gibt einen, der vor allen anderen aus dem Weg geräumt gehört hätte …«

»Mein Vater!«, flüsterte Charly.

»Warte – vielleicht hatte Erwin es ja eigentlich auf ihn abgesehen und Helene war nur zufällig im Weg … Das wäre ja der reine Wahnsinn …«

Charly sprang auf und begann im Raum auf- und abzugehen. »Wir müssen ihn warnen! Wer weiß, was diese Verrückte noch so alles im Schilde führt!«

»Ganz genau, und deshalb brauch ich jetzt die Nummer.«

»Die ist eingespeichert. Unter V – wie Vater. Du siehst, auch ich hab so meine Sentimentalitäten!«

»Aber in der Zeillerstraße ist er nicht«, widersprach Mecki. »Das weiß ich von deiner Sofie.«

»Wo ist er dann?«

»Im Schlosshotel Grünwald. Und ich bin heilfroh, dass er das Mörderhaus verlassen hat!«

Sie hatte es getan! Sofie fühlte sich megastolz, als hätte sie gerade eine Medaille gewonnen, und sie fühlte sich so frisch und tatendurstig wie seit Tagen nicht mehr. Vroni zuckte nicht einmal mit der Wimper, als sie die rotweiße Badetasche an Sofies Schulter sah, sondern übernahm Murmel mit einem freundlichen Lächeln bis zum Abend. Dann diese herrlichen Runden im Schyrenbad … Grazil und federleicht hatte sie sich gefühlt – und selbst der Haufen Hundekot, in den sie nach dem Schwimmen versehentlich latschte, konnte sie in ihrer Euphorie kaum bremsen. Gut, sie musste ihre roten Peeptoes mühsam abkratzen, aber das war alles halb so schlimm: An Tagen wie diesen konnte ihr nichts etwas anhaben …

Höchstens Elke Falk.

»Auch schon da, Frau Kollegin?«

Elkes Huskyblick streifte Sofies feuchtes Haar, das rosige Gesicht und natürlich auch den Badebeutel.

»Ihr später sportlicher Eifer in allen Ehren – aber müssen Sie den ausgerechnet an einem so wichtigen Tag wie heute zur Entfaltung bringen?«

»Du kriegst den Murmel niemals mehr, garantiert!«, flüsterte Sofie vor sich, während sie sich in ihren grünen Kittel hüllte. Der Wahnsinn! So mühelos wie heute ließ er sich schon lange nicht mehr zuknöpfen. Tante Vronis köstliche Zwetschenknödel hatten ihrer *bella figura* also nicht das Geringste anhaben können!

Wie eine Feder schwebte Sofie in den Obduktionssaal, wo Elke sich bereits über die unbekleidete Leiche beugte.

»Das ist er also?«, fragte sie Sofie. »Der gefährliche Doppelmörder vom Lehel und von Grünwald?«

»Sieht ganz so aus. Genau wissen wir das erst, wenn alle Spuren fertig analysiert sind – der Wagen, die Asservate aus dem

Haus, der Hirschfänger, den man in einer alten Tennistasche sichergestellt hat.«

»Wie alt ist noch einmal die Frau, mit der er zusammengelebt hat?«, fragte Elke Falk.

»Fast achtzig«, erwiderte Sofie. »Wieso?«

Ein Schulterzucken. Mehr gab es nicht als Antwort, was ein gewisses Unbehagen in Sofie auslöste.

»Alles noch in Ordnung mit Dr. Hirschfeld?«, erkundigte sie sich.

Schweigen. Aber Elkes Züge wurden weich.

Na gut, dachte Sofie. *Du kriegst den Mops alle zwei Wochen. Vielleicht!*

Dann aber verfinsterten sich Dr. Iglus Züge wieder.

»Berufliches und Privates bleiben streng getrennt«, belferte sie. »Wie oft muss ich Ihnen das eigentlich noch predigen, Frau Rosenhuth? Haben Sie ein Ohrenleiden?«

Vergiss ihn, dachte Sofie grimmig. *Mehr als ein letztes Foto mit Murmelchen ist für dich nicht mehr drin!*

Dann begann sie mit der äußeren Leichenschau.

»Punktblutungen in den Augenlidern, den Bindehäuten sowie der Mundschleimhaut, sonst auch noch im Gesicht und am Hals, wie sie ja bereits bei der Besichtigung am Tatort vorgefunden wurden. Kleine Verletzungen mit Einblutungen in den Lippenumschlagsfalten, korrespondierend mit den Zahnkontouren ....«

»Denken Sie, was ich denke?«, unterbrach sie Elke Falk. »Ich hab mir vorhin schon mal diese Hämatome am Rippenbogen ganz genau angeschaut.«

Sofies Nasenflügel begann zu kribbeln.

»Warte, ich schau schnell im PC nach.«

Charly suchte die Nummer raus und diktierte sie Mecki.

Der saß auf einmal ganz aufrecht da.

»Ist für mich auch keine Kleinigkeit«, sagte er. »Nach all den Jahren. Aber jetzt geht es ja um sehr viel mehr. Was soll da der ganze alte Schmarrn?«

Er wählte.

»Von Loessl«, meldete er sich, nachdem am anderen Ende abgehoben wurde. »Ich muss dringend meinen Bruder sprechen. Ja, ganz genau, Theodor von Loessl. Zimmer zwölf, sagen Sie? Können Sie mich bitte mit ihm verbinden? Ja, gern, die Durchwahl schreibe ich mir auf.«

Charly reichte ihm Zettel und Stift, und Mecki notierte die Zahlen.

»Bitte gleich durchstellen. Danke sehr.«

Mecki zwinkerte Charly zu.

»Er geht nicht ran, sagen Sie? Hat er das Haus denn heute schon verlassen?

Charly rückte immer näher.

»Hat er nicht? Aber er hat Besuch bekommen? Wen, wenn ich fragen darf? Eine zierliche alte Dame, silberne Haare mit Stock … Wann ungefähr? Keine zwanzig Minuten, sagen Sie? Vielen Dank!«

»Amalie?«, rief Charly bestürzt.

Mecki nickte. »Sie ist vor Kurzem bei ihm eingelaufen. Ich fürchte, jetzt müssen wir schnell sein!«

»Erstickung mit weicher Bedeckung? Am Ende noch durch Thorax-Kompression?«, überlegte Sofie. »Aber die Frau ist fast Achtzig und zierlich!«

»Na und? Unterschätzen Sie nicht die Zierlichen! In uns wohnt mehr Kraft als in jedem Moppel.«

Sie konnte es einfach nicht lassen!

Murmel nur noch an Weihnachten, dachte Sofie. *Zweiter Feiertag. Maximal!*

»Er war dreißig Zentimeter größer, mehr als vierzig Jahre jünger und fast doppelt so schwer wie sie«, meinte Sofie laut. »So jemand wehrt sich doch …«

»Unter seinen Fingernägeln war nichts außer Gartenerde«, sagte Elke Falk. »Allerdings wurde Frau von Loessl am Tatort ja sicherlich nicht auf Kratzer oder Ähnliches untersucht, oder doch? Was hat sie denn angehabt?«

»Ein schwarzes Etuikleid«, sagte Sofie. »Ärmellos. Nein, zu sehen war da nichts – aber wir hätten es trotzdem tun müssen, da haben Sie ganz recht!« Das Kribbeln in der Nase war inzwischen fast unerträglich.

»Ich habe da etwas von Euglycon gelesen, das Stöhr regelmäßig eingenommen haben soll«, fuhr Elke Falk fort. »Was, wenn er davon zu viel genommen hat – oder wenn es ihm verabreicht wurde?«

Gut. Auch Murmel eventuell am Ostermontag, dachte Sofie. *Deinen Job verstehst du, das muss man dir lassen!*

»Amalie von Loessl, die ihren Handlanger seelenruhig umbringen kann, weil keiner einer alten Lady so etwas zutrauen würde? Damit wäre sie ihn los …«

Sofie nieste dreimal hintereinander.

»Also machen wir einen Blutzucker-Schnelltest?«, sagte sie, als ihr Handy in der Kitteltasche vibrierte.

»Gehen Sie ruhig hin«, sagte Elke Falk. »Ich muss ohnehin Dr. Berger rufen.«

»Sofie?«

Es war Joe.

»Charly ist aus der Versenkung aufgetaucht und in Riesensorge um seinen Vater, der im Schlosshotel Grünwald nicht ans Telefon geht. Nach Auskunft an der Rezeption ist seine Tante dort, und er befürchtet, sie hat Böses vor. Traust du ihr das zu?«

»Ja«, sagte Sofie. »Alles!«

»Wenn du das sagst! Er und sein Onkel sind schon dorthin auf dem Weg. Ich fahr jetzt selbst zum Schlosshotel …«

»Ich will mit!«, unterbrach sie ihn. »Bitte!«

»Was glaubst du, wo ich steh? Direkt vor dem Institut! Also dalli!«

»Ist dir kalt, Theo? Siehst du schon verschwommen?«

Ihre Stimme klang fast zärtlich.

»Dir hat doch die schöne Engelstrompete so gut gefallen, die wenigen Male, als du mich in meinem Haus besucht hast! Jetzt kann sie in aller Ruhe ihre Wirkung entfalten.«

Sie zog das Marmeladeglas näher.

»Aber was sind schon feine Kekse ohne gute Marmelade? Holunder, Erdbeeren, Himbeeren und eine ordentliche Portion Belladonna – mhm, wie gut wird dir das schmecken!«

Theodor von Loessl versuchte etwas zu sagen, aber es klang nur noch wie Lallen.

»Mit Süßem konnte man dich immer kriegen, Bruderherz«, sagte sie. »Das hab ich nicht vergessen. Und so manches andere auch nicht. Immer nur du, du, du – niemals ich. Das wird nun endlich anders werden. Du brauchst das große Haus mit dem Waldgrundstück doch gar nicht mehr. Jetzt, wo Helene tot ist. – Ein Unfall übrigens, sie hätte eigentlich bei der Gym sein sollen, dann wärst du nicht mehr am Leben, und wir könnten uns das beide hier ersparen. Für deine Helene hatte ich mir etwas anderes ausgedacht, durchgeschnittene Bremsleitungen zum Beispiel, einfach und sauber, nicht diese Schweinerei mit dem abgeschnittenen Kopf. Erwin war einfach ein hoffnungsloser Stümper! Aber jetzt bin ich ihn ja endlich los …«

Sie schlug ihm auf die Hand, die in Richtung Telefon gewandert war.

»Nein, du wirst jetzt nicht telefonieren! Ich brauche dein Geld, Theo, für meine Katzen. Für alle Katzen. Für Amalies Katzenparadies – und niemand mich daran hindern …«

»Kannst ned schneller fahren?«

Sofie zappelte auf dem Beifahrersitz herum.

»I ko do ned fliagn!«

»Des Weib is stockgefährlich«, drängte Sofie. »Ihren Lover hat sie höchstwahrscheinlich auch aufm Gwissn.«

All you need is love.

Sie nahm den Anruf an.

»Ja, Frau Falk? Prima – und danke für den schnellsten Schnelltest aller Zeiten!«

»Was is?«, fragte Joe.

»Erik und Dr. Iglu haben sich selbst übertroffen«, sagte sie. »Vielleicht wären sie ja doch ein Traumpaar! Der Blutzuckerschnelltest ergab, dass Stöhrs Werte so was von im Keller sind. Das schafft keine Leiche allein. Da muaß ma zuvor scho kräftig nachhelfen!«

»Im Klartext?«

»Die Oide hat ihn mit einer Extradosis Euglycon betäubt, damit er sich nicht mehr wehren konnte. Und danach erstickt, vermutlich mit einem Kissen. Und jetzt hat sie Charlys Vater auf dem Radar … Wir müssen uns beeilen, Joe, sonst haben wir gleich den nächsten Toten! Mei, des dauert!«

»Was isn jetzt eigentlich, wenn der Charly wieder unbescholten is?«, fragte Joe plötzlich. »Geht des ganze Theater dann wieder von vorn los?«

»I woaß gar ned, wovon du redst …«

»Ned?«

»Naa.«

»Guat! Na hoit di jetz schee fest – jetz fliagn ma nämlich doch!«

In der Einfahrt des Schlosshotels stand Charlys roter Jaguar mit offenen Türen. Joe hielt dahinter und sprang aus dem Wagen, Sofie ebenfalls. Sie rannten ins Vestibül.

»So geht das aber nicht, meine Herrschaften!«, rief der Empfangschef …

»Doch, das geht so!«

Joe zückte seinen Ausweis.

»Lederer, Kriminalpolizei. Lassen Sie mich meine Arbeit tun.«

»Joe!«, rief Charly von der Treppe aus. »Da seid ihr ja endlich! Tante Amalie ist bei ihm. Wir müssen sie stoppen …«

»Ja«, sagte Joe. »Das werden wir. Aber so, wie ich es sage.«

Er zog seine Waffe und entsicherte sie. »Ich gehe voran. Ihr anderen bleibt hinter mir, verstanden!«

»Mach den Mund auf, Theo, sonst muss ich dir leider wehtun!«

Amalies Löffel mit der roten Marmelade kam immer näher. »Dein Traum wird nur ein wenig bunter und wilder. Es ist wie ein Ticket in einen unbekannten Kontinent, allerdings ein One-Way-Ticket …«

In diesem Moment flog die Tür auf. Joe stürzte herein, gefolgt von Charly, Mecki und Sofie.

»Kriminalpolizei!«, rief er, die Waffe im Anschlag. »Hände hoch!«

Im ersten Moment reagierte Amalie nicht, sondern hielt den Löffel umklammert, bis Charly nach vorn stürzte und ihn ihr wegriss. Auf dem hellen Teppich bildete sich ein rubinroter Fleck. Dann erst gingen Amalies Hände langsam nach oben.

Ihre Augen glichen zwei schwarzen Kohlen.

»Du Wahnsinnige!«, schrie Charly. »Was hast du getan? Aber doch nicht ihn, nicht auch noch ihn!«

Theodor von Loessl hatte riesige Pupillen. Sein Gesicht war schweißnass, die Lippen rissig und weiß.

»Vater!«, rief Charly. »Ich bin's, Karl! Siehst du mich? Hörst du mich?«

Sein Vater bewegte sich nicht.

»Können Sie mich hören, Herr von Loessl?«, sagte jetzt Sofie überlaut. »Geben Sie mir bitte ein Zeichen, wenn Sie das können!«

Er hob den kleinen Finger ein winziges Stück an und strengte sich an, um zu sprechen, aber es gelang ihm nicht.

»Das könnten Lähmungen sein«, meinte Sofie. »Keine Ahnung, was er intus hat, aber er muss sofort zum Giftnotdienst ins Krankenhaus Rechts der Isar! Charly, ruf die 112 an. Schnell!«

Charly telefonierte. »Sind gleich da«, sagte er dann. »Wird er durchkommen?«

»Dort arbeiten Experten«, versicherte Sofie. »Wenn jemand deinem Vater helfen kann, dann die!«

»Was ist das für ein Zeug?«, fragte Mecki und deutete auf dem Tisch.

»Sie hat ihn offenbar unter Drogen gesetzt und ihm womöglich zusätzlich Gift verabreicht. Vielleicht in den Keksen?«

Sofie roch daran.

»Nichts, was ich erkennen könnte, aber die Giftnotaufnahme schafft das. Muss alles mitgenommen werden, auch die Marmelade!«

Nun wandte sie sich an Amalie.

»Was haben Sie ihm verabreicht? Zum Teufel – *was?* Reden Sie!«

Amalie blieb stumm.

»Amy, bitte!«, sagte Mecki. »Denk an die drei Musketiere! Theo darf nicht sterben …«

In Amalies Obsidianaugen kehrte eine Spur Leben zurück.

»Nur ganz feine Dinge aus meinem Garten«, sagte sie schließlich »Meine Engelstrompete hat ihm immer so gut gefallen. Aber die Kirschmarmelade, die wollte er nicht essen …«

»Das reicht jetzt!«, sagte Joe, während die Handschellen klickten. »Amalie von Loessl, Sie sind vorläufig festgenommen wegen Mord, Mordversuch sowie mehrfacher Anstiftung zum Mord. Das ist mehr als genug für ›lebenslänglich‹. Den Knast bekommen Sie nicht mehr von außen zu sehen. Gemma!«

»Und meine Katzen?«, sagte sie weinerlich. »Was wird aus meinen Lieblingen?«

»Tierheim«, antwortete Charly mit kaltem Lächeln. »Ich wette, da fühlen sich deine Aristocats so richtig wohl!«

Epilog

»Mei, is des scharf!«

Vroni hielt sich die Hand vor den Mund und stöhnte.

»Dann spucks doch aus, Herzl!«, sagte Flo besorgt.

»Du hast aber auch pfeilgrad die allerschärfste Pfeffersuppn derwischt.«

»Aber doch ned, wo da Hochwürdn grad herschaut.«

Vronis Augen quollen schon leicht aus den Höhlen.

»Dann trink wenigstens an Schluck.«

Flo reichte ihr das Bierglas.

Vroni trank, sah aber noch immer unglücklich aus.

»Oder Sie nehmen ein paar Bissen vom weißen Reis, liebe Frau Ilmberger! Das löscht das innerliche Feuer am allerbesten.«

David Karisimbi schien seine Augen und Ohren heute überall zu haben. Kein Wunder – war es doch das erste ghanaische Fest, das er im Pfarrgemeindesaal feierte. Drinnen hatte man auf Biertischen alles aufgebaut, was Leib und Seele zusammenhält: Bohnen- und Fischeintopf, Tomatenhähnchen mit Fufu, das in seiner Konsistenz ein wenig an festes Kartoffelpüree erinnerte, Yamsragout, Hackfleisch- und Pfeffersuppe, Kochbananen, Lammfleisch mit Okra und ein überquellender Früchteteller voller exotischer Raritäten.

»Schmeckt es Ihnen beiden denn?«

»Und wie!«, versicherten Vroni und Flo wie aus einem Mund, während Sofie, die die ganze Szene beobachtet hatte, frech zu kichern begann.

»Für den würd mei Tante sogar Beton essen«, sagte sie lachend. »Pass bloß auf, Flo! Des kannt a echter Konkurrent für di werden.«

»Kümmer di liaber um deine eigenen Angelegenheiten«, schimpfte Vroni, aber es klang alles andere als ernst gemeint. »Hast es am Joe endlich gestanden, des mitm Charly?«

Hatte sie. Und seitdem argwöhnte Joe das Allerschlimmste, so oft Sofie auch versucht hatte, ihn vom Gegenteil zu überzeugen.

»I bin ned wia du! Bei mir ko a Kerl durchaus a paar Tag in der Wohnung sei, ohne dass si was ergibt …«

»Und i bin ned auf der Brennsuppn dahergschwommen!«, hatte Joe gekontert. »Wenn i scho seh, wie der di oschaut …«

»Aber unschuldig war er! Des muaßt zugeben!«

»Und du muaßt immer das letzte Wort haben …«

Aber nein, heute wurde nicht wieder gestritten. Heute war jeder guter Laune. Der Himmel war nach ein paar regnerischen Tagen, die der Stadt und den Menschen die ersehnte Erfrischung gebracht hatten, wieder blank geputzt und blau, und der Rhythmus der drei afrikanischen Trommler, die vor der Tür spielten, ging allen ins Blut.

Sogar Elke Falk lauschte versunken, den Kopf an ihren blonden Zahnarzt gelehnt, der sie von hinten zärtlich umschlungen hielt. Murmel, der erst unentschlossen schien, zu welchem seiner beiden Fraulis er nun laufen sollte, hatte sich schließlich als kleiner Diplomat für Rosalie Ritter entschieden, zu deren Füßen er nun wachte, während Aida-Elvira mit stoischer Miene Eriks ausschweifenden Erläuterungen lauschte, warum München leider doch nicht das richtige Pflaster für ihn sei.

Olli und Anja, Micks kaum zu bändigende Sprösslinge, die nichts als Unsinn im Kopf hatten, nützten die günstige Gelegenheit, um aus dem abgekühlten Fufu klebrige kleine Bällchen zu formen, mit denen sie die Gäste beschossen.

»Kinder halt!«, sagte Shirin versonnen, als sich die Ersten beschwerten.

»Wirst du denn mit den Katzen klarkommen?«, wollte Mecki wissen, der sich immer wieder nach Gräfin Tamara, Louis, Blachi und dem Seifen-Beni umschaute, die sich vor allem am Wein gütlich hielten. »Sind ja schließlich ganz schön verwöhnte Miezen!«

»Im Laden scheinen sie sich schon mal wohlzufühlen«, erwiderte Shirin, was Aram nickend bestätigte. Sein Borsalino war frisch gereinigt und sah mit dem dunklen Seidenband aus wie neu. »Außerdem bin ich vermutlich ohnehin bald mehr zu Hause.«

»Nein?«, sagte Sofie, doch Spike legte eine Hand auf Shirins Bauch und nickte.

»Ich als Familienvater«, meinte er. »Ist das nicht der Wahnsinn? Ich geh jetzt mal eine Runde trommeln, wenn's recht is! Damit aa jeder merkt, wia i mi frei!«

Der Rhythmus änderte sich, nachdem ihm einer der Ghanaer seinen Platz überlassen hatte. Die beiden anderen Musiker wirkten zunächst leicht irritiert, fingen sich aber rasch und trommelten schließlich begeistert mit.

»So ein begabter Kerl!«, meinte Charly anerkennend. »Der hat Musik im Blut, so was ist äußerst selten. Spike sollte mal drüber nachdenken, ob er sein Leben lang Obduktionsassistent bleiben will.«

»Setz ihm nur keine Flöhe ins Ohr!«, widersprach ihm Sofie. »Von mir aus kann er trommeln, so viel er will, aber Spike bleibt bei uns in der Rechtsmedizin. Einen Besseren als ihn gibt es nämlich nicht!«

Charly zog Sofie so nah zu sich heran, dass Joe auf der Stelle sein Bier absetzte und Stielaugen machte.

»Hab ich mich eigentlich schon mal richtig bei dir für alles bedankt?«

Er roch so gut wie eh und je und fühlte sich ebenso an.

»Wir zwei sind doch Freunde, oder ned?«, sagte Sofie.

»Ja, das sind wir. Aber was du für mich getan hast, ist keine Selbstverständlichkeit. Das weiß ich sehr wohl.«

»I glaub, des reicht jetzt!«

Joe stand vor ihnen und klatschte in die Hände. »Herrenwahl! Wenn ich bitten dürfte, Frau Rosenhuth?«

Sofie lachte und tanzte mit ihm weiter.

»So schee, wenn du eifersüchtig bist!«, meinte sie lächelnd. »Selbst wenn's dafür gar koan Grund ned gibt! Is doch ois paletti!«

Mit der Schulter deutete sie zu dem Stuhl, auf dem Theo von Loessl saß.

»Bissl wacklig is er no, aber des wird scho wieder. Die von der Giftnothilfe san einfach Spitze! Und siehst, wia sei Bruder immer wieder zu eahm kommt? Die ham sich vui zum erzählen! Und der Charly schleicht sich auch ganz vorsichtig an. I glaub fast, die werden no a ganz a normale Familie!«

»Und mia zwoa, Sofie?«, fragte Joe.

»Woaßt du des immer no ned, Joe? Aber heit möcht i nur feiern und fliagn!«

»Herrenwahl!«

Diesmal klatschte Charly in die Hände.

»Einmal musst du sie mir noch ausleihen, Joe!«

»Ausgerechnet dir! Wo du mir so viel Kopfzerbrechen bereitet hast«, murrte Joe. »Des hast du doch gar ned verdient!«

»Verdient nicht«, sagte Charly. »Das ist richtig. Aber wenn ich dich ganz herzlich darum bitte?«

Joe ließ Sofie widerwillig los, während Charlys Arme sich um sie legten.

»Du, ned ganz so eng!«, sagte sie warnend. »Der Joe kriegt sonst no Schnappatmung. Wenn des so weitergeht, kann i für nix garantieren!«

»Sollst du ja auch nicht. Alles im Fluss, Sofie. Alles bewegt sich. Und wir beide mit dazu …«

Schade eigentlich, dachte Sofie und schaute voller Zuneigung in sein liebes, vertrautes Gesicht mit den klugen graugrünen Augen. *Bist scho a besonders feiner Kerl!* Dann schloss sie die Augen und überließ sich ganz ihrem Gefühl und dem Rhythmus der heißen, fremden Musik.

Danksagung

Tausend Dank an unseren Freund und wissenschaftlichen Berater Dr. habil. Oliver Peschl, Institut für Rechtsmedizin der Universität München, der trotz eines vollgepackten Arbeitstages in seiner knappen Freizeit noch immer Gelegenheit findet, unsere kniffligen Fragen zu beantworten.

Ebenso hilfreich wie unverzichtbar sind die klugen und liebenswürdigen Anregungen der Pharmakologin Dr. Gabriele Roider, Institut für Rechtsmedizin der Universität München, die uns auch dieses Mal wieder sehr geholfen haben.

Ein besonderer Dank geht an Reinhard – er weiß schon, weshalb.

Toll und wichtig war auch die Unterstützung von Dr. Stefan Pongratz, Bayerisches Landesamt für Denkmalspflege, den mit seiner freundlichen Gelassenheit so schnell nix aus der Ruhe bringen kann – außer vielleicht zu viele Kapitel …

Danke ebenso euch, Elena, Moni, Babsi, Hannelore und Michael, für die Begleitung des Romans im Entstehungsprozess!

Ein inniger Dank auch dieses Mal wieder an Therese Gruber und Felicitas Weber.